中国书籍文学馆·散文苑

弄堂风

俞小红——著

中国书籍出版社
China Book Press

图书在版编目（CIP）数据

弄堂风 / 俞小红著 . —北京：中国书籍出版社，2014.3
（中国书籍文学馆·散文苑）
ISBN 978-7-5068-3972-3

Ⅰ. ①弄… Ⅱ. ①俞… Ⅲ. ①散文集—中国—当代 Ⅳ. ① I267

中国版本图书馆 CIP 数据核字（2013）第 305193 号

弄堂风

俞小红 著

图书策划	武 斌　崔付建
特约编辑	陈 武
责任编辑	赵丽君
责任印制	孙马飞　马 芝
出版发行	中国书籍出版社
地　　址	北京市丰台区三路居路 97 号（邮编：100073）
电　　话	（010）52257143（总编室）　（010）52257153（发行部）
电子邮箱	chinabp@vip.sina.com
经　　销	全国新华书店
印　　刷	三河市华东印刷有限公司
开　　本	650 毫米 × 940 毫米　1/16
字　　数	194 千字
印　　张	13.5
版　　次	2014 年 7 月第 1 版　2019 年 1 月第 2 次印刷
书　　号	ISBN 978-7-5068-3972-3
定　　价	42.00 元

版权所有　翻印必究

序

李敬泽

"中国书籍文学馆",这听上去像一个场所,在我的想象中,这个场所向所有爱书、爱文学的人开放,不管是白天还是夜晚,人们都可以在这里无所顾忌地读书——"文革"时有一论断叫做"读书无用论",说的是,上学读书皆于人生无益,有那工夫不如做工种地闹革命,这当然是坑死人的谬论。但说到读文学书,我也是主张"读书无用"的,读一本小说、一本诗,肯定是无法经世致用,若先存了一个要有用的心思,那不如不读,免得耽误了自己工夫,还把人家好好的小说、诗给读歪了。怀无用之心,方能读出文学之真趣,文学并不应许任何可以落实的利益,它所能予人的,不过是此心的宽敞、丰富。

实则,"中国书籍文学馆"并非一个场所,它是一套中国当代文学、当代小说的大型丛书。按照规划,这套丛书将主要收录当代名家和一批不那么著名,但颇具实力的作家的长篇小说、中短篇小说集和散文集等。"中国书籍文学馆"收入这批名家和实力作家的作品，就好比一座厅堂架起四梁八柱，这套丛书因此有了规模气象。

现在要说的是"中国书籍文学馆"这批实力派作家，这些人我大多熟悉，有的还是多年朋友。从前他们是各不相干的人，现在，"中国书籍文学馆"把他们放在一起，看到这个名单我忽然觉得，放在一起是有道理的，而且这道理中也显出了编者的眼光和见识。

当代文学，特别是纯文学的传播生态，大抵集中在两端：一端是赫赫有名的名家，十几人而已；另一端则是"新锐"青年。评论界和媒体对这两端都有热情，很舍得言辞和篇幅。而两端之间就颇为寂寞，一批作家不青年了，离庞然大物也还有距离，他们写了很多年，还在继续写下去，处在最难将息的文学中年，他们未能充分地进入公众视野。

但此中确有高手。如果一个作家在青年时期未能引起注意，那么原因大抵有这么几条：

一、他确实没有才华。

二、他的才华需要较长时间凝聚成形，他真正重要的作品尚待写出。

三、他的才华还没有被充分领会。

四、他的运气不佳，或者，由于种种原因，他的写作生涯不够专注不够持续，以至于我们未能看见他、记住他。

也许还能列出几条，仅就这几条而言，除了第一条令人无话可说之外，其他三条都使我们有足够的理由对这些作家深怀期待。实际上，中国当代文学的丰富性、可能性和创造契机，相当程度上就沉着地蕴藏在这些作家的笔下。

这里的每一位作者都是值得关注、值得期待的。"中国书籍文学馆"收录展示这样一批作家，正体现了这套丛书的特色——它可能真的构成一个场所,在这个场所中,我们不仅鉴赏当代文学中那些最为引人注目的成果,而且,我们还怀着发现的惊喜,去寻访当代文学中那相对安静的区域,那里或许是曲径幽处,或许是别有洞天,或许是,众里寻他千百度,蓦然回首,那人却在,灯火阑珊处……

目录

灯影箫声话风流 / 001

民国一件私奔的旧事 / 010

迷楼倩影 / 018

怡园冬天的表情 / 025

弄堂风 / 028

裁缝铺的女儿 / 031

等待表姐 / 034

曾园三宝 / 038

追寻那缕幽怨的香魂 / 042

谁为王石谷画了肖像 / 046

从徐扬的册页说起 / 051

巧遇金大侠 / 059

张大千与曹大铁 / 065

农夫作家高晓声 / 070

小城偶遇"张灵甫" / 073

此情追忆歌声咽 / 077

乡风市声《华丽缘》/ 082

庞培的月亮 / 090

忧伤的四丈湾 / 093

一个小提琴手 / 097

走江湖的男人女人 / 102

春风几度上海滩 / 110

水缸盖的爱与恨 / 116

周瘦鹃与包天笑 / 121

最后的私家花园 / 126

月迷雕花楼 / 137

春天杭州去 / 140

常熟一碗面 / 144

灯火阑珊处 / 146

乡村的血脉 / 149

冷面滑稽吴双热 / 152

山温水软苏州情 / 156

象牙塔中的徐枕亚 / 164

永远的《金瓶梅》/ 168

灯影箫声话风流

一

　　江南的文脉在哪里？在武康山中林莽茫茫的洞穴深处？还是尚湖边上芦甸萋萋的渔歌声里？江南的藏书楼如今安在？还是那般油壁香车雕梁画栋？还是那样七宝楼台弦歌重重？其实，刀光剑影，卷不走读书人心中的梦想。江南的文脉，藏匿在读书人的心中；江南的书楼，掩隐在一代代仁人志士的梦里，生生不息，薪火相传，屡藏屡散，屡废屡兴！

　　面对历史的背影，我们总会回味自己年少轻狂时的梦境。历史的灯火依次熄灭，一个个先贤乡影施施然走来，三百年前的楼台亭轩，哪有这般巍峨，三百年前的绝唱，却滴下朵朵相思泪雨。我们走进五月的红豆树下，乡村的绿野，风吹稻花香，仰望如荫的绿冠，细碎的花影在梦境里跳起舞蹈。红豆树，在传达一种生命的呼吸，是一种丰润的美丽，谁能阻止生命的激情跳动，谁能拒绝天籁的深切凝望？

　　虞山草色青青，我遥看剑门古阁，时时升腾烟岚轻云，是一种五彩的霞光在弥漫，是一组奇异的琴音在唱晚，带一点原上草的勃勃生气，仿佛诗经中的小雅之音，是陌上的踏歌行，是罗敷的采桑曲。抚摸历史的琴弦，历史和我们近在咫尺，丝丝缕缕，悲悲切切，依稀将一朝风月过滤洗刷。红豆山庄，脉望旧馆，灯影摇红，篁竹千竿，谁在芭蕉月夜低吟回首？谁在石榴树下鱼雁传书？于是，粉墙幽窗，多了一抹秀色佳人的身影；于是，红叶题诗，玉成了墨香流韵的一番美意！

二

一直过了少年时代，我才明白，我曾经就读的石梅小学，五年光阴，花树芳菲，我却一直是在天真懵懂中度过的。校园碎石小径的中央，有一只硕大的花岗岩大盆，高约三尺，宽有半丈，底座呈荷叶花瓣状。每天早上，有校工往盆中蓄满水。我们写好毛笔字，就在盆里洗手洗笔。夏天，有小朋友还在盆中洗足。谁也不知道，这只大石盆的来历。一届一届的学生，送往迎来的老师，从来也没有向我们传说这只大石盆的来历。昭明读书台和我上课的教室，只是一窗之隔，当时已经破败的剩了个土墩空阁，土台下的泉眼却比现在畅亮旺盛的多，有一块石碑称之谓："焦尾泉"，还是叶圣陶先生题词的。小学生是调皮的，小学生是好奇的。有一次放学之后的值日，我在堆放扫帚的夹弄堂里，发现里边堆满了黑沉沉的石碑。对于这种青石碑，我一点也不陌生，它长宽有二三平米，一面刻着文字，一面却光滑如镜。它们有的散弃在校园里，我和同学常常在上面打乒乓球。夹弄进深有十多米，平时无人注意它。我发现里面透出光亮，老鼠能钻过去，我瘦小的身子也能钻过去。于是，我在灰尘扑扑中钻了过去，粘了一头一脸的蛛丝网迹。我爬到甬道尽头，天光大亮，探头看到里面是一个西式的大院落，迎面是一幢二层的小洋房，精细的嵌缝水泥立面，镌刻着"常熟县立图书馆"几个字。

我跳了进去，吃惊地张大了嘴，因为我第一次看到如此肃静高雅的处所，那彩色的罗马花体字的马赛克，铺在地上，石阶上，巨大的穹形窗，雕着花纹的铸铁栏杆，乳白色的玻璃，高贵的就像电影中的皇宫一般。我傻瓜似地呆住了，就像我后来十九岁时第一次立在烟雨西湖边的感觉一样。

我慌不择路，转身从原来的缝隙中逃了回去。后来才知道，这幢小洋房建于1935年，平时很少对外开放，是县图书馆的古籍分部。我第二次走进古籍部，是在小学快毕业的一个夜晚。这是1966年的初夏，空气中已经弥漫着革命的血腥的味道。我的班主任将我一篇作文推荐给上海的《少年文艺》，晚上叫我到她的办公室，誊清修改一次。石梅小学在虞山西脚下，旧时乱坟荒葬之地，一到夏天的晚上，萤火四飞，我很害怕一个人走夜路。于是，班主任就对我说，班里有个小顾同学，他父亲就是古籍部的职工，晚上，他要陪伴父亲值班，你和他一起走。于是，我跟着小顾父子，在黑暗的山路上前行。我永远记着这样的情景：瘦瘦的老顾披着香云纱旧衫，手里提着一盏玻璃盒子的风灯，昏黄的光晕，照着脚下的路。他有时会停一下，等着我和小顾。小顾趿着木屐板，右胳膊夹着一条卷着的草席，在空寂的山路上，响着无节拍的敲击声。我们三人的影子错错落落，转进了学校的小门。

后来我长大了，知道了一些关于古籍部的真相。我的小顾同学，1970年和我在乡下劳动时，被工宣队紧急召回到城里。原来，他的父亲，在古籍部值班时，上吊自杀了。我后来一直没有见到小顾，只是从别人的口中知道，他的父亲服务于这个县立图书馆有几十年了，他的父亲在古籍堆中穷搜苦读，写过一本扬州八怪的画语录，还认识县立图书馆的第一任馆长瞿启甲。这个瞿启甲，就是晚清江南藏书大家、古里铁琴铜剑楼的第四代传人。他于1915年至1920年，当了5年馆长。

令人吃惊的是，到了1986年，文物普查，我们小时候洗涤笔墨的荷花石缸，原来是明末清初大出版家毛晋汲古阁的旧物。我们的教室曾经是清代道光年间的"游文书院"，当过两代帝师的翁同龢，也在那里读过书呢。

三

说起读书人心中的痛，莫过于浩劫时代无书可读。说起读书人的骄傲，古里瞿家六代藏书，历经100多年，传至瞿启甲手中，有宋刻本160种，金刻本1000余种，元刻本106种，还有大量的旧抄孤本。瞿家五代人含辛茹苦，毁家聚书，最终却能化私为公，全部捐给公立图书馆，将个人拥有的知识，宏扬给人民大众，这是瞿家最大的光荣。

说起读书人的风骨，瞿启甲的高风亮节最为世人所称颂。他一生淡泊名利，唯有嗜书如命。当年晚清两江总督端方，诱劝他献出藏书，但他不为所动，最后只将家中的一部分影抄本进呈。民国初年，江浙两地的军阀混战，战火烧至常熟，瞿家冒险将藏书从古里运往上海，沿途水路屡遭土匪骚扰，所幸书籍完好无损。同样的古籍，同样的年代，常熟北门外著名的赵家"旧山楼"藏书处，就没有这般幸运，书院被浙江卢姓军阀的士兵占为马房，大量古书竟被焚烧践踏。抗战期间，瞿家古书被日本文化间谍作为重点侦察对象。瞿启甲事先巧妙安排，和三个儿子分头安置藏书，最终逃过日寇毒手。

经历了这样的藏书风险，瞿启甲没有那种小鸡肚肠的阴暗心态，而是秉承先人夙志，不但要让瞿家子孙有书可读，还要让书籍服务于社会大众。他在1914年倡导成立了常熟历史上第一家公立图书馆，筹备期间，他不但将大量家藏原本送给图书馆，还动员乡绅宿老捐献图书。在他当馆长的5年中，曾收集图书27000余册，成为江苏省各县之冠。化私为公，瞿启甲不但表现在捐赠图书上，还表现在个人品质上。他看到县财政困难，就主动提出，在担任县立图书馆长期间，不拿一两银子的俸禄。这就是旧时代藏书家的高尚品行，千秋万代，历史会记得他，人们会敬仰他。

瞿家的铁琴铜剑楼究竟有否"铁琴"，我曾请教了一位古琴家。所谓"铁琴"，并不是用铁做的琴，而是琴的本身是桐木的，外包铁衣，相传此琴是唐朝时代的遗物。琴背腹内刻有"金声"两字，无年款，过去有"金声玉振"的说法，估计还有一具"玉振"的古琴与之配对。目前这古琴，随着1959年瞿家的全部宋元古书，也一同捐给了北京图书馆。而所谓的"铜剑"，连瞿启甲本人也从未见到过，据说已在咸丰年间就散失了。

七弦古琴，它与常熟也大有渊源。明代虞山琴派的鼻祖严天池，就是常熟人。有好几年的中秋月夜，我都去古籍馆旁的书坛公园聆听古琴演奏。在洞箫的引领下，古琴奏响"高山流水"名曲。在月光的映照下，黑色的山影压迫着楼影，我背倚着古书曾经安息过的书楼窗棂，有点伤感，有点无奈。我仿佛看到，瞿启甲在守护着他的宝贝，在午夜的残灯微焰中，摩挲着灰黄的卷本，为了一个家族的荣耀和信念，他夜不成眠，伸手轻抚一颗疲惫沉痛的心。

瞿家五代护书守书的故事，从清代流传到近代，吸引了海内外学者的向往和崇拜。1999年春季，我的第四本散文集《客旅春梦》出版，是天津的王学仲老先生题写书名。我对京津两地的书法名家不太熟悉，从网上一查，才知道老先生曾任中国书法家协会副主席，出过画册和长篇小说，新诗古诗兼能。于是，我们通过书信有了神交。那是2004年的春天，王学仲先生和他的几个学生，乘了一辆面包车，突然出现在我办公的报社大楼。我吃了一惊，老先生1925年出生的人，竟然仿古风，到常熟作不速之客。我当然大为感动，握着他的手说不出话。他挂着拐杖，伴着老妻，连声说："打扰，打扰。"原来，他到周庄一游，突然想到常熟看一下铁琴铜剑楼。学生们只得奉陪这位近八十岁的老人，在不知我的电话号码的情况下，径直找到我的单位了。当晚安排好住宿，第二天清早，我就陪老先生来到古里镇，敲响了铁琴铜剑楼的大门。在旧式的两层书楼上，楼板有点轻微的晃动，我和他在一副旧裱的对联前停住了脚步。这是老先生在十余年前，为书楼题写的贺联。当年寄出题词后，他就没有来过此楼，而此联挂在书楼上，一晃却已经十多年了。此情此境，晃然梦游，老先生在楹联前徘徊，神情肃穆地说："当年我为山东海源阁和常熟铁琴铜剑楼做了这副对联，现在终于来到了这里！"

在春日淡淡的阳光下，这副楹联更显北碑的气势，联曰："江南常熟瞿家藏四部铜剑铁琴辉卷轴；山左聊城杨氏纳三坟海源高阁插牙签"。

余秋雨当年在四川题联："问道青城山拜水都江堰"，一种对山川地理的敬畏跃然纸上。王学仲的题联，却是对江南文脉的敬礼，是对文化守望者的敬重。

人生有缘，千里同风。我们从同一个渡口上船，书为媒，情义重，那飘扬的旗帜，就是人生的路标。这精神的路标，树立在高山之巅，瞭望着一代代文化的苦行僧和跋涉者。

四

人生百年，总会留下几许遗憾。1986年4月，金庸从北京开完政协会，转道南京到常熟访问。行色匆匆，他只能在常熟逗留半天加一个晚上。我作为地方小报的记者去采访他，省外事办的官员给我20分钟的时间。事前，我拟了一个提纲，从金庸第一部小说《书剑恩仇录》中涉及的常熟典故说起，又兼及钱谦益柳如是的轶闻。金庸是《大公报》记者出身，没有什么架子，我和他谈得很放松。

当我说起白茆红豆山庄遗迹仅存一棵红豆树时，老先生来了兴致，问，可有红豆结籽？我说不知道。因为红豆树长在芙蓉村庄里，对外也没有开放。老先生有点落寞，说，明天一早就要回香港了，否则可以去看一看。我沉默了。在当时的气候下，金庸要想改变行程，去看一棵已经湮没在民间四百余年的红豆树，也是难事。

一粒红豆，也会引发一个宏图大愿。陈寅恪抗战期间在昆明，从古董商手里觅得一粒红豆，说是从钱柳红豆山庄那棵树下采得的，顿时欣喜万分，于是历时二十年，撰写出了80万言的《柳如是别传》，系统而具体地勾画了明末清初的社会图卷。陈寅恪没有亲眼见到白茆那棵红豆树，但梦中却时时想见柳如是与钱谦益吟诗作画的风采。

今天，我们可以想象历史某个瞬间：晚明的凄风苦雨，清兵的金戈铁马已悄悄逼近江南了。离长江岸不足三十里的常熟白茆镇芙蓉村，有一个竹篱茅舍桃花柳岸的庄园，还有几分宁静几分闲逸。女主人是艳名四播的柳如是，她纤纤素手，每至黄昏，便点燃花厅四周明亮的烛光。红红的紫绡明角灯，透出一种坚定沉着和明媚艳丽的喜色，在乡野无边的黑暗中，跳荡着一点希望的星光。一入夜，像游魂野鬼一样无处安身的名士们，便一个个潜入这个有点衰败落寞的山庄。他们，有的是摇着乌蓬小船顶着细雨斜风而来；有的是乘着青布小轿晃得头晕脑胀而来；更多的是踏着泥泞的田埂滑路而来，脚上的钉鞋和上身的蓑衣早就透湿透湿。他们都是钱谦益的朋友，他们之中有顾炎武、归庄、黄宗羲、瞿式耜，还有抗清名将郑成功。在这样一个远离政治中心和权力棋局的乡村里，一群晚明的精英文人，却在密谋与一个强大的虎视耽耽的清王朝作一番不自量力的较量。他们也清楚地知道，一个腐朽的残暴的明王朝早已烂得不可挽回了，清兵的入侵，仅仅是以一个朝气蓬勃的、杀人如麻的专制去取代一个病入膏肓、无力反抗的专制罢了。

于是，注定了这是一个慧心如梦童心暗淡的悲剧。果然不料，郑成功所率水师在进入长江口之后却错失良机，被清兵击溃，只得退守台湾。柳如是和夫君在红豆山庄"养死士、作内应"的计划全部付之东流，两人只能扼腕长叹。

历史的遗憾和残缺，本身就是一种壮美。谁能断定，所有的人生巧合都是偶然，年年岁岁的风风雨雨都是命定？

红豆树在常熟共有五棵，山庄的这棵最年长，是明代嘉靖年从云南移植于园中。据徐昂千《芙蓉庄红豆录》说，红豆树开花结籽共有13次。第一次是1636年（明崇祯9年），第二次是1644年，第三次是1649年，第四次是1661年。上述四次开花时，钱谦益和柳如是都健在。离今天最近一次的开花期是在1932年。在清代的268年间共开花9次。红豆树开花的时间是不确定的，有时候竟长达50余年不开花。1661年红豆开花时，正值钱谦益八十岁生日，12年未开花的红豆树一夜间含苞吐艳，一时间贺喜的友朋名流聚满了山庄，正所谓"春满壶中留客醉，茶香座上待君来"。这是钱谦益作为东林党领袖避居乡村以来最后的丰采，可以说是生命的绝唱，也是人生旅途一抹绚丽的夕阳晚照。他兴奋异常，在胜流满堂的花厅里，奋笔书写了八首"看红豆花诗"的绝句，其中"红豆春深放几枝？花神作意洗妆迟。应知二十年渲染，只待催花数首诗。"最为著名。可惜，当年山庄花事虽盛，秋天却只收到一颗红豆。

红豆虽然只有一粒，人间却有一片红光。抗清义士把一丝希望寄给了旷野里的山庄，风雨如晦，鸡鸣不已。有人晨起而舞剑，剑气凛凛直指苍天碧海。有人披轻纱而步履匆匆，坚毅沉稳，含泪的微笑更动人，含情的箫声更迷人。山庄的黄昏，连着无数个不眠之夜。每一个怀着秘密使命的来访者，都得到柳如是悉心周到的安顿。钱谦益在书房在柳丛池塘，与朋友抵掌细谈，低低说悄悄写。抗清复明的指令从山庄一道道发出，一个个矫健灵活的身影神出鬼没。

长夜漫漫，长歌未央，一股森森然的优雅浩气，弥漫于庄头庄尾庄里庄外。那棵冠盖如荫的红豆树，隐身于临水的夜气里，它目睹了柳如是那略显苍白微微疲乏的脸色，那手执红灯送客上船的娇小身子。这一切，便成了历史年轮某一个时辰的亲切见证。

别了古里，别了山庄，你留下太多的才情与风情。我便收集了古人的遗韵，剪一片云锦送与你：

千古白茆塘，滔滔向东流。两岸山歌唤不住，几度夕阳红。
铁琴声声慢，铜剑夜夜鸣。桃花依旧笑春风，相思红豆中！

民国一件私奔的旧事

辛庄在常熟南边,旧时代是个恶水荒滩的苦地方,辛者,苦也,穷苦人中渔民和捉蛇的叫化子居多。又因为辛庄离常熟城较远,与苏州吴县紧邻、外出谋生的,都往苏州地界去。辛庄界泾村有个渔民陆根荣,早先随亲戚在苏州拖黄包车,1926年经人介绍到上海巨商黄家当差,就此发生了一桩轰动上海滩的情奔奇案。

陆根荣为人忠厚有主见,虽然出生地辛庄是个苦地方,但风里来雨里去,熬炼出一身好力气,人长得五短身材,脸膛方正有棱,血色健旺,是个英俊小伙子。他起先跟着表哥在苏州城里拖黄包车为生,吃苦受气不说,反使陆根荣谙熟社会上各色人样心态,遇事能够忍让。由于他做事勤快,便被同行介绍到上海黄家,做专职的公馆车夫。

黄家的人口不多,偌大的公馆只住三女二男,老太太、太太、大少爷和小姐黄慧如,再加上一个烧杭帮菜的厨师。大少爷在证券交易所上班,周一至周五一早便由陆荣根送出门。二少爷在美国留学,自然不住在家里。黄慧如的父亲是浙江湖州人,靠经营生丝发财,已病故多年。黄家住在上海贻德里旧宅时,遇到一次入室大盗的抢劫,后来就搬到春平坊新式石库门公寓里居住了。大少爷白天上班了，家里只剩三个女眷，心有余悸，所以雇了一个女仆，又雇了个男仆兼车夫，他就是常熟乡下来的陆根荣。

本来上海滩的千金小姐，怎会看中一个黄包车夫呢？也合该天作人缘孽海无边。那年春天，黄慧如同苏州贝家少爷的婚事吹掉了，19岁的少女矫情使性，天天吵着寻死觅活，祖母、母亲和哥哥的话都不听。无奈，只得让陆根荣拖了黄包车，载了黄慧如去上海的几处公园踏青散心。不知是春天郊外的美景唤醒了黄小姐忧郁的芳心，还是陆根荣纯朴的话语英俊的面影，两人竟然话儿愈谈愈投机。过去黄慧如从来没有仔细打量过眼前的年轻人，总是把陆根荣当作家庭之外的下人，不料几次接触，渐渐有了好感，觉得这个面孔黝黑的年轻人远胜过苏州贝少爷苍白无力的模样。尤其是陆根荣那几句劝慰的话，既动听又实在，令黄小姐比吃了冰镇蜜糖水还痛快。陆根荣说："凭你黄小姐的人品模样，难道找不到好对象？天下有情义的男子多的是，何必为贝家那个无情郎去寻死？"

陆根荣当时二十五岁，家徒四壁，从未攀过亲，一直是光棍一个。他从怜香惜玉开始，心中渐渐萌动着无法压抑的青春之火。当然一个下人，起初是万万不敢有任何非分的举动，只是夜深静思常常做些春梦艳游，单恋着黄慧如的花容玉貌。后来，从小娇生惯养的黄小姐完全坠入情网，大胆而主动，几次偷偷邀约陆根荣到她独住的闺房里幽会。一次，黄太太和老太太晚上去看明星公司新拍的电影，黄慧如借故身体不舒服，留在家中没去。两人情话绵绵海誓山盟，竟然发生了肉体关系。从第一次偷尝禁果开始，两人得到了灵肉一致的极度快感，于是几乎每天都想着见面和约会，一切的伦理家法，都挡不住青春欲河中男欢女爱痛快淋漓的邀游；什么门当户对，权作它昨日黄粱水中泡影。黄慧如从青春玉女开始，从未品尝过那种性爱的欢乐、沉醉、畅达，一旦尽情畅饮，便呈现少女那种容光焕发雨露滋润的模样，一反平日里娇小姐弱不禁风的姿态，连她的母亲和老太太都暗暗感到惊奇了。黄太太是过来之人，便暗中注意女儿的一言一行，她发觉黄慧如的眼光发亮时，便是青年小伙子陆根荣出现在公寓客厅之时。女儿含情脉脉注视着陆根荣，似乎世界上什么都不存在了，只有这一道美味可口的食物了。黄太太心里着急，脸上不动声色。有一天深夜，陆根荣从后门经偏房溜进小姐闺房时，恰巧被黄太太看见。事后，黄家就将陆根荣辞退。黄家害怕家丑传到社会上，所以快刀斩乱麻，并不追究陆根荣的行为，只是想辞退了事。不料，这时黄慧如已有三个月的身孕。在辞退陆根荣的当天，她悄悄与陆约定，要跟他到苏州去同居。陆根荣心里有点犹豫，觉得对不起主人一家，对黄慧如的请求也未作明确答应。但黄慧如决心已定，半夜里从家中保险箱取出一包首饰，打点好随身衣服，等到陆根荣清早挑着铺盖往老西门码头去时，她也乘了辆黄包车悄悄尾随其后。到了码头，两人便搭乘同一条船到了苏州。此时，生米已烧成了熟饭，黄慧如已铁了心跟定陆根荣做贫贱夫妻了，陆根荣能忍心拒绝吗？况且，这样一个娇娇滴滴如花如玉的美人儿做妻子，也是他前世三生石上敲了多少木鱼念了多少阿弥陀佛才修到的福分。两人这时已经成了一条藤上的苦瓜，便初步商定，在苏州必须隐姓埋名，待私奔的风声小了，再作打算。到苏州的开头几天，两人悄悄借住在陆根荣的堂兄弟处。后来便在一个小巷子里租了一间房，白天，陆根荣去找一些力气活做，就留黄慧如一个人在家里。晚上，就成了两人世界，欢欢快快地吃了粗茶淡饭，早早入睡。世上的女子一旦爱上一个人，真可谓奋不顾身至死不渝。她可以不恋门第不慕虚荣，抛弃了至亲骨肉的怀抱和高雅舒适的享受，宁愿和心爱的人住一间破烂潮湿的灶披间。这时，上海的黄家公寓发现了小姐离家出走，黄太太急得像热锅上的蚂蚁。全家人忙了个团团转，又是登报发表寻人启事，又是叫仆人去黄浦江畔苏州河岸查找无名尸体，又是花钱请私家侦探满世界打听。忙了半个月，遍寻无着，只得到上海警察局报了案。

　　一个月后，两人在苏州被捕。他们行踪被人发觉，纯属偶然。先是附近的地痞无赖见到破屋里走出个天仙般的女人，觉得好奇，更有穷妇闲婆，长舌妇一般的切切嗫嗫，于是，流言一传二，二传三，引起了警察分局一个警官的注意。再加上寻找陆荣根黄慧如的照片也送到了苏州警察局，黄慧如脱俗不凡的模样绝不像小户人家。警官遂传讯陆根荣，陆不得不和盘托出真相。两人被拘押在苏州警察局第三分检所。黄家接到报告，大少爷陪同黄太太专程到苏州，苦劝黄慧如诬告陆根荣是诱拐罪，但黄慧如坚决否认。钱能通神，黄家花了几根金条，领回了黄慧如。而陆根荣却被移送苏州检察院审理。苏州法院从七月至十月经过两次开庭，判决陆根荣犯了诱奸与帮助盗窃两罪，处有期徒刑四年，判决后，黄慧如腆着七个月的大肚子到苏州看望陆根荣，她希望陆不要绝望灰心，她决心等候陆出狱。黄慧如虽是弱女子，但言必有信却如伟丈夫，从苏州就乘轮船到常熟吴塔镇待产。吴塔镇并无医院，只有一家简陋的私人小客栈，她就住在小客栈里，吴塔属辛庄乡，离界径村约有三里路，紧靠常熟到苏州的航道。黄慧如住在吴塔，无亲无眷，生活清苦，只为一个信念，她要在爱人的家乡生下孩子。

　　第二年春天，黄慧如转到了苏州志华医院，产下一婴儿，不久，黄太太赶到苏州接她回上海疗养。但随即传出她产后血崩不治身亡的消息。喧闹一时的上海报界，慢慢也沉默了。其实，这是黄家放出的烟幕弹。黄慧如在医院生产后，即向母亲提出分家的要求，但祖母、母亲和哥哥均不同意。到上海后，待身体复原，她即带着孩子住到北京姑母家，并且终身不嫁。四年后，陆根荣出狱，隐姓埋名，先是摆小摊，后来一直在上海一家鲜肉店工作。黄慧如在他服刑期间和出狱后，几次到苏州打听他的情况，他都不愿再见。解放后，陆根荣回到辛庄界径村探亲，对他的外甥说，他已心如止水，拖累了黄家感到问心有愧，所以一直不愿再见黄慧如了。两人先后在七十年代中后期过世。

人生的悲剧就是如此。时过境迁，往昔的恋情会渐渐淡薄。当初陆根荣在苏州法院出庭时，邵力子、洪深也列座旁听，邹韬奋主编的《生活周刊》还长篇大论，对黄慧如视富贵为粪土的情操表示钦佩。电影巨星胡蝶还主演《血泪黄花》在上海滩大大热闹了一番。历史翻转了六十春秋，美丽的恋情和美丽的故事已流变为陈年的掌故。你如果有幸到辛庄去采风，他们还会指着那座塌圮的吴塔，向你絮絮叨叨地诉说昨日的风流韵事呢！

近来翻检旧报，有1989年9月12日《新民晚报》郑逸梅《三十年代旧事重提》一文，对陆根荣黄慧如的故事有细节上的补充，尤其是郑老先生亲眼见到在医院待产的黄慧如，这比道听途说者和小说家言，更为可信。遂录笔如下："近来某剧团，以三十年代轰动一时的黄慧如与陆根荣案，演诸舞台，备受观众欢迎。这案发生，当时由上海明星公司摄新闻片《血泪黄花》，一名《黄陆之爱》，胡蝶、龚稼农分饰主角，演来丝丝入扣，博得好评。又有老诗人高潜子撰《黄莺曲》，亦传颂一时。

原来黄慧如为丝商黄某女，家有包车代步，车夫陆根荣，人尚俊秀，慧如恋之。及有身孕，为父黄某察知，大怒逐女出，而以诱骗罪控根荣于法庭，被判徒刑。在封建社会，思想锢塞，以主仆恋爱，引为奇迹，且经报刊登载，益复喧腾其事，明星公司，无非投合时机而已。

我对于这案，却有亲切的回忆，曾见过黄慧如三次，陆根荣一次，所以印象较深。事情是这样的：其时杜宇、殷明珠夫妇，在沪北天通庵路设有上海影戏公司，殷明珠饰《海誓》主角，为国产爱情片之首创，载诸《中国电影发展史》。我佐杜宇老友担任编撰。一次，明珠赴苏，因其弟媳分娩于志华医院，前往探问。听得黄慧如也在该院待产，盖被父所逐，无家可归，乃商诸院方，得提前进院。明珠晤之，询其日后趋向？慧如泫然泪下，以尚无前途对。明珠宽慰之，问：'愿否在我家公司任演员？'慧如转悲为喜：'恐不能胜任，容试为之。'明珠立出二百金，供彼零用。这时我家尚在苏州，苏沪往来，月必一二次，明珠便托我备些礼物，代向慧如问好。我见之，觉得丰姿楚楚，娴静有文，且人很随俗，无话不谈，并见告青年会演《血泪黄花》，彼亲去一观，为之感慨。既而星社在苏举行雅集，我赴苏参与其盛。诸子知我和慧如相识，欲我介绍，一见其人。慧如羞羞有难色，经我解释：'来者均文墨人士，固同情您的身世的。'才一一晋见，态度落落大方。此后，我移家来沪，杜宇、明珠相商，慧如到公司，不能立即从事银灯生活。在此休养期间，对外必须保守秘密，否则抱好奇心理的纷纷来观，那烦扰是不堪应付的，不如暂居我寓，藉以韬匿。届时拍片，取名《坠溷花》，实事实人，定能卖座，拷贝远销南洋，这是可以逆料的。因此又乘我赴苏之便，带了礼物，续访慧如，一探已否分娩，何时可以出院，得以预先准备。我去，恰巧这天慧如临盆，情况良好，由护士导至产妇榻前，慧如拥衾和我相谈，神色如若。讵料隔了旬日传来噩耗，慧如产后失调，遽而殒化，杜宇、明珠顿失所望，为之嗟惜不置。

解放后，听说陆根荣尚健在，任宰肉业务，我故意往购熟肉，借此机会，了看到了陆根荣，当时的青年已两鬓斑白了。"

上述郑老先生的旧事重提，对于黄慧如的性格脾气，有较为亲切的实录。但关于黄慧如究竟是否死于产后失调，尚不能确证，也只是一种传闻。在郑逸梅先生的文字发表不久，上海古籍出版社的红学家和文学史家魏绍昌先生便提出另一种说法，他的《黄陆之恋末》也于9月24日在新民晚报发表。全文如下："黄慧如和陆根荣主仆情奔一案，发生在1928年6月，并非在三十代。黄慧如的父亲原籍浙江湖州，在北京当官挣下一份财产，不幸病故。全家移居上海老垃圾桥（今浙江路桥）贻德里，遭过一次盗劫，后来搬至赫德路（今常德路）春平坊。二少爷去美国留学，家中只有老太太、太太、大少爷和小姐黄慧如。大少爷白天要去物品交易所上班，家里平时只有三代女主人，因遭过盗劫，心有余悸，所以雇一个女仆之外，又雇了一个男仆，他说是陆根荣。大少爷有自备包车，但车夫不住在家里。黄陆之恋起因于当年春天。黄慧如同苏州贝家少爷的婚事吹掉了，她天天吵着要寻死，祖母、母亲和阿哥都劝阻不听，却被陆根荣苦苦劝醒了，两人由此私下相恋了。后来家中发觉此事，将陆根荣辞退。黄慧如已怀有身孕，偷取了母亲的一包首饰，便同他一起离家出走。黄家因寻人失窃当即报了案，他们跑到苏州不久被逮捕了。

苏州法院从七月至十月经过两次审理，判决陆根荣犯了诱奸与帮助盗窃两罪，处有期徒刑四年。黄慧如决心等候陆根荣出狱，住到陆的家乡苏州吴塔镇待产。此时这个案件已轰动苏沪一带，鲁迅在杂文与致友人信中曾两次提及。邵力子、洪深专程去苏州法院旁听。邹韬奋主编的《生活周刊》也作了评述，对黄慧如的爱情的坚贞表示了同情与钦佩。电影、文明戏、京戏、申曲、评弹等都一哄而上，纷纷改编上演这部时事新剧。上海还出产了'黄慧如牌'香烟等商品。明星影片公司郑正秋编导、胡蝶、龚稼农主演的《血泪黄花》，拍了前后两集。当初想约黄慧如亲自上银幕的，不只是杜宇、殷明珠夫妇这一家公司。后来与明星公司为争拍《啼笑因缘》大打官司的顾无为、林如心夫妇也去吴塔找过黄慧如，黄进苏州志华医院待产，还是顾无为介绍的。黄慧如性格开朗，想到脱离家庭应谋取经济独立，愿意接受邀请。但祖母、母亲、和阿哥认为家丑已经远扬，决不能再让她出乖露丑，都一致坚决反对。

第二年三月，黄慧如产后血崩，母亲将她接回上海家中就去世了。陆根荣出狱后，京剧赵君玉与赵如泉尚在共舞台上演此戏，随票分赠黄陆合影照片一张外，特请陆根荣登台做活动广告。当戏演毕之后，扮陆根荣的赵如泉向观众介绍真正陆根荣出来。陆穿了一身蹩脚西装，上台一言不发，向台下深深一鞠躬而已。

近年来东方评弹团苏毓荫和雷敏敏搭档，也在说这部书。据苏所知，解放后陆根荣在陕西北路小菜场摆食摊，公私合营后参加静安区熟食店工作，于七十年代中期病故。去年苏在大都会书场演唱时，住在附近的陆根荣的外甥也来听过书，告知苏说，黄慧如当初并没有死，这是黄家对外界故意施放的烟幕弹。其实黄慧如长期隐居在北京，六十年代来过上海，打听到陆根荣的下落，很想看望他一下，但陆已心如止水，不愿再见了。黄终身未嫁，前几年才故世的。……"

远去的恋情留下绵绵凄凉的馨香，黄慧如和陆根荣的一生，当然是一种永远的遗憾。她们走过的痛楚和刻下的伤痕，也是无数饮食男女梦中深深地眷恋。

迷楼倩影

一

迷楼,很好听,很香艳,当我们从纷扰幻变的都市中来,细细体味着她的紫红的温情,有丝丝缕缕的暗香摩挲你的脸面,有斑斓的五光十色轻绕你的肩腰。

她是小家碧玉,湖上初雨时分,可用柔声唤来一橹轻舟;她是浣纱西子,桃花沉醉欲坠,素手玉盘端来一盏春茶。

迷楼,你昔日的风情已不再。据说,早先从它的楼窗远眺,可以望见烟雨迷离的浩淼南湖,滋润的水气泅进泅出,一缕愁心兀自含情向人,你怎么也挥之不去。可现在,湖中"谜"一样的天光丽色已不复再见,早被一幢幢老屋遮住了视线,令人觉得甚为惋惜。当初柳亚子、苏曼殊、叶楚伧等人,常喜欢到这镇南边的僻静小楼闲坐聚谈,阿金母女烧得一手好菜,人又长得齐整出色,自然引得文人雅士纷纷上楼,借此春阳斜照的一方宝地,略略清洗烦闷的胸怀。其实也没有什么名贵的菜肴,都是水乡人家寻常的新鲜小菜,经过母女俩的精心烹制,便变得别有风味了。红菱上市,端上水灵灵的一大盘,再来一盆煎得金黄的臭豆腐,吱吱直冒油的炒田螺,韭菜干丝一清一白色香诱人,还有那肥笃笃的茭白毛豆,锡茶壶里烫热的黄酒,配两三碟五香豆、花生米、笋干豆,撩人的氛围便自然而然盈盈欲醉了。三两分醉意,五六分情意,七八分话语,从黄昏的谲丽一直延续到深夜的隔窗月晕。小镇人睡得早,只有迷楼的风灯还灿如亮银,只有迷楼的人影还剪着窗花月影。习习夜风,涵养着人的魂魄智灵,长街绵延,何时送陌路倦客归巢?

走在夜的石板路上,闪闪烁烁的是小街转角上三两昏暗的路灯。我不禁想起台湾女作家三毛写给周庄作者的一封信,信中她是这样夸奖周庄的:"……我们要把'周庄'当一个文化的珍宝,只有有资格的人才可以去,那些三姑六婆,省了罢……"

其实,去周庄的人都要有资格吗?对于旅游者来说,资格是一句空话。就像恶有恶报,善有善报这句老话是一句自欺欺人的屁话一样,众所周知的大汉奸秦桧,做尽了坏事,最后却是善终的。那些东说狼山西说海、人前拍马屁人后说鬼话的三姑六婆就不能去吗?三毛小姐真是太天真了。小镇有小镇的长处,老屋有老屋的劣迹。鲁迅先生笔下的鲁镇,就是一个把好端端活生生的人变成鬼的地方,那儿的人,开鬼心,扮鬼脸,怀鬼胎,点鬼火,做鬼戏,疑心生暗鬼,一步一个鬼。当然,现在的周庄,决不是鲁迅笔下的鬼镇,也决不是解放前那个穷相毕露的周庄了,它交通发达,公路直通苏州、上海,与吴县、同里、青浦等名胜佳迹互为犄角之势。而且,这个镇的干部在小城镇规划上很有远见,保留古镇旧貌,适当修旧像旧,吸纳旅游者去古镇发思古之幽情,而在镇外另辟一块地皮作为新城区,这真是一举两得的好事。

走进周庄烟水苍茫的湖甸深处寻觅,有历史的回声,有永远的梦境。远的不说,许多有识之士有志之士,当初便是离开了这个闭塞的小镇,在黑暗中摸索出一条银灰色的黎明之路,乘着乌篷船,驶向生命历程的大海洋。我在迷楼上看到一批古人的照片和实物,这批人当初曾站在历史的浪口风尖身手矫健，又在某一个政局变动的死水微澜间，悄然潜隐于周庄某一处茶馆酒楼或深宅大院中，翩翩风流暂把长剑束高阁，等待来日时机成熟，一腔热血喷涌，泼洒满天彩霞。

这使我想起了叶遐庵，他是广东番禺人，却在二十年代初隐居于苏州网师园中，以一种江南士大夫特有的有钱又有闲的超然态度，看看张大千的哥哥张善子画画老虎，再写写"华灯画舫，胜概豪情"一类的绝妙好词，一旦政治晴雨表阴云转晴，他便摇身一变，骑鹤上北京，趾高气扬当上了北洋军阀段祺瑞政府的交通总长。

纵观近代史上的周庄，让它做名人的退隐之所，似乎还不够格。为什么，大凡名人得意非凡势焰冲天时，决计不会去周庄品尝雨前的毛尖茶和鲈鱼莼菜汤的，因为它处在四面环水交通不便的封闭世界，咿呀作响的摇橹声，怎能抚平老爷们心中的万丈气焰呢？再说，老实巴交的周庄人，一到黄昏便熄灯灭火，钻进老屋一觉睡到大天亮，谁会像名利场中的达官贵人那样，夜夜笙歌日日狂欢呢？所以，早先周庄的地理环境和消息失灵，只能是成为三两知己一时半刻的逍遥之处，暂时忘却世上的血雨腥风，暂时躲避青红帮的明枪暗箭。名人一旦失意，也许反倒会灰溜溜地来到周庄，借一杯浊酒苦茶，浅唱低吟，发发胸中的鸟气，用无缚鸡之力的拳头敲敲桌面，然后孤伶伶地消失于凄风苦雨的小巷深处。周庄与历史上的名人，恐怕大抵都有这样纠缠不清的精神上的回归。生命史上的"进步"和"落伍"，时常发出悲哀的长啸，他们用尽了一生的智慧，刻骨铭心也罢，心灵沉沦也罢，秋风古道，夕阳黄昏，只有周庄的小街老屋，在灯火阑珊处，发出窃窃的巧笑。

迷楼的故事已经延续了几十年，有人还在考证她的艳情绮事。还是汪曾祺先生编的一句唱词说中了生意人的本质："相逢开口笑，过后不思量"。多少个"迷楼"，已经消失在历史的风霜里！

二

下午，我们踏上阴着脸的周庄小街，总觉得这个九百年的小镇太老了，著名的双桥也没有什么动人的风采，向一侧倾斜的桥身，掩不住垂垂老态。好像一只古旧的哥窑梅瓶，摩挲的人多了，冰纹开片甚至豁口裂痕，也散发出古典的光采。

我们走进"三毛茶楼"，这是一幢两层茶楼，楼窗外就是蜿蜒于小镇的市河，细雨点破水面，爽朗中几分伶俐，小风轻袭，有一种贵族的气息。据说台湾作家三毛也叫陈平的在此喝过半天茶，因而借这名声新开了这家茶楼，游客川流不息，生意不错。

三人每人一杯茶，茶价偏高。所以，周庄人是很少上这类已经贵族化的茶馆的。我们在小街一个极为破旧的平房里，找到了一个真正的周庄人喜欢泡的茶馆，那里才是人头济济，各种角色都有，穿着朴素随便，以老人居多，茶杯大多是自带，搪瓷的、白瓷的和酱菜玻璃瓶的，几乎没有紫砂茶壶。因为紫砂茶壶已经离平民色彩太远了。

晨昏之间，一叶飞扬，或是金风报初秋之信，或是杨柳弹碧水嫩脸，可惜我们来的不是时候，万斛雨丝乍暖还寒，正是又冷又湿的阳春三月天气。我们走出三毛茶楼，漫无目标的在漫漫长街闲逛，有时立在湖边高桥上，迎着清冷的风，像个呆子似的发愣。

抬头四望，雨中斜阳透过岸边民居窗棂，有一个少女探身朝外张看，皮蛋青的衣衫，一双圆润的手臂伸出楼窗，挑起一枝竹竿，把湿漉漉的衣服收进去，少女挺起胸脯，美目晶亮，那种细巧专注的神情，微微蹙眉又微微一笑，剪剪倩影涂上一层淡淡的金膜。稍顷，木格子窗轻轻掩上，蒙蒙细雨飘走红情绿意，依然是雨中冷寂的周庄冷落的天空。

　　刚才在小镇上喝了几杯劣质的土制黄酒，身子有点发虚，有点酥软，每个人的脸都有点酡红色了，且被那醉人的酒液灌得眼冒金星，三个人歪歪斜斜，走路从上街撇到下街，竟然乱闯乱摸，折进小街弄堂。

　　我们走进那条长长的甬道，三四十米长的甬道，被我们的身躯遮住了微弱的光，两旁潮湿的木门刻着时间的伤痕，灰尘扑扑，透过门缝看进去，老式的床挂着烟火熏黑的夏布帐子，碎砖地上，大概践踏过无数活人和死人的脚印。老宅破墙，连天井的门窗也东倒西歪，青石的井圈浸泡在苔藓的清滋气里，踩响咯吱咯吱的两尺宽的木扶梯，我担心那颗刺猬似的头颅，会顶破那扇蜂窝似的楼门。每个黄昏之夜，我似乎都看到一双布满青筋的手，小心翼翼地举着一盏油灯，步入那张躺过大半截生命的婚床。而那个妙龄如玉的盘房小姐呢，纤纤素手，临窗架棚，正飞针走线，或者一灯如豆，仰望天宇间瘦媚微颤的一轮新月，娇声吟诵朱淑真那首蝶恋花："……把酒送春春不语，黄昏却下潇潇雨。"

　　周庄啊周庄，你兰心蕙质，别让太多的醉意熏朦胧了眼睛，这么多人仰慕你的春色，你不觉得有点惶恐吗？

三

　　我们在江南三月悠长而绵密的细雨中，走进了梦中熟悉的周庄。

　　无数飘着招客三角旗的旅店酒楼，在我的眼里，好像是五颜六色的经幡。于是，我们选中了一家国营的旅店投宿，因为它不斩客，价格公道，三个人就可以在一间二十平方米的天地里纵横古今。

　　夜气峭寒，微微晃动的灯影，向我传达一种悲壮的诗意，一种神圣的祭献。睡在旅馆空荡荡的房间里，我渴望做着梦的灵魂随处飘荡。老式的木格子窗，被风抽打出令人心悸的抖动声，嘲笑着窗玻璃上笃笃作响的雪粒。我觉得，我的身子被包裹在温暖的棉絮中，而那不安分的灵魂，仍然喜欢溜出门去，在那曲曲弯弯的小巷四处飘泊。

半日匆匆的游痕，周庄姑娘幽远的淡香，或可略略离我而去。我碰到了一群幽灵，世界变得单纯而明朗，连三毛和王洛宾也在纵情地唱歌跳舞。我的心怦怦直跳，浑身被热烈而躁动的烦恼所激动，不禁按捺不住内心的狂喜，沐浴在一种既敬畏又放荡的目光之中。我和她们手拉手跳起那美不胜收的天使之舞，晚风款款的抚摸，轻拂着每个人额头上的细汗，赤裸的男人与赤裸的女人都是一群不知羞耻的鬼魂，醉人的舞姿使她们个个绵软无力东倒西歪，但两眼却依然灼灼有神发出迷人的光彩。我和她们一样，太喜欢夜深人静时分的空旷与宁静了，周庄的陈旧和阴暗，衰老和幽深，尤其是夜晚的神秘，少男少女的羞涩也难以抵挡住潮水般涨起的诱惑，何况无忧无虑无牵无挂的幽灵？茫茫天地间，只有一群快活的精灵，张扬着风骚的身躯，蹦跳那风靡一时的欲望之舞。而我呢，被她们围困着，鼓动着，且隐且退，把那已经歪斜的面具戴好，悄然凝目，准备做那掩耳盗铃的营生。

银色的月光下，鬼魂们颤动着酽酽的歌喉，随着树叶的呻吟唱着动人的歌谣。我的躯壳，变成更细小的身影混在幽灵之中，像风中颤抖的棕榈叶。夜未央，银缎子似的小河，也透出玫瑰红的绮丽。

这时曲笛吹响，正是灵魂出窍的美妙时刻。我沉浸在离世的轻盈之中。而残月，冉冉升起，飘入渺无边际的虚幻灵界。

她会来。我安慰自己，月亮女神会来，我已经感到有一团发白的像灵魂似的气息向我靠拢。

我体会到了孤寂，它把我带到一片黑灰色的荒野，一种焦灼的火焰在死命的咬我、搂我、舔我，而四周原先青青的茅草，也好像被大火烧焦了一般。不远的地方，飞舞着亮闪闪的萤火虫，与朋友重叙友情和情人重温恋情，成了远离死亡的奢望。苦恼引导着我走向永恒，而永恒，便意味着生命的停止，让苦苦等待的灵魂无时无刻地潜伏在潮湿的泥土中。

怡园冬天的表情

怡园，金字镶刻的门楣，文静而秀气。

曾经是舞姿翩翩的戏楼，满堂金玉紫檀的摆设，落寞在初冬的阴霾低云里。拜石轩下几处瘦得中空的太湖丑石，有点似青青白白的怪胎，冻结在庭院一方。我总有点生疑，宋高宗那种病态的审美观，喜欢千蛀万空的太湖石，这石疑是生了肺病的一群痨病鬼，把蛀空得像蚂蚁洞一样的肺叶，当作玩赏的古董，在白天，透视生命的悲切；在黑夜，扮演荒芜的鬼脸。

银杏树小扇子一样的叶子，不知不觉的落净了金色的茸毛，粉墙滴水砖沿的沟沟壑壑，高堂屋脊黝黑的瓦缝片隙，都盛满了她小姐妹们轻描淡写的翅翼。像王冠一样绿叶葱葱的树身，如今像只拔净了毛的雄性的鸡，裸身露出了嶙峋的骨架。面对初冬的压迫，它献出它傲慢的初夜权，最无情的戏子，剧终谢幕时，也会挣扎出最动人又最无奈的笑容，就像没有太阳的阴天，眨眨干冷干冷的眼睛。

冬青篱笆墙围观着一棵光滑的像水蛇腰般粗细的桔子树，我跳进围墙，两只手掌的虎口叉住了桔树的腰身，仰视着她瘦削细长的枝杈，把芬芳无味的天空划成不规则的形状。她缺少水分的绿叶有点干着急，满树大大小小的金桔无人理睬，小灯笼一样的桔子，在风中抖动，白墙上画出了层层迭迭的呻吟。我很喜欢她可爱的模样，伸手却采摘不到她有点风干的笑靥。惜别了，风中的小桔子，我伸了伸慵懒的麻木的手，像尝不到美食的流浪汉，跳高一般跃出了篱笆墙，被一阵园子里的野风笑歪了腰。这是冬的礼物吗？请不要与我说什么沉默是金落泪有情，媚俗的琴声是如此的悠扬动听，距离心之岸，也许有针尖大小的帆影。

我伫立在那个叫做董其昌的松江人的笔墨遗碑前，漂亮的出了格的行书，就像穿了羽绡轻纱的浴女，又像皮影戏里的剪彩，凝固于黑白相克阴阳相和的石碑，浮在若有若无的蜡梅树的香氲枯枝间。这个镀金时代的怪才，怀揣十里软红百丈雅量，诗文写得多么到位，多么风骚，多么富有艺术气息，可以得诺贝尔楹联文学大奖了："静坐参众妙，清淡适我情。"宣纸上翻腾着裸身的妙人儿，酒气泼洒出八斗才气，濡湿了任意疯长的天井茜窗，于是，春心无声的鼓胀，一曲《凤凰台上忆吹箫》，一勾一挑，把酒问歌，一生一世厮守爱的憩静。谁能想见，四百年前的一段桐木，烧焦了末梢，便成了石室中的至宝，一具冰纹玉痕的焦尾琴。

回想那第一场初冬的雪景，是一个神魂颠倒的怡园的晚上。我端坐于暗红色的花梨圆桌前，侧耳聆听院子里雪粒的回音。黄泥炉里的小精灵，调皮地舔着淡蓝色的火焰，青冈树烧成的木炭，爆出清脆的响声，它在守候谁的到来？它在迎候雪中的女孩。小巷僻静的牌楼，有一个通向园子的角门，残雪瑟缩着点点白星，颀长的女孩凝立在昏黄的路灯下，捧着一瓶子葡萄美酒，送来满腹心事还捎带着一腔沉醉，这真是个令人心神不定的快活之夜。那琥珀色的酒液，是哪一位酒娘的手艺？那夜光中一亮一亮的血红，可是葡萄滴下的甘霖？朋友们兴高采烈，拔开酒瓶软木的塞头，眯眯眼，别让花香一样芬芳的酒气熏倒了众人的口鼻。在这朋友相聚的时光，桃花绽开在姑娘的脸上，愉悦的风情游荡在雾气弥漫的圆桌中央。此时，美酒成了调酒师的情人，而香香的绿茶，就是水仙子的隐身，酒说酒话像花瓣一样东倒西歪，酒劲酒力像好斗的公牛热血喷涌……

怡园，永世的诱惑，病了的蔷薇。

弄堂风

　　她有一个清香扑鼻的名字，躲在江南小镇的某个隐晦的角落。她长得很甜美，秀长如旗枪，碧绿如炒青，弯弯的身子似一枚含羞带露的碧螺春茶，她的名字果真叫"茶叶弄"，一条细长又有点鲜活的小巷，黄梅天永远有点湿滑腻腻的青石板小路，两边高高低低的过街楼的屋檐，伸手便能互相触摸的花格子楼窗，楼窗里鲜亮如花的少女，那墨黑墨黑的长辫子，甩出一溜溜带着栀子花香或桂花香的人来风。夏夜傍晚，那穿着红绸短衫的女子，伴着绿袄裙的年轻嫂嫂，一同挽着满满荡荡的一竹篮衣裳，走向那河埠头，于是，弄堂的一阵风，也变得甜丝丝醉迷迷了。

　　男孩子总是弄堂里闹剧的主角，黄昏的阴影里，追来追去的风沾染了厚重的汗酸味，只有女孩子，规规矩矩地在自家的门口挑花边，盘着一双像藕一样白的小腿，她们同男孩子唯一一样的装束，便是赤足拖着一双木屐。男孩子的木屐板，在整个夏季敲击着小巷的青石板，辟里拍啦，响得人心烦，像毫无章法的快板书，没头没尾来去无影，有时候，跑得猴急，一只脚滑出了好远，另一只脚却踩空了步子，木屐便飞出了三四尺远，弄堂墙上"唛"地擦出一条痕，刮出一片灰渣，像子弹一样闪出一股风，摔在溜滑的青石板上，溅起的泥浆惊慌了女孩端坐时绣花的姿容。女孩儿穿着的木屐，一样的是青冈木的料作，一样的是旧的帆布带作束攀，但走路的姿势稳稳的，小小的腰身轻轻的，噼噼拍拍敲打着青石板，有板有眼，有滋有味，不是急急风，也不是慢郎中，是少女天性中蕴含的柔和，宽宽松松的裤管，卷在小腿肚上，红红的脚后跟，小巧的脚趾儿，熨熨贴贴在厚厚的木屐上，爽爽地穿行的弄堂风，喜欢悄悄停在她嫩滑的双肩，在无人知晓的情节，轻吻她玉一样润滑花一样脂香的小脚腕……

　　风，清凉如水的风，在夏夜清空中吹开一条裂缝，茶叶弄里，一个个小天使搬出了乘凉的家什，竹榻、门板、小竹椅、小方机、像罗列的八卦阵，错落在本来就十分狭窄的小弄里，在江南田野里游历惯了放荡惯了的风婆婆，此时便只有耐着性子，像游蛇似的在人堆中幽会。一星两点的蚊香，无力驱逐嗡嗡作恶的蚊虫，芭蕉扇摇着摇着，瞌睡虫却怎么也粘着眼皮，赶也赶不走。女孩子依着外婆的肩膀，数着天上的星光，低低哼唱着那不变的歌谣：“天上星，亮晶晶，青石板上钉银钉。”手里却捏着男孩子扔在地上的装着萤火虫的小瓶子。她上身的圆领衫，白净的颈项里，红丝线串着一个小小的香袋，香袋是六角形的，菖蒲和玫瑰的精魂躲在里边。她的脚边，石板缝里爬过了小圆点似的西瓜虫，长着薄薄的青苔的墙缝，驼着锅盖的蜗牛画出银线一样的足迹……

　　弄堂像青梢蛇的尾巴，有一口四眼水井还是百年前的遗物，青石井圈上裂开了无数皱痕，冬天的早晨，井口飘散着一缕缕热腾腾雾气，炎夏的中午，又阴凉又清冽的井水里，总是用网袋深吊着几只绿油油的西瓜。

　　一个连知了都打瞌睡的夏天的午后，小男孩阿秋惊奇地发现，从小女孩琴琴家的石库门里，走出来个梳着长辫子的陌生面孔的少女。在阿秋的眼光里，她比弄堂里的女孩子身材要高，模样却比弄堂里任何一个小女孩都要标致精神。平时，阿秋很少理会弄堂里差不多年龄的小女孩，虽然他自己也不过十二岁，却装出一种少年英雄的样子，整天带着男孩子们在弄堂内外冲锋陷阵。美丽的异性之花，那种诱人的芳香，细小而温柔的光芒，暂时还不会对他发生魔幻的定力。就在这个午后，他忽然被那陌生少女优雅的举止镇住了。她左手拎着水桶，是那种白亮的闪着雪花状的铁皮水桶，右手提一只红漆木盆，木盆腰中央箍一道金漆扁条。走到水井旁，她弯下柳枝似的身子，手臂一抖，双手便一上一下地拎起了一桶水，倒在木盆里。荫凉里，她坐在井圈上，一双白晰的小腿伸进清凉的水中。她脱去的是一双用透明的塑料做成的凉鞋，是阿秋从未看到过的那种式样，弄堂里的女孩谁也没有的那种样子，纤巧、简洁，发出一种清爽的香料味。她的脚趾并拢在木盆水中央，像倒映在水波中的一枚弯月亮，光洁的脚掌，肥瘦适中，带有优美的弧线。脚趾上天生的珠光色的趾甲，从大到小，像小贝壳似的排列得精妙而悦目，让阿秋忍不住有一种想触摸的意念。

呆呆地像傻瓜一样立着不动的阿秋，被少女清亮的叫声唤醒了："来，你也打一桶井水，洗洗你的脚丫子。"一向像猴子一样手脚麻利的阿秋脸红了，他看看少女那呈流线型的脚掌，精致的像玉雕一般，而自己的呢？十只脚趾有八九只像乌黑的荸荠，便接过水桶，让湿漉漉的绳子伸入井内，心跳得比平时还快，却只吊起了半桶水。他不好意思在少女的木盆内洗脚，把半桶水哗地倒在自己脚背上，一阵凉爽爽的快意霎时灌溉了全身。

少女揩干净脚上的水珠，穿上那双散发着香味的凉鞋，月白色的身肢像雾一样飘过阿秋面前，于是，童年很嫩很短的梦幻，便像朝雾一样长了翅膀飞去了。

阿秋后来才知道，那少女是琴琴的表姐，在县幼师学美术，过完暑假，便要去乡村小学教书了。夏季的弄堂风，剪出了一片素色的轻音乐一般的低吟，那一枚月亮珠贝，盈盈欲泪，隐晦地藏在四眼井清凉的水声里。

裁缝铺的女儿

贫乏的年代里,西门大街并不是一条笔直的街,它曾在我的记忆里一天比一天弯曲衰弱。那个一开间门脸的裁缝铺子,挤在糖果店、香烛店、南货店和天然池浴堂五味杂陈的气息里,便有点寒酸样了。我记得少年时,裁缝铺子对门是一家租书店,每到放学,我总要花2分钱,在那里租一本连环画看上一个小时。而裁缝铺隔壁,有一家小弄堂里的理发店,大人理发2毛钱,小孩子理发只要1毛钱。我为了把父亲给我的2毛理发钱省下1毛去租书看,便时常光顾这家全城最便宜的理发店了,虽然那个剃头师傅是一个常常在我头皮上轧出血来的瘌子,痛得我咧牙呲嘴。每当我走过裁缝铺,可闻到一种新鲜布匹的樟脑味道,还有那台老式缝纫机独自呻吟的歌谣。

男人是很少进裁缝铺的,少妇牵着孩子,姑娘拉了伴,像花蝴蝶一样飞进飞出。生命在枯燥无味的流水般的岁月里随风飘浮,剪一段布料做衣服,便成了女人们迎风招展的节日。姑娘们取一段色彩斑斓的花布,几尺金黄色的羽纱或富春纺,有的还把重甸甸珍藏在箱底多年的精纺花呢拿出来,说还是母亲当年的嫁妆。此时,老裁缝便郑重地接过这华贵的呢料端详良久,手抚鼻嗅,啧啧称赞道,是正宗的英国货呢……

老裁缝有两个女儿，在我童贞的眼光里，都像前世美人投胎凡间。稍高一点的姐姐，也至多十八九岁模样，秀长身材，黑黑的两条辫子甩在脑后，平时总给老裁缝打下手，锁锁钮扣剪剪线头什么的，她有着一种娴静沉稳的美，似乎有着什么少女的心事，暂时寄放在甜蜜的心中。妹妹呢？比姐姐小个三四岁年纪，圆脸，是芙蓉花开的那种圆脸，肤色白晰，眼睛大大的，乌黑的眼珠亮晶晶，短发齐耳，前额的留海，细细的，带有那种少女调皮的蓬松，像月光一样轻快流丽。妹妹除了在那台老式的缝纫机上踏出动听的节奏外，便是像老鹰捉小鸡一般，看住她们那一个小不点弟弟，弟弟像一只不听话的皮球，时常蹦出家门，在南货店糖果店乱窜，有时还窜过街道，钻到租书店来捣乱。此时，他的姐姐便捏一只鸡毛掸子，急急地立在门口，笑着吓唬道，出来不出来？不出来要打你小屁股了！这小弟弟是老裁缝五十岁时生的儿子，是他的宝贝。

黄昏的薄暮像雾一样弥漫开来，裁缝铺子是老街上少数很晚才打烊的店铺之一。此时，只有很少几个女客会光顾生意，发出烤蓝光泽的熨斗丝丝地冒着热气，一向少言寡语的姐姐，埋头飞针走线。她穿的那件黑色双绉的滚边短袄，越发显出蜂腰削肩的体态，低头咬断线头时，还不时露出了一溜溜细细白白的珍珠牙。天愈发暗下来了，手中的针脚花纹都看不清了，试衣镜也被水汽洇得一片模糊了，老裁缝这才吩咐小女儿掌灯。她举着那一盏擦拭得锃亮的美孚洋油灯，从厨房间里轻松地走来，像是被另一个时辰的使节所委派，金黄的光环照亮了她粉白细嫩的圆脸，有一种神圣的暖意四面浮动。凉风拐个弯吹进来，吹不散玲珑少女的依依曲线。

角角落落里都散乱着碎布屑的裁缝铺子，两个水灵灵的女儿，幽幽静静的像是县城老街上一块充满魔力的磁石，小街上隐含的欢乐与美丽的盼望，便在清晨的霞光和雨中的黄昏里，不知不觉被这个简陋的小铺子吸引了进来。胖笃笃的老裁缝，老花眼镜架在酒糟鼻上，脖颈上挂着那条软软的皮尺，立在溜光水滑的台板后，笑眯眯的眼睛，听任一块块花布在女客身上比试身材，调理色彩。总有这样的情境，小小的门面，像姑娘们欢天喜地的驿站，她们兴奋地从挂衣架上取下彩霞般艳丽粉嫩的衣裳，捧在手里仔细地品赏，呼出的兰气芳香，像春天的酒酿。此时的老裁缝，仿佛手挥五弦目送飞鸿的笑脸弥勒，两个女儿，便成了女人们最中意的模特，文静美丽的大姐，碎步上前为女客试穿新衣；乖巧的小妹，早捧上那一面白铜镶边的鸭蛋形镜子，镜子中的姐妹花容月貌，镜子外的女人迈出铺子时喜上眉梢莲步轻摇，走在老街上便有了迎风玉立的精神气儿。

　　日子总像新衣变旧衣，隐藏着多少流逝的欣慰与甜蜜，多少幻想与叹息！少女脸上满溢的羞涩，何时能穿上夜色的玫瑰香衣，在小巷深处，绿径树丛，在银波婉转的小河边，或者在野花开放的田间，去预支一次次销魂的幸福时光呢？

　　如果不是30年前那次惊心动魄的下放运动，裁缝铺的两个女儿也许有更好的命运，至少能够有更好的婚姻，且不说奢侈地谈论什么爱情，因为情欲和爱情原本是没有本质的区分的。在一片"我们也有两只手，不在城里吃闲饭"的狂欢声中，裁缝铺和它的两个女儿，也被扫地出门去了遥远的高乡。我猜想，两个女儿十指尖尖，并非是游手好闲之列，何必要剥夺她们自由选择命运的权利呢？

　　有一年，我偶尔在老街上散步，忽然有一个中年女人擦身走过，背着一大包待绣的花边，还拉着一个脏兮兮的男孩的手，嘴里在恶毒地咒骂着什么，我听得一愣，那女人苍老而眼熟的脸一闪而过，有点像当年裁缝铺子里的那个姐姐。时光匆匆，我不想恢复那永不重叠的记忆，也不再想象妹妹远走的模样。只是觉得，想从满街疾走如风的饮食男女中，寻觅清纯娴静，有点残酷，有点婉惜。

等待表姐

我把两只又香又脆的芝麻饼塞进棉袄贴身的大口袋,缩着脖颈,穿过石库门弄堂幽暗的甬道,突然被比我高了半个头的表姐迎面抱住了,这个云表姐,我闻到了她脸上雪花膏的香味,我的脸霎的红了,幸亏弄堂内行人稀少,我的难为情并没有受人注目,我惊慌地说,你做什么,鬼鬼祟祟的?表姐掩住笑意,凑近我耳朵说,买烧饼剩下的钱呢?还有3毛钱,要还给奶奶的。你问奶奶讨了,给我。为什么给你?表姐压低声音:你不要大声,等会我领你去城隍庙,吃梅花糕。表姐知道奶奶重男轻女,特别疼我,便怂恿我去撒娇讨钱。这个鬼精灵的表姐,比我大四岁,她早熟,人又长得漂亮,16岁已经初中毕业了,而我才12岁,长得瘦麻杆一个,刚刚小学毕业,为逃避家乡越来越厉害的武斗,在某个冬天的傍晚,像只寄生虫一样躲藏到表姐家中。

这个冬天,南方的天气奇冷,乡下的桑树林,因为没有及时用稻草扎牢保暖,冻死了大半。奶奶的气喘病又犯了,大伯伯好不容易穿过造反派的封锁线,去湖州买到了猴枣,总算让奶奶喉咙里雍塞的痰吐了出来。我呢,一清早到镇上的福记烧饼铺排队,是奶奶叮嘱我买的,她已经两天没吃饭了。看到她贪婪地舔着烧饼上的芝麻粒和溢出的糖汁，我的喉结也在咽馋唾了。奶奶像个老小孩，她撕了小半个烧饼，塞到我手里，爱怜地说，吃，趁热吃。我三口两口地塞进了牙缝，溜出了屋子，走进早上八九点的太阳，和表姐会合，往城隍庙而去。

离春节没有几天了，县城武斗的风声也逼近了这个小镇，街上采办年货的人和各色小店铺弥漫着急匆匆惊惶惶的神色。表姐今天穿了件深红色的线绨棉袄，在这个盛产丝绸的小镇上，也算是比较抢眼的亮色了。她又是那么的年轻，脸色白里透红，散发着一种从未有谁触摸过的充实的水蜜桃的香味，一种乡野的生气勃勃的青春期的美。她和我走在一起，两条长辫子的辫梢有时晃到我脸上，怪难为情的，她倒十分大方，还不时伸出手臂围住我的脖子，凑着我耳朵讲话，嘴里的热气呼呼地直冲耳孔，痒痒得让人熬不住。走到城隍庙前那座贴满了红色标语的石牌坊前，我突然有点紧张了，因为我看到了一幕令人心惊胆战的场面，而表姐却喜盈于色，仿佛鸟儿入山林，春叶融大地，她一下子扑进了他们的怀里。

那座破旧但不失威严的真君大殿，红漆大门洞开着，齐刷刷地立着好几排戴着藤帽的红卫兵，也分不出男女性别，只是个个手里握着亮闪闪的棱标，有的腰里的武装带上还挎着大刀，他们枪上的红流苏映着手臂上的红袖章，一种视死如归的庄严感，一种赴汤蹈火的重重杀气，仿佛在铁幕背后弥漫开来。说真的，我那时还没有偷读到多少武侠小说，但《荒江女侠》的故事曾在小学四年级时听到一位女老师讲过，印象绝对的深切，在我那个耽于幻想的年纪里，刀枪不入的故事远比爱情故事的诱惑力大，什么明月天涯剑，蝴蝶流星刀，走马戈壁沙，飞镖穿窗过，简直像学会了迷踪拳一样神魂颠倒。我也不明白，漂亮的表姐妩媚的表姐，怎么会认识他们。而且，更令人不解的是，刚才还哄骗我吃梅花糕的表姐，此时，竟然像没有这回事一样，身轻如燕，跃过大殿那高高的步槛，向一个像是首领一样的白面男子说了什么，又转身不见了踪影，我一个人呆呆地立在石牌坊下，心里有点吓势势，周围看热闹的人群，在大门刚刚开启时，便已逃得远远的，害怕队伍冲出来杀个人仰马翻。果真，在一面巨大的哗啦啦飘扬的红旗的引领下，梭标大刀的队伍喊着洪亮的口号列队出行了，我被那武斗前的雄性的激昂所吓住了，像缩头小乌龟一样退到小街边上，我已经忘了还有一个漂亮的表姐也是这支队伍中勇往直前的一员，我只是觉得，遥远的地方有人在呼喊，强盗来了，强盗来了，当心强盗抢！

事情就在我莫名其妙之中隐含着阴谋，正在我惊慌的东张西望时，队伍里突然走出一个也持着梭标戴着藤帽的人，他对我急切地说，龙弟，不要怕，我要和我的战友一起转移，你快回家，问大伯拿伍元钱，还有我的一双松紧带的蓝跑鞋，三天后到这里给我，我们还会打回来的！"他"就是表姐，一身侠女打扮，深红色的外衣也被绿色军装包住了，叫我怎能认得出？还没等我缓过神来，表姐和她的队伍已经消失在小街尽头。我回望城隍庙那高耸的屋顶，绣着"真如铁造反司令部"几个金黄色大字的红旗，在阳光下义无反顾地迎风招展。

回到奶奶的榻前，和大伯大姨怎么说清这件事的来龙去脉，我现在也记不清了。反正，表姐是预谋和她的同伴一起逃离小镇，还是偶然被她的战友说动去参加武斗，在事件发生之后，多半已经变的不重要了。重要的是，只大我四岁的表姐，在她那支骁勇善战的队伍中，也扮演了飞檐走壁的侠女的角色，虽然那时她还只是个初中刚毕业的少女。三天后，爱女心切的大姨急得失了主张，我便自告奋勇地担当了送钱送鞋的重任。可是，哪儿等得到表姐的踪影呢？我在石牌坊下无聊地从早上转到晚上，北风吹来的是干干的雪粒，还有屋顶上有时鼓足劲有时垂头丧气的那面红旗的呼叫声，经过了三天三夜的威风，那红旗的两角已被吹成了烂丝条。我在等表姐，等她那时而调皮的娇艳时而大胆的妩媚，我胡思乱想，只是一只梦中甜蜜的梅花糕，便使我成了她寻找队伍的同谋。我握紧了手掌，里面空空如一，而把它松开，则可以抓住一切。我试图抓住表姐，却只有风在哽咽，和风中嚣张飞扬的红与黑。

接下来的故事，便告别了童年缠绵的月亮，走进了严峻的回想。大约过了春节有半个月，离淀山湖不远的一个小镇上，两派红卫兵发生了大规模的激战，这场战斗的最大收获是给屋顶剃了一遍光头，据说，小巷里被瓦片堵塞了通行，明清两代的瓦片都成了杀伤力极大的弹药。双方用梭标大刀拼了个血流遍地之后，便各自占领了屋顶作为制高点，飞瓦大战中，有一个女侠眼锋极准，击出的瓦片像长了电子眼一般，先后击伤了对方数名奋勇当先的大将。在最后一幢房屋将要失守时，这个女侠用瓦片将对方的副司令击成了重伤，并在弹雨中将他俘虏了。女侠和战友们退守到一处乡村的戏台，四面被反对派的队伍包围的水泄不通。夜色降临，劝说投降不成，反对派便决定在戏台底下堆放稻草，准备烧它个玉石俱焚。就在点火的生死关口，那个被裹挟在女侠队伍中的副司令嚎叫了，高喊救命，于是，戏剧性的场面出现了，双方谈判，一方放下武器并释放副司令，一方就闪开一条通道让女侠们突围。在火把编织的夜色的照射下，一支血肉之躯的疲惫之旅，悄悄隐退于冬天寒冷的大地……

许多年过去了，那个穿着夜行衣飞檐走壁的女侠故事已经淡忘了，我后来才想起，表姐约我送去的那双松紧带的软底蓝面跑鞋，现在已很少有人穿了。但假如穿了它，肯定可以在屋顶上健步如飞，跨越轻灵，那小镇的巷子很狭窄的，一个腾空，便可以跳过。那种感觉，莫非是人在滑翔时的极度的失控的状态？还是人变做猴子时踊跃奔放的自在自为？说这话时，我的表姐其实已经是一个做外婆的老妇人了。时光吹开了静谧的帷幄，她呈现着我喜欢的那种静穆端庄的美。

曾园三宝

曾园，又称"虚廓园""虚廓村居"，是小说家曾朴的故居。曾朴从小生活其中，故园的一草一木，一石一垒，滋养着精神，助长着灵魂。这个有着四百多年历史的园子，接纳天地之气，也有三样吉祥宝物呢！

据说，常熟的方塔公园，留有三件宝物，一件当然是建于南宋的方塔了，如今已经成为常熟古城的地标建筑；一件就是与方塔遥遥相望的银杏树，三人合抱的树干，顶着荫荫绿冠，像一柄蔚然挺立的竖琴，在春风中弹奏天籁之音；还有一件就是一口宋井，是寺庙里的旧物，看着它三尺宽的井栏，可以想象众多僧人汲水的妙相。

名园滋养名人，名人演绎故事。曾园在我的眼里，也有吉祥三宝。

方塔有银杏树终日作伴，曾园有红豆树话说衷肠。要说曾园第一宝，百年红豆树当之无愧。红豆树在常熟乃至江南，都属稀罕之物，元代从岭南引种以来，虞山仅存活七棵。曾园五十年前，尚没有成为地区师范时，只是个党校的培训地。我小时候溜进去玩耍，两个地方最喜欢了，一个是假山旁的桃园，那满树红白相间的盘桃，任你采来吃，也没有人吓唬你。还有一个就是红豆树下。这红豆树现在立在庭院中,无人喝彩,当初可是威风八面。也不知是什么年代,也不知是什么缘故,当初那棵红豆树是长在屋子里的。我第一眼看到它,在一排整齐的黑瓦屋顶中央,冒出一个巨大的绿色树冠时,我吃了一惊。怎么屋顶上长了一棵大树?等到我走进了这一溜九开间的大屋时,才知道它是党校的大食堂。这棵合抱粗的红豆树,就在屋中央。它的底座被一圈砖石围着,人们端着搪瓷杯吃饭,有时就坐在树下大嚼大咽。我是小孩子,也没见过奇怪的事物,仰望着红豆树的树冠在屋顶外,粗壮的枝干却留在屋里,总担心下雨天怎么办,这大屋里的人不是要淋雨了吗?我现在也不知道,是曾家的人呢,还是后来的人,要在大树下搭建大屋。但为了大树而在屋顶开天窗,这个人我是蛮佩服的。

一个园子,无论多么精美秀甲,没有人的活动痕迹,它只能是个死园。唯有人的灵光宝气,才能给园子带来生机和活力。人的智慧,创造了文化。而文化,给园子带来了情调和雅趣。曾园东边长廊,曲曲弯弯,粉墙上嵌着数十块书法砖碑,这些书法墨宝,大都是晚清名人的题咏和信札,显示了曾朴父亲和祖父一辈与当世名宿乡绅的交谊。其中有晚清大官李鸿章、吴大澂、张之洞、翁同龢、张謇、夏同善等人的题词,也有当时的书法大腕的贺信,例如,伊秉绶、何绍基、杨沂孙。这些碑文,是研究晚清历史人物生活趣味的直观教材。保留这些碑贴,也有一段故事。据说,曾园至上世纪三四十年代,曾家的后人大部分留洋出国。看守园子的穷亲戚为了生活,便将园中值钱的东西纷纷变卖。房屋中的梁柱都被拆卖,镶嵌碑贴的墙院都被拆除了,大量砖碑埋入地下。所以,我小时候在园子里玩,没有看到碑贴。直到七十年代中期,园子被苏州地区师范征用,大规模建造校舍,才挖掘到这些碑贴。当时的校长庞学渊,是个文化人,他懂得这些文化遗存的价值,便将这些碑贴重新嵌入墙中陈列起来。曾园成为公园后,碑廊逐年补充,终于成为园中最有文化价值的景象。可惜，也有一个不足，碑贴的排列顺序至今凌乱，没有一个规范。如果请文史专家考证一下，或从年份，或从长幼，可能会好些。

当年，曾园的主人曾朴，晚年的活动除了写小说《鲁男子》外，主要是收藏各类法文书籍，还要在晚上会见川流不息的朋友和客人。他的谈吐，他的知识，他的丰富的藏品，连大名鼎鼎的郁达夫都想登门约见。曾朴住在上海淮海路花园洋房时，经常和上海的文化人谈文学，谈时尚。民国时期的邮政部长盛宣怀的外甥邵洵美，放着家里的豪宅不坐，一到晚上就往曾家跑，做曾府的坐上客。为什么？因为别墅的主人风雅，因为主人家里有抽不完的三炮台香烟，因为主人不拘小节，能容忍客人的自由自在，谈话到深更半夜也不会赶你动身。最主要的是，在主人家里，可以鉴赏丰富的藏书和各种各样的艺术品。

沉郁含光的碑廊里，我特别注意到有一块残缺了左下角的碑贴，书法潇洒，是当代作家张爱玲的祖父张佩纶的墨迹。据张爱玲小传称，张爱玲是李鸿章的曾外孙女。张佩纶与常熟翁同龢很有交情，也是维新变法的一员。这在曾朴的小说《孽海花》中，有生动的描述。张佩纶与曾朴的父亲曾之撰在北京就有来往，否则，曾之撰不会将张佩纶的这封信镌刻于碑。问题是，张佩纶是四十岁以后丧妻，后来再娶李鸿章的小女儿为续弦。张爱玲的父亲是否与李鸿章有血缘关系，暂时也无法确证。

张爱玲已经去世了十余年了，但她祖父的信札还静静躺在春花秋月的园子里。张爱玲最新出版的小说《小团圆》，我在曾园"清和居"书房里得到了。"清和居"是我朋友嵇万青在曾园旁的书房。这书房很有情趣，推开老式格子窗，可见到曾园里丛丛篁竹垒垒黄石，透过小院漏窗，还能依稀见到红豆树的一角绿冠。这"清和居"，我之所以将它评为曾园第三宝，全在于它的浓厚的人文色彩，在于它是许多文化人心灵诉求的栖居地。这小而全的书房，装饰典雅，随意中显露主人品位。东门粉墙，悬挂书法家赵华明"九万圩书屋"横披，西面山墙，有黄伟农"室雅茶香"的镜框。进门正中，更有张锡庚气宇轩昂的大匾"清和居"三字。赵的书法纵横有度，黄的书法雅拙相宜，张的书法雄健逼人，在这剔巧玲珑的中式庭院的空间里，书和画，古玩和时尚，各自有一方消停的情致。书房之静美，美在主人心思细密，美在主人待客周详。美在主雅客来勤，美在高谈阔论间。有一厢好书可读，有一杯红酒可抿，有一壶好茶可品，有一握好烟可抽，有一曲琴音可闻，有何高人不至，有何娇客不访？

　　书房之雅，正像美人蕉依依舒展的腰肢，一抹粉墙，一池春水，一弯拱桥，随着客人的巧语评点而婉转顾盼，这是人间的欲念，这是春情的飘送。雨，相思的雨，絮絮叨叨地诉说着梦境般流失的弹词，摇落多少灯影黄昏花香笛声……

　　谁在守望曾园的雨夜歌声？媚丽的眼神灼灼发亮！谁在迎候曾园的明月荷香？谈笑的风情是一缕烟云。

　　于是，曾园便如一叶翩然而动的小舟，随遇而安。

追寻那缕幽怨的香魂

待在江南久了,夜色迷离,香雾轻绕,听任一袭清风贴着水巷窃窃私语。于是,久静思动,我们忽然有了凡心,便离开蜗居的小城,千里迢迢,走进湖北神农架腹地。这里是王昭君的故乡。王昭君,这个离我们两千多年的绝色女子,生长在大山的深处,生长在丛丛绿树之中。到了她的故居前,我们才从恍惚中醒悟,没有绿窗灯细珠帘薄影,惟有满山满野的红桔,浓香扑鼻。她才是大山的女儿,她的泪与笑,悲与欢,是大自然赐于人间的珍宝。

山野的秋风,带来一阵阵凉意。金黄色的桔子树,铺染着锦绣的画意。花树密密的叶子吹来清香的果味,像是恋人唇间的暖流。空气清新而热闹,洋溢着湿漉漉的淡色之雾,雾岚时隐时现,人与山景,像在磨坊里转圈。有人惊讶于山坳低处挺立一棵挂着金果的柿子树,有人抱着镜头像山兔一样跳窜着去抢拍。我总是静静地注视着车窗外,任凭那山湾湾里的美景一幅幅往后退缩,并不想惊动自然的留影。

来到王昭君故居前,每一个人总免不了一番考证。"王昭君故居"五字,是大诗人郭沫若的手笔。既然严谨的诗人考证在前,这故居之地也不会太离谱吧。王昭君于公元前 52 年出生于南郡秭归县宝坪村（今湖北省宜昌兴山县昭君村）。王昭君父亲名王穰，老来得女，视为掌上明珠。公元前36年，汉元帝昭示天下，遍选秀女。王昭君为南郡首选。16岁的王昭君在仲春之日，泪别父母乡亲，从香溪上船，沿长江北上，历时三个多月，到达长安皇宫，从此开始她离乡背井的生活。

　　说起选秀，我不禁一叹。这可是人类社会的传家宝，一代一代薪火相传，魅力四射。悠悠岁月像漂泊无定的河流，没有航标灯指引的人生之旅，咀嚼着无穷无尽的苦难。离乡别井，对于一个孤独的16岁的少女来说，更是雪上加霜。

　　我不禁想起了"常熟城里美人多"的传说了。在我少年时，我在常熟城里，是见到过真正的美女的，至少是我眼中的绝色美女，被我那种大众化的审美眼光所俘虏了，她像五彩的云朵，接受太阳的亲吻；她像春天的芳唇，呼吸众生的甘霖。其中一个美女嫁给了某名中医的儿子，她当时是一家熟食店的店员。现在大家到店里买熟菜，都是一手交钱，一手拿物。这其实不太卫生。当时的熟食店甚至饭店面店糕团店大饼油条店，都要先排队付钱买筹，凭筹码领物。而这个美女（当时已是两个男孩子的妈妈了），是在熟食店一旁的两米见方的玻璃柜台后专门卖筹的。我每一次路过这个飘着燠鸡香味的熟食店，总要朝那个透明的玻璃柜台里多看几眼，因为，那是一个真正的美女，鸭蛋脸，皮肤白里透红，眼睛俏丽有神，眉毛黑亮如黛，衣着瘦而有致，一副清水素面的打扮，令人联想到戏文里的小白菜。另外一个留在我印象里的美女，就是"选妃子"剔选下来的那位。据说，这位原籍支塘的美女，是选到了省军区一级，才被筛选下来的。她是全常熟的荣幸，她也是全常熟的骄傲，如果她被选上的话，那就轮不上南京军区前线歌舞团的张宁了。不过，选不上也没有什么不好，因为这个世界什么样的奇迹都可能发生。她从一个农村姑娘，经过了三教九流的赏识，经过了层层叠叠的政审体检，虽然难成正果，也是因祸得福。从上边淘汰下来，便安排到了县委招待所当了一名前台服务员。有好几个年头，我都会情不自禁的驻足欣赏这个年轻的美女。我经过县委招待所，会特意弯几个弯，假装寻人，到那个门口张望一眼。那时的招待所没有如今的门警森严，前台服务员和门卫老头在一个厅里办公，我要看美女必须同时要看见那个瘦得像芦柴棍似的老头。这真是一幅不相称的画面。要问这个美女有多美，当然不能用现代瘦肩细腰美人的标准来衡量了。她是个乡村美人胎子，皮肤是晒不黑的那种健康色，也是白里透红，像那种阳光里饱含果汁的国光苹果，咬起来肯定是一口一个汁。而且最要命的是，她仰起瓜子脸笑得时候，一口像小贝一样整齐的牙齿，令人动容，像夏天充满浆汁的玉米粒。她后来也嫁了，据说嫁了个转业军人。两个美女，都是两个孩子的母亲，而王昭君却是三个孩子的母亲。据说，王昭君嫁到匈奴之后，先与丈夫生养了一个儿子。丈夫死了之后，她被迫嫁给丈夫与前妻所生的儿子，又生养了两个女儿。王昭君的儿子，在与丈夫其他妻子所生的儿子之间争夺王位时，被杀死。此时，悲痛的王昭君提出，要回到汉朝家乡与亲人团聚，但却遭到皇帝拒绝。不久，王昭君便忧郁而逝。据说，她死在苦寒风雪中的异乡大漠时，还不到四十岁。这就是一个山间美人的悲伤结局。无论历史与传说给她多么沉重的颂歌，对她来说，只是画上的饼，当不了真的。男人都担当不了的卫国大业，却交给一个弱小女子去承当，这不是一种极大的嘲讽吗？我们的历史，我们的人文，时常在涂抹这类怪圈。

　　我到过不少名山大川，陶然亭的琴声、黄山的雨吟，莫干山的竹啸，兴福寺的钟鸣，他们留在我记忆的典册，时不时弹奏几句。不过，真山真水，是神农架森林的亮点。宜昌文工团原生态的歌舞表演《昭君别乡》，像多情的影子，折叠了几次，惹动了我的泪水。

　　第一次在大山的背景下，看到蓝天绿草的诗篇，像彩绸一样舞动。音乐像银铃一样细碎地漫山遍野响起来，是那种深入你内心的悲伤，你的意念，你的粗糙的心，也在一个时间段被她吸引了。是那种山野子民无奈的呼喊，是一种民歌的齐唱，有点像山西民歌《走西口》，也有点像二胡曲《新婚别》。我听出来了，这音乐的悲吟，是一个16岁的少女苦苦地放开母亲的手，这娇嫩的手，要去抚摸粗冽的风霜，这娇嫩的身躯，要去温暖大漠的冰寒。有谁能知晓，一个少女柔韧的心在一滴一滴出血？有谁能明白，守着一个虚伪之极的承诺，苍天在散布毒蛇的梦呓？她的指印，她的笑语，她洒落在大山绿草丛中青春的香味，她的歌声，她的倩影，她披散在香溪河畔的彩色衣裙，此时，已经提前告别。

当我看完这山野间不到十分钟的《昭君别乡》的歌舞表演，我的眼眶真的湿润了。她感动了我，她满足了我。她绝对没有盛唐歌舞《踏歌》那样宏大而华丽，她也没有宋代马球那样粗俗骄纵，她的剧情朴素，音乐简明多情，她的二胡拉得委婉动心，她的洞箫吹得明媚多姿，她的舞步像莲蓬一样轻晃，她的嗓音像绵羊一样轻亮。待到演员们演出结束，我还呆呆地立在舞台前，耳朵边还在回荡刚才那悲伤而忧郁的曲调。

于是，我赶紧拉住那个飘飘欲仙的演员"王昭君"，让摄影师为我和她留了个影。这是我到昭君故居的最好收获！

谁为王石谷画了肖像

2013年春天，我进虞山公园踏青，发现原先有点苍老的公园，变得漂亮精神了许多。一个新修的亭子引起了我的注意。亭子上方的匾额叫做《骑牛还山碑亭》。我有点奇怪，原址是有一个半山轩式的敞亭，叫做"石谷亭"，怎么变成了骑牛亭了？我抵近一看，亭中央墙面上镶嵌着两列旧的碑刻，新涂了墨色。亭子整旧如新，碑刻上的字画，也清晰了许多，给怀旧的人，留了一处思古幽情。

亭子的新名字，来源于一幅清代康熙三十七年（公元1968年）的图画，就是宫廷画家禹之鼎画的《石谷先生还山图》。图的内容是王石谷骑着一头牛，悠哉乐哉，漫行于山间小道，后面跟着一个书僮，挑着两篓书画杂物和宝剑斗笠，是一种脱离蕃蓠放归山林的欢乐之态。我仔细观赏了石刻的图像，石谷老人姿容清健，憨态可掬，正是应了一句古诗："青牛背上客，含笑回虞山"。在北京当了六年的宫廷画家，依然无法销磨六十六岁老人的怀乡之情。

王石谷是布衣出身，世居虞山桃源涧，上代五世都是务农为生。康熙三十一年（公元1692年），王石谷在太仓画家、户部侍郎王原祁等人的推荐下，来到京城，为康熙主持绘制《南巡图》。一般来说，人们总是以为，进京为皇帝作私人画师，好比一跤跌进了青云里，享不尽的荣华富贵了。其实，画家的地位是很低的，一进宫门深似海，所有的人身自由都被剥夺了。首先，画家没有功名，也就没有官职，在宫中被称作"画人"。皇帝一声令下，每年要从全国各地尤其是读书风气浓厚的江浙两省征召画人，多则上百人，少则几十人，每人每月十两左右银子，养在如意馆里，专门为皇帝的爱好画一些供奉图，供皇帝个人消遣。如意馆设在离北京城数十里的颐和园，高屋大院，门禁森严，平时除了皇帝来到园中游玩，闲杂盲流是不准入内的。同样，在院中打杂的工匠、花匠、缝衣匠、各色玉作金银作等百匠流工，也是凭牌出入，不得私自来往。

所以说，做惯布衣画家的王石谷，那里受得了这样的拘束呢？颐和园离北京城很远，不要说去个小酒馆眯眯老酒，会会老友，就是平时上香山去转转，去八大寺烧炷香许个愿，也是要请假批准。你说，教六十多岁的老人怎么去消受呢？

况且，说得好听，王石谷是承蒙皇帝恩准，为皇帝画画。但这皇帝是在紫禁城里上班的，日理万事，哪有可能天天往颐和园里观赏图画呢？有的画人，画了一辈子画，直到死在宫里，一张芦席卷了往园外的乱石岗一扔，家人收尸都不见踪影。这都是管理宫中事务的总管太监作的孽。还有，在如意馆作画，每天所需的纸墨颜料，都是要向太监申请才能领用的。你要好纸好墨，还要低声下气地看小太监脸色。你要好吃好喝，还要任小吏白眼施舍。几百个画人，每天画几百张，几年下来，累筐积箧，案积库存，皇帝哪有时间看得了这么多的画？有的画人，一辈子没有见过皇帝的面。有的画，永远尘封在箱笼里，与蛀虫为伴，与蛛网相系。

最要命的是，南方人耐不住北方的苦寒天气。南方人在北方讨生活或者是做官的人，短命的居多，就是因为耐不住北方的极寒。那种冰雪万里寒冷彻骨的景象，冻死了多少香闺的梦中人。王石谷在京中的六年，时时想早日回到春暖花开的江南，在虞山脚下的桃源涧,他可以开怀畅饮绍兴老白酒,他可以一觉睡到日中天,一夜梦到祖师边。冬吃山羊肉,春啖刀鱼鲜,这样的神仙日子,拿黄金白银来换,他也捧在怀里不放手的。

于是,他一而再再而三地托人向皇帝说情,完成了《南巡图》,他要回虞山了。终于,在王石谷六十七岁时,他被批准回家了。这里要说明的是,为什么叫做《还山图》,而不叫《归家图》呢?我猜想,王石谷画了一辈子山水图,他又是生活在黄公望生活过的虞山桃源涧,他能脱却蕃笼入青山,摆脱束缚归道山,人生惬意莫过于此,还有什么比骑着老牛漫步田园最开心呢。于是,理解老友心情的同馆画家禹之鼎,便画了这幅《石谷先生还山图》,赠给王石谷。于是,我们今天能在虞山脚下的亭子里,看到了三百多年这幅画的石刻图像,大致领略了当年石谷老人优游山林的风貌。

亭子里共有两列四块碑刻,据当过常熟博物馆长的周公太先生介绍,镶嵌在墙上第一列的两块旧碑,实际上是由两块全碑和半块残碑组合的。第二列两块碑,右首第一块的文字是清朝宣统辛亥年间邵松年所撰,叙述了《石谷先生还山图》的来历。右首第二块碑是十多年前新设立的。由周公太撰文,汪瑞璋先生书,王路明刻碑。周公太的文字清通简要,摘录如下:"虞山画派创始人王石谷先生画理研深入微,凡唐宋元名迹尽悉其精蕴,下笔可与古人齐驱,因有画圣之誉。其于六十岁以布衣应康熙帝诏入宫,主绘南巡图计十二大卷,堪称画坛巨制。康熙三十七年图成辞,不受官奉,御书'山水清晖'而返。临行,戊寅花朝前一日,内廷供奉写真大师禹之鼎特绘'石谷先生还山图'以赠。在朝公卿陈士龙、王士禛、王琰、姜宸英、查升等皆题诗以表惜别,艺林传为佳话。"

查北京故宫博物院专家徐邦达在1990年题签的《中华文物鉴赏》一书,禹之鼎是清初肖像画高手,他是江苏扬州人,清初顺治四年生(1647年),康熙五十五年卒(1716年)。他的绘画受欧州肖像画的影响，具有一定的立体感。在北京如意馆，他和王石谷是老朋友。他不但为王石谷画了还山图，还为王石谷的恩人兼师弟王原祁，画了一幅《王原祁艺菊图》。此画绢本设色，是一幅小型手卷，横136厘米，现藏北京故宫。

要说王石谷当了六年宫廷画家，有没有收获，答案是肯定的。一是和全国征召到北京的各地画家有了交流切磋的机会，打开了眼界，领略了各种画派的风格。不但是虞山风格，也有娄东画风，更有北派的石刻造像彩塑壁画。尤其偶尔还能从皇帝收藏的历代名画中看到罕见之宝。我在常熟博物馆收藏的一幅王石谷山水画上看到，王石谷在题跋上自夸："历年过眼大痴（即黄公望）山水画不下数十幅"，可见其眼界多么高远。据一般资料介绍，目前全世界馆藏的黄公望山水画，也不过数十幅。中国各地所藏黄大痴的大小尺幅的作品，估计也不会超过二十件。不是说画家画的少，而是岁月变迁兵火相交，纸质或是绢纱作品，实在难以抵挡天灾人祸的侵蚀。

那么，既然禹之鼎给王原祁画的艺菊图还在人世间，那么，《石谷先生还山图》真迹在什么地方呢？真迹早就不在人世了。估计此图由石谷老人携归故里，被后代人换酒吃了，也难说的。因为老人从北京回虞山，又活了二十多年，一直靠卖画为生。三百年了，他的多少杰作化为了清风明月！经历了岁月之筛的无情淘洗，目前全世界各大拍卖行偶尔拿出的王翚山水画，早就超出了亿元的价格了。

虽然我们见不到《石谷先生还山图》的真迹了，但不用遗憾。因为，在北京故宫，还藏有一幅王翚的学生杨晋所画的《王翚骑牛图》，我们若有机会去北京故宫，同样可以一睹石谷老人的风采。杨晋的这幅《王翚骑牛图》，为纸本淡色画，纵81厘米，横33厘米。杨晋是常熟人，常熟博物馆收藏了他的不少画作。他字子鹤。号西亭，生于明崇祯十七年（1644年），卒于雍正六年（1728年）。他一直跟随石谷作画。王石谷于1717年逝世后，杨晋几乎成了石谷老人的代画人。杨晋不仅擅长山水画，花鸟、走兽、人物甚至肖像画，他几乎无所不能。他曾和石谷一起在北京呆了六七年，一起参与了巨幅作品《康熙南巡图》的创作，图中的牛、羊、马、骡等动物，均是由杨晋完成的。

杨晋的这幅画，据落款说明，是画于康熙三十八年（1699年），王翚时年68岁。图中的王翚，头戴斗笠，穿着长袍，蓑衣垫在身下，骑着青牛缓步而行，身后没有书童跟随，无拘无束，悠闲自在。这幅画与禹之鼎不同的地方是，形式上，禹之鼎的画是横幅，杨晋的画是中堂。所以，杨晋及其后人的题跋都是在画的正上方。禹之鼎的题画诗，或在画的左边，或在画的右边，好像是专门留出画面空白，请名人题诗的。杨晋的画，以墨为主，略施淡彩，画面素雅轻松。据专家聂崇正分析，杨晋画的牛，是从晋唐而来，画法显然脱胎于唐朝大画家韩滉的《五牛图》。

杨晋显然比禹之鼎更了解老师脱身归山的迫切心态。图的上方有杨晋自题诗一大段："老夫自是骑牛汉，一蓑一笠春江岸；白发生来六十年，落日青山牛背看；酷怜牛背隐于车，杜饮陶陶夜到家；村中无虎豚犬闹，平圲小径穿桑麻；也无汉书挂牛角，聊挂一壶春醅酒；南山白石不必歌，功名富贵如余何？"

画面与诗句都是平淡活泼，用的是隋朝大将军李密"牛角挂书"的典故，将王翚寄情于山林美酒的人生真趣，一吐为快。

从徐扬的册页说起

徐扬是何许人也？一般不研究中国画的人是不知道的。他是清代乾隆年间的宫廷画家，2010 年，徐扬的手卷《南巡纪道图》，在一家拍卖行估价超过一亿元，成为中国书画拍卖行情中，成交价超亿元的第九件作品。徐扬这部手卷，有绢本和纸本两种，著录于《石渠宝笈》。拍卖的是纸本，画卷高 28.5 厘米，全长达 1930 厘米，也就是说，这幅画卷摊开来展示，长达十九米之多，的确是一幅传世巨作了。

徐扬和常熟有什么关系？有关系！徐扬是苏州人，出身于金阊门外的专诸巷。徐扬在乾隆十六年到北京进宫廷画院当画人，当时已经在画院当画人达二十年的常熟人余省，就亲切地接待了这位小同乡。余省是在康熙年间就进了宫的，每个月的俸银是十一两，徐扬当画人第一年的工资，就是参照余省。

我们可以设想，乾隆年间的徐扬，在春暖花开的某一天，与友人来到虞山踏青访友。虞山这块人杰地灵的鱼米之乡，可是出过黄公望黄大痴的。黄公望可是徐扬顶礼膜拜的画圣。于是，青青桃源涧，郁郁宝岩山，成就了这位天才画家的灵感和才思。于是，五色迷离的国画颜料，在一张张册页上披散渲染，一幅幅盛世的风光图貌，化作彩蝶飞舞诗韵悦耳。徐扬在乾隆年间留在常熟的六张册页，在三百年后重见于世。这也是画家与常熟结缘的明证，也是艺术之花永留人间的倩影。

说起徐扬这六张册页在常熟的发现，我们不能不说起它的偶然与必然。一般来说，古董的保存，唯有书画最难。迄今为止，保存的纸质或绢本的书画，也不超过一千年。而青铜器，几千年前的都有。一场大火，就可毁掉无数书画。经过血雨风火的洗礼，遗存民间的书画珍品，就成了收藏家"捡漏"的猎物。所谓"捡漏"，这是古董行的俗语，也是人人喜欢做的美梦。就像中彩票一样，有多少人能梦想成真呢？

时间大约可追溯到2003年或2004年，因为我采访捡漏者本人，他自己也有点恍惚和迷离了，是庄子见到了蝴蝶，还是蝴蝶梦见了庄子？毕竟是十年一觉虞山梦，山色葱茏烟花重。那一天那一刻，发现徐扬的册页竟然跳现于眼前，他也觉得，是上帝轻轻的吻了他一下，那久违的缪斯的七彩的笛音，仙乐一般飘飘渺渺——

先说说常熟的古董玉器店。有规模的店铺，都集中在虞山脚下的小山台。这小山台俗称"小三台"，因为山脚下有几处巨大的石台，留有几处石刻，传说是元代黄平子提炼金丹和跳梅花桩的地盘。出小山台，往西门，一路都是旧道观的遗迹。这个地方开古董店，占尽了山川形胜之利，出跳隐踪之路。退可能往山林草丛溜，进可能堂而皇之潜入深宅大院。开古董店的，我们称之为坐商。坐商的特征就是坐在太师椅里，等待客人上门。客人有两种，一种是来看货淘宝的，像光绪皇帝的老师翁同龢，上午教过小皇帝描红，下午就去北京琉璃坊的荣宝斋坐坐，看看王石谷的画，翻翻颜正卿的帖。第二种客人就比较鬼祟，比较神秘，常常夹着一个青布包袱，急匆匆走进店门，左右四顾，有点慌张地对店主说，有一件东西，请老板你看看。这种人不像穷途末路撞进当铺典当首饰衣物，而是给人一种拿来的东西来路不正的印象。而坐商就是喜欢这种客人。这种客人里绝大部分是行商，所谓"行商"，就是串街走巷收买旧货的小贩小商。他们行走于江湖乡村，流窜于破落的旧宅老屋，管你什么值钱不值钱，只要看上去灰尘扑扑是老东西，哪怕是猫食盆狗屎棍，也能一个铜板收两件。常熟人比较刻薄，称这种人叫做"踩地皮的"，通俗的说法，就是这种人靠一天到晚走路赚钱的。

魏先生就是小山台上开店的一个坐商，而且是一个聪明能干的坐商。他平时大量阅读古董书籍，收藏的东西精当而门类齐全。机会总是青睐有准备的人，就像机会给了当油漆匠的希特勒一样。那天一大早，我们暂且将目光停格在2003年的这个早晨，也不是太好的天气，只是我们的魏先生是只勤勉的鸟儿，一早就出来开店寻食了。这时，一个收旧货的外地人撞进了店门，他指指门口那辆破旧的黄鱼车，结结巴巴地说，老板，我收到些旧书，你要否拿了去。听了"旧书"两字，魏先生起先也并不在意。因为旧书生意并不好做，他虽然也收了一些，但很少收到好的古籍版本。出于职业习惯，他踱出店门，一边在车厢里翻翻，一边与那个收旧货的汉子聊聊天。职业习惯的聊天，就是要套出这个汉子是在什么地方收到这些旧书的。一问不是三不知，而是问出了一个不小的秘密。

原来，这车破旧甚至有点青霉绿斑的旧书，是从离小山台这条街不远的小巷子里卖出来的。这条小巷子叫槐柳巷，也是在旧时代出产许多大宅院大人物的地方，例如，周文在中将，就诞生在这地方。话说这个收旧货的外地汉子，一早走过这个巷子，被一个居委会的阿姨叫住了。原来，有一个老屋里死了个老人。老人孤身一人，又是租住的老公房，死了之后有居委会干部帮助料理了后事。在清理那间破旧潮湿的老屋时，发现屋角里堆了不少旧书。于是，那个收旧货的汉子拿了几个蛇皮袋，胡乱地像扫垃圾一般地清理了一番，装了几袋，付了几元钱。这个汉子不懂古董的，只是在整理捆扎这批旧书时，发现有几本是线装书。他想多卖几个钱，于是，他就顺道来到小山台，找到了第一家开门的魏先生，请他过过目，说不定能多挣几个酒钱。

闲话当中，那个汉子也在察颜观色，他也在看好魏先生的态度。这堆旧书中，以旧杂志旧书为主，有几十本线装书也是民国版本，价值也不大。可以说，这是堆鸡肋，食之无味，弃之可惜。鸡肋归鸡肋，也可熬熬汤。魏先生抱着这样的态度，在旧书堆中一本本翻着。突然，他在一厚本大开本的旧版书的书页中，发现夹了几张彩色的册页，他一阵狂喜，但是极力稳定情绪，喜不形于色。虽然他对古代书画并不十分精通，也并不能一下子就断定这就是古代名画。但是，出自老宅的这批书，一定有它不寻常的经历和故事，隐藏在旧书背后波澜壮阔的人生况味，有谁知晓？于是，他放下书，镇静地说，这批旧书也不值多少钱，你要卖给我，我还要整理一番才能卖给别人。那汉子有点失望，就说，你挑一些吧。于是，魏先生先挑了那些线装书，又挑了几本旧版书，最后又把那本夹着册页的旧书放在其中，说，这本也算搭送吧。经过几轮讨价还价，最后这几十本旧书，魏先生付给了汉子一千元钱。汉子高兴得喜不自禁，骑车而去。这是他收破烂生涯以来，收入最丰的一天了。

魏先生捧起旧书，抑止着高兴的心情，进了店门。他先将旧书中的册页抽出，另外收藏，这样的宝贝要回到家里，洗净手之后再仔细鉴别欣赏的。

是夜，他一杯清茗，灯下细究。展开册页，一共有六页，纸本精裱。每张册页纵33厘米，横27厘米，是属于册页中较为大型的一种款式，和常熟博物馆中所收藏的王时敏、王石谷合作的十二册页尺寸相仿。这六张画，一张是人物画，一张是山水画，四张是花卉画。这三种题材的图画，恰恰印证了明清两代绘画的最高水准。按照故宫博物馆专家徐邦达的画论，称：明清两代的绘画成就，山水画为第一，花卉为第二，人物为第三。

讲了半天册页的来龙起脉，这册页究竟是什么模样呢？其实，这册页，说白了，就是一种便于携带观赏的小尺寸的图画。古代的标准，有钱人收藏或者观赏图画，分为四种等级：一为手卷，即可以卷起来放在盒子里带着旅行的图画。这种手卷也是有大有小。大的如皇帝收藏的，就像前面我们说起的徐扬那幅手卷，纵28.5厘米，横达19米。这样长幅的手卷，也只有皇家才会有那样大的桌面展示观赏的，一般人家根本做不到的。就是在现代社会，没有一定的财力，也没法收藏这样长的手卷，为什么？因为手卷要经过良工高手裱作，裱作的工费，少则几千元，多则上万元。第二为册页。为什么册页只能轮到第二呢？因为册页是分散的画面，就像屏风上的画一样。它可以有开有合。但它毕竟不像手卷，带起来方便。第三为中堂，就是底下有木轴的那种，以挂在墙上观赏为主的。携带起来更加不方便。你看，那些大户人家逃难时，谁去理会墙上那些书画？总是先席卷那些细软，然后就是带上干粮。墙上哪怕挂的是唐伯虎的仕女画，也不会去拿下来的。第四等图画是什么呢？就是扇面。这扇面也分两种。一种是日常用的折扇，上面请有名的或者无名的画家画一些山水景色，一边扇着清风，一边拍着蚊子，到了冬天就睡在抽屉角落里了。还有一种是高雅的扇面。不为邀约清风，只为喜好明月的扇面形状的图画，可以裱在镜框里观赏，也可以做成册页。

说起了与图画有关的珍闻，那么，魏先生得到的这六张册页，究竟是不是徐扬的作品呢。答案是肯定的。首先，魏先生研究后发现，这六张册页，是在一本至少是十张一本的册页簿上散落出来的。就是说，原本徐扬画过一本十张或者有可能是十二张的册页，但是经过三百年的人生颠簸，如今流散在民间的，也只能见到仅有的这六张了，这也是不幸之中的大幸了。如果不是那个收旧货的汉子上门推销旧书，这六张名画，也不知流落谁家之手，也许早就化为纸浆泥水了呢。

　　魏先生查阅了有关资料，关于徐扬的生卒年月，已经无法考证了。大多数的资料上只是说："徐扬，字云亭，苏州人，家住金阊专诸巷。"旧时代，因为画人不是官职，所以正史上对徐扬的记载是很少的。不过，这六张册页由魏先生请故宫博物院单国强先生鉴定了，证明其确实是徐扬早期的作品。也就是说，这是徐扬进宫前当专职画人之前的作品。单先生说，徐扬到了北京为乾隆作画，一般落款都是"臣徐扬"，而此六张册页的落款，分别是"云亭徐扬""徐扬制"等。

　　六张册页中唯一的山水画，画的是"庐山瀑布图"，楷书落款"徐扬制"。第二张是人物图，楷书题诗：欲娱清画临书卷，不觉丹枫乱点衣。钤印两方"徐扬""云亭"。花卉册中有两张品相极好，但有两张没有题诗，两张题了诗，分别是"鸟知春色好，惟恋海棠枝。""一声啼鸟秋风里，烂漫芙蓉傍水涧"。

　　专家还从册页装裱的角度看，它比较符合清代的制式。六张册页都是对开式锦绫装裱，无论从宣纸、墨色、印泥等书画用料来看，都较符合清代苏州画工的习惯。至此，基本可以肯定，这六张册页，的确是三百年前的旧物。徐扬进宫前的图画，流传在民间的不多。就是有，也是以小幅作品为主。但他到了宫廷，由于他是为乾隆皇帝专门制作南巡图的画师，得到了恩宠，看到了宋、元、明的大量藏画，打开了眼界，提高了画艺，以大手笔大气势，画出了宏篇巨作。例如，《姑苏繁华图》，原名"盛世滋生图"，全长十二米之多，前人说此画"写尽了姑苏山水，领略了岚岫的秀丽"。这样的评介，对一个山水画家来说，是不是太高了一点？当代的画家可能会不服气，徐扬能画十二米长卷，难道我就不能画一幅二十四米超过他？问题是，你有徐扬的那种能量和忍耐吗？你有徐扬的那种眼界和气度吗？徐扬的这幅《盛世滋生图》原本收藏于故宫，是乾隆最喜欢的图画之一，上面盖有乾隆的十二个闲章。乾隆退位以后，怀念在苏州的山水景物，想念姑苏的繁华胜景，惟有展开长卷细细抚摸。

抚摸什么？抚摸历史留下的点点泪痕，细察歌舞升平之中的人间苦乐。伟大的图画必有它的动人心魄之处，就像花容月貌的蒙娜丽莎。徐扬的这幅作品，后世的画家所以对之高山仰止，对之高不可攀，不但是它的篇幅容量，更有它的数以万计的芸芸众生在人间呐喊的神采！

徐扬在图画的跋语中是这样说的："其图自灵岩山起，由木渎镇东行，过横山，渡石湖，历上方山，从太湖北岸介狮和两山间，入姑苏郡城，自葑、盘、胥三门，出阊门外，转山塘桥，至虎邱山止。其间城池之峻险，廨署之森罗，山川之秀丽，以及渔樵上下，耕织纷纭，商贾云屯，市廛鳞列，为东南一都会。至若春樽献寿，尚齿为先；嫁娶朱陈，及时成礼。三条烛焰，或抡才于童子之场；万卷书香，或受业于先生之席。耕者歌于野，行者咏于涂。熙皞之风，丹青不能尽写。"

一幅画，最难画的是什么？是人间百态的风貌，就是"耕者歌于野，行者咏于涂"，在徐扬的这幅长卷中，仅人物就达一万二千余人，村妇、农夫、制砖工、铁匠、医巫、商贩、胥吏等等，画家着眼于清明上河图式的展现，写出姑苏天堂民众的生意、生气、和奔波人生的乐趣。一个画家最为宝贵的是，他用丹青画出了姑苏繁华的本质，即苏州子民的克勤克俭，是社会财富积累的基石。在画面中，光店市招牌，就有数十处：川贡药材、金华火腿、南京板鸭、宁波鲞鱼、胶州腌猪、山东茧绸、濮院宁绸、松江大布、震泽绸行、云贵杂货等等。商业的繁华是物产丰富百业兴旺的象征。苏州人徐扬生在天堂盛世，一草一木一桥一井甚至一石一湖，烂熟与心手绘于图，他对姑苏城里的"百货聚汇"尤其上心，这就是他比寻常画家超出十倍的地方。他画出了米、棉、油、盐、酒、猪八大行，画出了绸、纱、缎、布、染坊五大庄，画出柴、炭、烟、酱、缸甏、磁器、芦席、砖瓦、石灰、桐油、药材、香烛、灯笼、朝靴、鞋袜、皮货、胭脂、香巾等日用店铺，画出了漆器、锡器、竹器、金银器、琵琶弦子、刻字、盆景等工艺品的铺家。当时姑苏的丰富物产，简直令人目迷五色，什么"状元考具""桂花仙露""太史饼""乳酪酥"，什么钱庄、当铺、船行、灯局，什么洋货、香水、算卦、方技，林林总总，熙熙攘攘，人如蚁行，店如星罗，乌压压挤满了阊门十二街头。一座极为繁华的姑苏城，就这样，从十八世纪，留赠给今天。

要问，徐扬的这幅伟大的作品藏在什么地方？可以告诉大家，它现存于辽宁省博物馆。是该馆的镇馆之宝。此画原藏于故宫，后被末代皇帝溥仪带出宫，失散于民间。1948年归东北博物馆所有。

而魏先生的六张册页呢？十年一觉扬州梦，经过重新装裱，现在已归一个私人藏家所有。

巧遇金大侠

陆游有一句名诗"小楼一夜听春雨，深巷明朝卖杏花"。其实，杏花春雨的江南，现在是没有人卖杏花了。花店里玫瑰花是有的，繁华的酒店前，脸蛋灰黑衣服肮脏的小孩子，粘着情人的腿，强卖玫瑰的样子，令人恶心。诗意的玫瑰和诗意的杏花，叫卖的歌声婀娜的情态，只能在电影里筛选。

千里不同风，小巷别样红。我说的这条小巷，其实就是常熟县城里的中巷，它的旁边是山塘泾岸，还有一条叫班巷，一条叫草荡。我小时候天天走过中巷，也没有什么新鲜。夏天的白兰花香，倒时常在巷子中间闻到。卖白兰花的多数是郊区的中年农妇，没什么姿色，也没什么情调，她用嫩白的麦草编的小花篓，实在是一手绝活。唐诗的意境，是一个肤白唇红的少女卖丁香花，或者是桃花流云一般的狐仙来勾引你，但是，小巷里是不会出现的，人间只有烟火，烟火只有苍凉。

水乡小城，原本河浜细如血脉，小巷的名字起得也蛮有文化。我小时候进了迷魂阵一样的小巷，抬头一看，不是"读书里"就是"儒英坊"，到了"青龙巷"，转过去就是"百忍堂"。如果你不小心跌进了四丈湾，还要闹得你发昏第八章，什么"关帝弄""缪家湾""陈家市"再加上个"西庄街",一个鸡头缘,就撞进了"善祥巷"。

　　说起"坊",常熟也有一处有名的"坊",那就是"阁老坊"。常熟历史上的名人有两位称作"阁老"。所谓"阁老",就是做官做到"宰相"一级,入阁拜相。一个就是明代的严阁老(严讷),一个就是清代康熙年间的大学士蒋廷锡,常熟人俗称"蒋阁老"。阁老坊里住的就是蒋阁老。蒋阁老之所以出名,因为他的儿子蒋溥娶了乾隆皇帝的妹妹作媳妇,其奢华的排场可想而知了。与天子家联姻结亲,野史中便有了"乾隆三看御妹"的戏文了。

　　写这段历史掌故最为出色的,我认为是金庸先生。他的第一部武侠小说《书剑恩仇录》,将海宁陈阁老与常熟蒋阁老的故事,演化为一种优雅的侠客风姿,读来令人如饮甘露如沐春风。

　　中巷招待所,从前只招待高级客人。例如写长篇小说《红日》的作家吴强,1966年深入生活,在常熟兼任县委副书记,住在里面有几个月。它原先是民国时期一个富商的花园别墅,假山玲珑,围墙高耸,几棵五针松曲曲盘空,把一扇扇漏窗遮掩得森森绿意。我小时候走过,总觉得它太阴气了,阴气的有点鬼鬼祟祟的。文革期间,几个造反司令部在里面合署办公,进进出出的人很多。后来楼里吊死了几个冤屈的人,人们便有点怕了,都说三两黄金四两福,寻常百姓是不能在这块风水宝地上作威作福的,那儿阴气太重。于是,这小楼又冷清了一阵子。

　　到了1970年夏天,这小楼恢复了招待所本色,黑漆漆的铜铃大门又关得贴紧,没有介绍信休想走进去。唯有一次很闹热,那是迎接越南贵宾,他们是被接到常熟化肥厂实习的一批工人。我记得从黄昏时开始,左右几条通向招待所的小巷子里就塞满了人,连电线木杆上、屋顶上、垃圾箱上都有人爬上去伸长脖颈观光。我当时还是十五六岁的少年,夏天的晚上无事做,和小伙伴们在人肉堆里轧闹猛，因为我们从来还没有看到过外国人，以为他们和我们不一样，肯定是红眉毛绿眼睛。后来守到八九点钟，忽然拥挤的人流被吆喝着分开，走过来一溜长蛇似的队伍，都是穿着蓝卡其布的短衫，一个个又黑又矮，活像发育不全的小孩子。待到越南工人一个个走进中巷招待所的黑漆大门，汗流浃背的人们便摇着芭扇四散了。有一个看热闹的老人在一旁冷冷地说："……全脱空，有什么看头，和广东人呒啥两样。"

前几天路过中巷，发现原先那幢小洋楼因扩建马路拆掉了。倒使我想起了23年前我在那幢楼里采访金庸的境况了。1986年5月，金庸到常熟游历，主要的一点，就是想看看常熟的阁老坊。他由江苏省外事办安排，住在中巷招待所。悠悠岁月，流失了多少记忆的碎片。在箫声灯影里，剑气弥漫在优雅的画舫里，正可谓，室雅何须大，花香不在多，金大侠像一个坚定的影子，活在我的记忆里。

金大侠就是金庸，金庸是他写武侠小说用的笔名。他是浙江海宁人，四十年代便在上海《大公报》当记者。海宁这个地方历朝历代人才辈出，又因为八月观潮而闻名于世。金庸原名查良镛，海宁查氏家族史上，有两位清史留名的人物。康熙45年翰林查嗣庭，官礼部侍郎，因在江西乡试主考官任上出了"维民所止"的考题得罪了雍正皇帝，被处斩。查嗣庭哥哥查慎行，康熙时举人，赐进士出身，是清初伟大的思想家黄宗羲的高足，又是清中叶著名诗词家。

1986年5月5日，在中巷招待所的客厅里，金庸先生偕同夫人林乐怡女士，热情接待了我们。62岁的金先生穿一件淡灰色便装茄克，看上去很年轻，谈笑自如毫无架子。他说，在北京刚开过全国政协会议，和全国政协副主席钱昌照先生会面，钱先生也是常熟人。他称赞常熟是座历史文化名城，产生过钱牧斋、曾朴等一批文坛巨子。金先生对陈寅恪先生的《柳如是别传》这部著作印象极佳。我告诉他，陈寅恪先生的父亲陈散原在1918年与康有为一起游虞山，并谒翁同龢墓。可惜的是，金庸的日程表上规定，他只能在常熟住一个晚上，不然的话，他完全可以游览虞山和尚湖，还可瞻仰钱牧斋和柳如是居住的红豆山庄遗址。我说，常熟有两处地名都叫阁老坊，一个是明代严阁老住的，一个是清代蒋阁老住的。蒋阁老就是蒋廷锡，是康熙时代的大学士，他的儿子娶了海宁陈阁老的女儿。据民间传说陈阁老的女儿是雍正的庶出女，她的哥哥就是乾隆皇帝。民间有乾隆皇帝三看御妹的戏曲。陈阁老的女儿嫁给蒋阁老的第二个儿子，因为娇生惯养刁蛮泼辣，常熟人称之为"蒋二奶奶碰不得"。后来，陈阁老的故事被移植于金先生的小说《书剑恩仇录》后，人物形象更加鲜明生动了。在一见如故的谈吐中，时间过得真快，金庸先生告诉我，由他在1959年创办的香港《明报》，是香港较大规模的私营报业托拉斯，每天有日报三十六版，日发行6万余份。还办有晚报、周刊、月刊和书籍印刷部，共有采编人员100多人，全部电脑排字，快捷便利，工作效率极高，一本平装的书籍，从发稿到样书只需15天。

  对于采访像金庸这样的著名人物，我是作了一番准备的。他既是一个新闻记者，又是一个作家；既是一个政治家，又是一个围棋高手。作为《明报》董事长和总编辑的金庸，他每天的工作是为《明报》写一篇时事评论。1984年9月26日，中英两国政府草签关于香港前途的联合声明，香港各报都发表社论表明政治态度，但由于时间局促，社论的标题都是平平淡淡，缺乏画龙点睛的精彩妙语。只有《明报》的标题别出心裁慧眼独具："揭开新娘头上的霞帔"。因而《人民日报》的著名评论家范荣康专门撰文称赞这个标题，认为它起得贴切入理，因为26日这一天是联合声明公布的前一天，从题目上就可以看出香港人急切盼望的心情。而这一次到常熟来之前，金庸作为香港基本法起草委员会委员，刚刚和邓小平在北京就香港前途问题作了探讨。面对这样一个老资格的新闻工作者，我当然不敢掉以轻心。不过,我也很自信,因为我们有共同点,彼此都是猎人,而猎物就是新闻。从资格上来说,我是一个新猎手,他是一个久经沙场的老猎人,我们共同坐到采访台上展开对话,这本身体现了一种人生的历练和幽默。采访的结果表明,金庸先生并非因为我是一家小报的记者而流露出任何居高临下的傲慢,虽然我当时只有两年记者的工龄,而金先生已经有四十年记者的生涯。倒是在我今天已经当了12年记者后,还会聆听有些一天记者也没有当过的人的谆谆教诲,教导我如何写稿如何采访,我只能报之以苦笑。学富五车的人,往往谦虚的纯粹而可爱。而小麻雀呢?只会叽叽喳喳乱叫,这也难怪,谁叫它身上没有几根毛呢!

当我的采访在省外事办规定的20分钟时间里结束后,金庸先生在我的笔记本上写上了一句话:"在常熟得能与同业交谈,甚感欢欣。"后来,我把发表于常熟市报上的那一篇通讯寄给了金先生。1989年12月,适逢《明报》创刊30周年,我收到了金先生从香港寄来的亲笔信函,信中对我的采访表示了谢意。

前几天,我从电视里看到,香港成立新闻工作者联合公会,金庸也出席了成立仪式。据围棋国手陈祖德的姐姐陈祖芬透露,此番金大侠又可以在公众场合出现,实在是经历了一番磨难。那是3月份的一天,他不幸心脏病发作,昏倒在浴室中。当时,家中一个亲人也没有,夫人林乐怡受金先生委托,正在饭店宴请客人。两个小时后,林乐怡回到家中,金先生已人事不知,急送医院抢救,才从死神手里逃脱。金先生在住院期间,他的读者也纷纷为他祈祷。有一个双目失明的金庸小说迷,居然摸到他病房里看他,使金庸大为感动。

好的武侠小说,英雄志士豪情如歌,想象的翅膀起落飞舞,令人一辈子也难以忘怀。在小说所剖析的人生秘密中,回荡着浪漫和激情,就像亘古不衰的月光照耀心灵,柔润微醺的夜风吹人魂魄。

古园消失了,游人散尽了,只有一个人的声音,清清朗朗地流泻于灯影星辉之中。走吧走吧,月走星移,昨天的故事,用不了多久,你就会变成空穴来风。

张大千与曹大铁

　　1983年3月8日下午2时,台北市摩耶精舍沉浸于肃穆悲伤的气氛,八十五岁高龄的大画家张大千卧病不起,张妻徐雯波及秘书、护士七八人侍奉左右。忽然,大千勉强支撑着病体下榻,命秘书捧出十二本新印成的画册,他握笔题赠,其中三册赠老友,九册贻门生。徐雯波见他颤笔巍巍,急忙劝止,大千执意不肯,说:"此时不题,无机会矣。"当大千拼足最后一点余力,在第十二本画册上写完:"大铁仁弟阅八十五岁爰"几个字后,他便松手倒下,直至4月2日逝世,再未握笔。海外人士称这次题画为大千绝笔。

　　这个"大铁仁弟"是谁呢?他就是江苏常熟人曹大铁,出生在富商之家,五岁就读于私塾,先习古文,十二岁学做格律诗,十四岁自习山水画册。他收藏唐宋明清古画数十幅,眼界高远识见宏富,云峰松壑时时迤逦于笔下,仕女美人亭亭婀娜于尺幅。他更喜慷慨长歌,有《大铁诗残稿》两卷行世,三千言《丹青引》,实为一篇煌煌诗笔构成的《张大千外传》。

　　每当黄昏薄暮,月影施施而来,居住在菱塘新村的居民,会惊奇地看到曹大铁正踏月而归,他不修边幅不拘形迹,穿着那身褪了色的中山装,手里拎着草绳扎的几两肉或一把蔬菜,慢慢踱进菱花馆小门。这就是那个为购买古画曾一掷千金，又喜月夜长吟的名士曹大铁吗？这就是当年踏雪凭吊秦淮名妓柳如是墓，又倡议重修柳氏墓亭的才子曹大铁吗？是的，正是他，他如今还潇潇洒洒地活着，一个人独居生活，牙齿非但咬得动菜根芦笋，还喜啖坚硬的金华火腿。在嘈杂的居民住宅群中，他很坦然地显出我行我素独行独来的气度。在菱花馆那扇薄板绿漆小门上方，写着一行娟秀小楷："息交绝游，谢绝生客。"这使人想起常熟城里另一位风骨凛凛的人物，他就是光绪皇帝的老师翁同龢，因支持维新变法贬官，回到故里后即在门前贴出五不告示："一不写荐信，二不受请托，三不赴宴会，四不见生客，五不纳僧道。"时人称之为"五不居士"。

  曹大铁的风流豁达，岂是寻常修养的人所能理解？早在1946年冬，张大千在上海开过画展之后，载誉北归，报界称为"北张南吴（吴湖帆）"。在北平，张大千突然发电报给曹大铁在上海的通讯处宣私印社，要大铁迅速汇款一千万元至颐和园听鹂馆，他有急用。当时一千万元要值黄金一百一十两。老师有急用，大铁岂会怠慢。他马上从家中取出黄金如数兑换，寄往北平。不久，张大千来到上海，约大铁去寓所，观赏一批珍贵的古画。有南唐董北苑《潇湘图》、顾闳中《夜宴图》，宋人《群马图》《溪山无尽图》，元人《杨妃上马图》《铜官秋色图》等九卷，都是出自热河行宫所藏，总值黄金七百余两。这正是张大千不惜借巨款所购的一批画。一年后，张大千从上述画件中拿出元明人所画的五幅交给曹大铁，说："这就抵偿你上年的垫款吧。"大铁坚谢不受，大千光火了，一定要他收下。最后由张葱玉估价，曹大铁再付了六十两黄金后才收下了这五幅画。

  往事如烟。月亮升起来了，淡淡的清晖牵扯出淡淡的思绪，菱花馆前后的芭蕉，伸展着肥硕的枝叶。曹大铁的本行是搞建筑结构设计的，退休前是合肥市建委的高级工程师。他懂得"待月西厢下，迎风户半开"的美妙境界，月映芭蕉，石笋灵俏，与室内四壁悬挂的山水名画相映成趣。无怪乎张大千在台湾建造摩耶精舍时，曾对旁人说："我有个学生是建筑专家呢，是常熟人，很有才气，善于填词。"在曹大铁的案桌前，永远放着那本张大千赠送的画册，每当抚摩画册上大千的墨迹，他就忍不住泪光盈盈。在画册的扉页，他珍藏着大千师1983年4月8日逝世那日的电报，这份电报也不知是哪一位师兄所发，连落款也无，短短数语，常令他肝肠寸断："大千老师于今晨八时病故速回沪。"张大千在苍青赭黛之间奋书半个世纪，一笔毛锥尽情挥洒烟云晴岚，诗文画论也为同道所激赏。为此，曹大铁与另一位朋友，踏破铁鞋千万里，历时五年余，搜罗张大千诗文画论数百篇汇成十卷，交北京荣宝斋出版。如今，五千册《张大千诗文集编年》已发行海内外，曹大铁也了却一桩心愿，亦可含泪告慰恩师知遇相交之盛情。

　　夜静更深，推窗揽月，墙外高达两米的美人蕉泛出余光蔼蔼。他不觉吟诵老师的一首咏月诗："看飞海气出明镜，凝想凄风满下方。老桂撑轮半已破，清光置袖众皆惶。"一个"惶"字忽然使他想起一段拜师的往事。曹大铁后半辈子坎坷，前半辈时却幸运地结识了一批文坛巨子。他少年时学做格律诗，开蒙老师就是当时常熟知名的诗人杨云史。杨是小说家曾朴的表弟，曾任大军阀吴佩孚的幕僚，后畏惧嗜血军阀的凶残，隐居常熟，著有《江山万里楼诗词钞》。草书学的是陕西三原人氏于右任。有一次在上海，于右任托曹大铁借一本《娄寿碑》，从此他与于先生日益接近，埋头学习于先生的草书。至于学画，他一开始就喜欢张大千的山水人物，经舅舅陈摩介绍，于1936年在苏州网师园正式向张大千叩拜为师。当时大铁年方十九，大千三十七，拜师礼节十分庄重。网师园殿春簃大客堂上摆设供桌，左右两把太师椅盖着红呢椅披，坐着两位老师。案几上香烛齐明，四周排列着八个比大铁早进门的师兄。张大千哥哥张善孖善画虎，排行第二，曹大铁称之为"二老师"；张大千画行第八，大铁称为"八老师"。他向两位老师行跪拜三叩首后，接着又见过各位师兄。令人奇怪的是，大铁还要向"虎弟"行见面礼。这"虎弟"是二老师豢养的一只老虎，取名"虎儿"。张善孖扶着虎儿的两只前脚向大铁还礼，吓得大铁惊惶失措，连连后退。这真是一次奇特的拜师。那次，他带去了自己临的王圆照四册页，大千看了后连连称许，说"你幸亏没有学王石谷，一学就僵了。四王擅长临古，但临得最有笔趣的是王圆照。你走正了门路……"

说起老虎，曹大铁还陪张大千去买过一次呢。那是距拜师后十年的事情了。1946年在上海，张大千来电话，约曹大铁到西成里公寓，请他鉴别倪云林一幅画上的字迹真伪。看过倪画，两人共进午饭。饭后大铁告辞，却被大千师一把拖住，说："看过死宝，还要和你去看一样活宝。"大铁诧异地问："什么活宝？"老师含笑不语。两人乘车到了金陵中路，走进一家茶叶庄，里面是昏暗的旧屋，打开电灯，看到铁笼里有一只小老虎，墙角边一个守护的人正鼾声如雷。张大千说："大铁，你看，这位仁兄真是同老虎一起睡觉呢。"原来大千指的活宝就是这只小老虎，大铁的心不觉又惊惶起来。电灯光昏暗，大千叫大铁去买了一只手电筒，由他照射老虎，并把一根木棍从铁栅间拨动虎身，老虎乱跳，"呼"地一声叫起来，把大铁吓得倒退三步。张大千却毫不惧怕，借着灯光仔细辨认，说："这是彪，不是虎，从额纹可以看出，虎有人性，彪无人性，豢之丧生，我不要买了……"这只小老虎刚从安徽运来，要价是黄金五两，大千已付过定洋。但两人鉴别后，决定放弃购买。

1949年后，张大千远客天涯，与曹大铁音讯隔绝。虽然从1957年起，大铁坎坷二十一年，但遥望明月中天，思师之情从未间断。1982年夏天，大铁的世交、上海的柳如清、王丹凤夫妇应邀去香港省亲，行前专程来看望大铁。他说："有一个朋友常来往于港台之间，与大千先生交谊很厚，你有信可代递。"这时，曹大铁才与老师通信，接上了关系。张大千来信说："过去你的经济情况很好，现在如何？是否要余襄助？"老师的关切之言，令曹大铁热泪盈眶。他是个要强的人，也是个正直的人。过去重金出借，他眉都不皱。如今生活安定，工作愉快，他难道会羞红着脸向老师求助？诚然，老师的画名已远播海外，在巴西作画时，曾有寸金作寸画的昂贵价格。在巴黎美术界也有"西毕（毕加索）东张（张大千）"的盛誉，把东方的张大千与西方的毕加索等量齐观，可见老师已跻入中外巨匠的行列。黄金有价情无价，老师的问候比任何资助都宝贵。接到张大千信，曹大铁以"工作愉快，生活安定，谨谢襄助，惟吾师盛情永铭肺腑"作答，显示了弟子尊师敬师的谦恭之情。

年年月月月相似，年年月月情切切。每当皓月当空，或薄云遮月，或夜半残月。梦中醒来，临窗独对，美髯公张大千的模样疏疏朗朗飘然而来，似乎他正拈须微笑，舒腕挥毫作画。曹大铁不时展玩大千先生那一幅"明月湘女图"，那婀娜的姿态正渡江踏波而来，耳边仿佛送来大千师那四川口音的吟诗："明月玉郎谷，竹杖湘女讴。秋风零露下，襟袖欲生愁。"

青山隐隐，月色溶溶。大千先生乘鹤归去了。大铁呢，循着月色，循着歌音，也正遥望仙踪呢。当生命的帷幕合上它褐色的躯壳，仍会有一束纯净华贵的月光照临他睿智的额头。

农夫作家高晓声

吕夫先生在1999年7月19日的《常熟日报》上撰文纪念高晓声，文中提及我曾把高晓声的一篇文章的剪报，转给吕夫。这是1994年的事了，一晃已经五年光阴了。那一年，我好像是第三次碰到高晓声，地点是在常熟大酒店。他好像是客串一个城市文学的研讨会，我听王干说，他们一行文学评论家、编辑、记者先从南京乘火车出发，在无锡下车时，竟然见到高晓声也从同一列火车上下车。一问，方知老先生是到无锡访友的，便一把拖住，说，一起到常熟去玩吧。老先生一看大都是南京的青年作家，便跟着来到了常熟。事情就是这么简单，没有什么复杂的背景。当天晚上，因为我跟南京的作家很熟，便和朋友去看望他们。上了大楼乱敲门，我走进去一看，是两个老头住一间，正在闲话。我一看，其中一个正是高晓声。高晓声已经不认识我了，我把我的一本散文集送给他。他很客气，便把另一个老同志介绍给我，我才方知他也是一位老作家，名叫叶橹，原先在高邮师专中文系任教，他门下的两个学生，就是当今中国比较走红的青年评论家费振钟和王干。那一次因为是文学评论会，似乎作家到的并不多，叶兆言和苏童就没有来，储福金来了，还有《上海文学》的副主编周介人来了。

我与高晓声大约闲谈了半个小时，出于记者职业的习惯，我总是希望能了解一些他的创作近况。他很直爽地说，这几年没有能写出好的小说，一年出一本小说集的计划也泡汤了。当我提起1982年南京《青春》杂志在常熟办小说培训班的事，高晓声很清楚地说，那是他第二次到常熟。他第一次到常熟，还是在1952年的时候，他当时风华正茂，以北京大学中文系的学历，又是苏南新闻专科学校的高材生，到苏南公署属下的常熟短期工作，一住就是四个月。在那里，他与当时常熟文化馆的创作干部黄善谦结成莫逆之交。因而，在三十年后的1982年夏天，他跟我谈起的第一个常熟人，不是翁同龢，也不是曾朴，而是黄善谦。这说明高晓声是很念旧情的，不以官位论亲疏，乃为故交通音问。

说起1982年那次小说学习班，我也是参加者之一。为小说而聚集全省那么多作者，也是常熟从未有过之事。陆文夫是先来的，因为他在苏州。高晓声在常州，是学习班开班的第二天才来的。他和他的学生唐炳良一起来的，唐炳良当时是回乡知青，在常州政平公社文化站工作，已经发表了许多小说，后来调到《钟山》当编辑。说起高晓声的名声，当时在陆文夫之上。他的《李顺大造屋》《陈奂生上城》此时已经家喻户晓。在到常熟之前，他刚从美国讲学归来，是应美国作家聂华苓之邀，和各国最优秀的作家聚会于内华达州风景优美的盐湖城。当时江苏作家顶尖级的高手被称作三驾马车，他们是高晓声、陆文夫、方之。第二代三驾马车是苏童、叶兆言、周梅森。如今第三代三驾马车是毕飞宇、韩东、鲁羊他们了，据说第四代、第五代马车也正在飞奔而来了，文坛从来是只认作品不认人的，没有好作品横空出世，再大的虚名也是徒劳的。

说真的，要说高晓声在学习班上说了些什么，我一点印象也没有了。因为他不是那种好为人师的空头作家，他只是以他爱农民的朴素，以写农民的七巧彩笔，写出了农民的苦恼。他当过右派，被押送回常州老家当农民二十二年。他既是个做农活的巧手，又是个有着菩萨心肠的老农。那天，他出了个洋相，他和陆文夫在机械总厂的大浴室洗澡时，短裤的裤带断了。夏天没有短裤穿，只能穿长裤，真是活受罪。情急之中，搞会务的同志把我叫去想法子。我便赶到离地机厂不远的花边厂去买，小店已经关门，后来请熟人到仓库里取出了两条花边布的短裤，才解了高晓声的尴尬之态。买短裤，使我认识了高晓声农民式的窘态。

现在再回到1994年开发大厦那次碰面。说了半个小时的话，高晓声听我重提1982年的旧事，便笑着说，上次你替我买短裤，这次请你替我洗衣服吧。我说，那不碍事，家里有洗衣机，转一下很方便的。于是，他把一件换洗下来的衬衫和一条棉毛裤交给我洗。我在第二天把洗干净的衣服送到他的房间，他很高兴。隔了约一年多，他写了一封信给我，托我将一张豆腐干大小的剪报交给吕夫，全信如下："小红：还记得替我洗衣裳吗？我很健忘，你若没替我洗衣裳，我就记不住你的名字，一洗，就记住了。寄上一篇短文，这文章的内容，是你报社的副主编告诉我的，他要我给他看看，可是他没有给我洗过衣服，我就说不出他的姓名了，你可拿了这篇文章，去编辑部查讯。祝94愉快！高晓声1月6日。"

在我不多的有成就的作家写给我的亲笔信中，我只保存着两封信。一封是香港《明报》社长、武侠小说家金庸的，一封是高晓声的。因为，两位大作家非但文章好，而且字好，一手娟秀的钢笔字，铁笔银钩，令人赞叹。要知道，一手好字，就好比一个人有了第二张好面孔啊！

高先生，你辛苦了一辈子，愿你在天之灵安息吧！

小城偶遇"张灵甫"

生活中充满了偶然的巧合。与一个人相遇,似乎是冥冥之中早就安排好的。就像你在某一个早晨走进潮水般的人流,有一个人在喊你的名字,于是你们就相识了或者相爱了。

我在1981年的某一个深秋之夜,在一个朋友的住处,认识了从南京来的青年作家顾小虎,他和我大谈他的南通老家的状元公张謇的轶事,并对我说,你们常熟的翁同龢,还是张謇的恩师呢。他的话,促使我产生了写写翁同龢这个历史人物的念头。到了1982年的酷热的7月,南京的《青春》杂志在苏南办小说学习班,选中常熟作为上课改稿的所在地。结果,一大帮苏南片的业余作者便聚集在常熟机械总厂的招待所里。《青春》的主编斯群是个老资格的文艺工作者,顾小虎的父亲顾尔镡当时是《雨花》的主编,可以说在江苏作家群中都是有影响的人物。于是,当时已经小有名气的中年作家苏叶、成正和,便被选中作为这次苏南小说改稿学习班的辅导老师。当时刚从美国讲学归来风头正健的作家高晓声,和小说《围墙》而在全国引起反响的苏州作家陆文夫,也被斯群请到了常熟来讲课。于是,在小城的业余作者中掀起了一股文学创作的热潮。我因为受顾小虎启发,写了一个8000字左右的历史小说《挽歌》,取材于翁同龢在维新变法中的一段经历，也被邀请参加了这次改稿学习班。

这真是一次难忘的聚会，认识的大部分是新朋友。各地的作者和编辑们带来了文坛最新的动态，至少使我们这批小城的作者打开了视野，从保守的、陈旧的、死板的文革余风中摆脱出来，从那些封建的专制的假道学假正经的氛围中苏醒。譬如，晚上，那些南京来的作家和编辑，竟敢在招待所的会议室里跳起交谊舞和扭动迪斯科舞，男男女女搂着一起跳舞，在当时的确开了小城风气之先。现在回想起15年前的情景，那种热腾腾火辣辣的盛况，似乎仍在眼前晃动。

学习班结束后，我就着手把8000字的小说扩充为中篇小说。这是顾小虎的意见，他认为凭翁同龢这样有着丰富人生体验的素材，完全可以写成一个中篇，甚至可以写成长篇。在他的再一次鼓动下，我便断断续续花了约两年时间，去古籍图书馆找资料。翁同龢的日记有商务印书馆1925年的影印本，共有厚厚的34册。我着重看了他在维新变法那年的日记，发现他平时写的日记，很平静，很闲适，一手蝇头小楷规规矩矩，很有一种士大夫有钱又有雅趣的风味蕴涵在内。但到了1898年，翁同龢似乎并不是用毛笔在写日记，而是处在一种惶急的焦虑的又烦燥不安的情绪之中，这可以从他不断涂改的日记内容和极为潦草的书法中观其一二。这正是他身处庙堂高位又十分恐慌的矛盾所在。

这部中篇写好后，经过几次修改和黄清江同志的润色，以"红叶"的笔名，从1985年5月开始，在常熟市报上连载了34回。由中篇至长篇，其中还有一段小插曲。即曾经改成了五集的电视连续剧本子，花费了我和几个朋友好几年的心血。那是1987年的事。由姚鲁丁先生介绍，我认识了著名的电影演员舒适。舒适是满族人，身量很高，喜欢每天冷水洗澡锻炼身体，虽然已经70岁，仍然是卢湾区老年篮球队的队员，曾到常熟何市去比过几场。他在北京读书时喜爱上了话剧，与大作家老舍（原名舒舍予）是同宗同族。三十年代时便是与中叔皇、张伐、张平、周璇、慕容婉儿、上官云珠、赵丹等齐名。解放后演过《鸡毛信》《红日》《野猪林》等影片。尤其是电影《红日》，舒适演活了国民党七十四师师长张灵甫，成为一个经典的银幕形象。在常熟，他看了我们改编的五集《翁同龢》本子，很有兴趣，愿意担任此剧的导演工作，并且主动提出，要把此剧拍成一部演员阵容强大、艺术质量上乘的片子。而且，拍此剧，还有诸多有利条件。上海离常熟不远，舒适的爱人凤凰，是上海电影厂著名的电影演员。舒适刚为苏州电视台导演了8集连续剧《唐伯虎》，古装戏花费最大的服装，就是凤凰负责向上影厂借用的。舒适对《翁同龢》产生浓厚兴趣的原因之一，是舒适十分喜欢翁同龢的书法，他曾在上海的旧书摊上购得几本翁同龢书信手札的影印本，便以此为蓝本练了好几年毛笔字。兴趣产生的原因之二，是舒适早在1950年就与周璇、唐若青等一流的女演员共同合作过，在香港主演了由姚克编剧的电影《清宫秘史》，他演光绪皇帝，和他朝夕配戏的扮演翁同龢的演员姓顾，两人处得很好。兴趣产生的原因之三，是舒适认为两个常熟籍的女演员给他留下了难以忘怀的印象。一个就是有"编剧神童"称谓的吴祖光的第一个妻子吕恩。吕恩与舒适是在香港拍电影是相识的。吕恩当过新闻记者，曾用笔名俞晨，1938年考入重庆国立戏剧专科学校，校长为著名的剧作家洪深。吕恩在1948年赴香港拍电影《山河泪》《虾球传》等。而同吕恩的认识则是由周璇介绍的，因为小璇子当时正和舒适在《清宫秘史》里配戏，一个扮皇帝，一个扮珍妃。这两位演员实力相当，都是属于演技派的，舒适把体弱而又无权的光绪帝演得丝丝入扣，当然，周璇演的珍妃，更是风情千般风韵跌荡，尤其是珍妃投井那场戏，那潸然泪下凄苦万分的惨状，可谓清宫戏的绝唱，后来的刘晓庆、冯宝宝，与之相比，演技差得远矣。

记得是个冬夜，我们几个编剧在中巷招待所里碰面。我们在舒适住的房间里，看那部模糊的电影，是舒适带来的《清宫秘史》的录相带，那种黑白的画面效果，钢丝录音的嘶哑配音，活像一个饱经甘苦的老人，拄着拐杖，伛腰曲背，絮絮叨叨诉说着耻辱的往事。舒适是个对艺术十分严谨十分苛求的人，多少次我们一起在房间里修改剧本，为了一句对白苦心推敲，为了一个角色细细模仿。他有时还绘声绘色地念台词起角色，琢磨每一个剧中人的神态姿势。每次他都在常熟逗留三四天，我陪他到有关翁同龢的几处故居遗址去看外景选内景，先后到了采衣堂、翁氏丙舍和翁氏墓地。他在回到上海后，还初步拟出了《翁同龢》五集电视剧的导演提纲，并推荐梁波罗、乔奇、向梅等人在剧中担任重要角色。世事不可预料，可惜了舒适一片热忱。当初一切美好的设想都成了空中楼阁。当时拍这样一部五集电视剧，估计约需 30 万元。但 1987 年的常熟财政仍然很紧，外面看看蛮富裕，其实仍然很穷，方方面面也根本拿不出钱来拍这样一部可以展现常熟名人风采的电视剧，也尚没有一个所谓的企业家有这样的眼光，愿意为历史名城贡献一块文化上的金砖。因而，老艺术家的劳动，只能像一江春水向东流，白白浪费了。

电视虽然没有拍成，友谊却是胜过金子。我最后一次送别舒适，是在人民桥的简易车站。我们两个，一老一少，坐在水泥板铺就的凳子上，很随意地说着闲话。他一头白发，身板依然挺得笔直。有卖票的老韩认出了他，过来说了几句话，他也很客气地笑笑。我目送他背着那只硕大的牛津旅行包，走上了回上海的班车。

在我珍藏的一大摞名人书札里，至今仍有着他的一封信，漂亮的钢笔字，有着翁同龢书法的风骨！

此情追忆歌声咽

一个人，被另一个人怀念，是很温暖的。

一个人的才情，一群人阅读，火炬一样传递，力量和勇气是永不熄灭的。

那一天，因为常熟市文联编辑《常熟文学三十年》一书，黄清江的小说《教会奇女》由我节选部分章节。我重新读了此部小说，细细地品味其中的滋味，那凝炼而纯美的语言之花，烘托出歌声一样的曼妙意境。晚清历史中的男女悲欢，一节一节缀成故事之链，像珍珠一样跳动着灵性的光彩，像一个个飞翔在时间之幕的仙女。那种七彩如虹的人生气度，那种细致绵密的人情世故，展示了一列列穿行人生的煌煌灯影。我隐约听到，小说中的男女主人，呼气若兰的长啸低吟，歌声就是人生，人生就像梦影。

我在文联宽畅的办公室里，透过明亮的阳光，仰望伊甸园一样青葱如画的虞山，校对着小说的小样稿。我对旁边的青年作家俞建峰说，你眼睛好，你再来校一下这篇小说。同时，你也可以从中增加一点阅读小说的快感。你好好看看，前辈们是怎样经营小说的语言、意境和人物形貌的。

十年生死两茫茫。黄清江先生是我的师长，是我踏上新闻职业的引路人。他离开我们已经倏忽一晃十年了。他的墓地，离我父亲的墓地只有一步之遥。每年清明，我总要向他鞠躬致礼。一个人，值得另一个人怀念，总有理由，总有印象不可磨灭。我进常熟日报社工作，是在1985年初春的一个早晨。当我踏进办公室的门，一个笑咪咪的长者，正在洗脸。他那沉稳的神态，一下子使我感到像见到父亲般一样的温暖。那时，我的一个中篇历史小说《翁同龢》正放在他的案前，他的办公桌上有一只旧的砚台，他习惯用毛笔修改文稿。我见了他，稍稍有些慌张，现在已经忘记了他问我的什么话，大概总是我的小说中的历史差错吧。我当时只知道他是五十年代就和陆文夫齐名的小说家，但还没读过他的小说。不过，对于陆文夫，我是崇拜的一塌糊涂的，小说《美食家》妙极了。我的小说《翁同龢》，在1985年5月的《常熟日报》连载了。全部小说一共三十四回，每一回都是由黄清江精心修改文字和标题，红色的毛笔字圈圈点点，对于历史知识的讹错，他都作了精细的纠正。我原来的小说，虽然是花了几年的功夫梳理而成，但由于学力不逮，出得闺门总有乱头粗服之感。经过黄清江神来之梳的打理，好像换了装束一般。正是三分姿色七分打扮。这七分功力，就是高妙所在。

相处的久了，我对黄清江了解的愈深，受到提携教诲的机会也愈多。要知道，他不仅是办报的行家里手，还是文学创作的高手。五十年代，他的小说就在《雨花》上发表，要知道，当时他才25岁。1987年，黄清江花费多年心血的长篇小说《流浪者情缘》由江苏文艺出版社出版发行。他送了一本给我。我仔细阅读了，从中窥视黄清江那一代人的心路历程。可以试想，他们那批青年才俊的翩翩身影，曾如何活跃于五十年代的钟山脚下。金陵古都，八十年前有朱自清、徐志摩、俞平伯携手画舫，同声歌唱桨声灯影里的秦淮河。媚香楼旧址，梧桐树浓荫，留下雨丝风片云影雪泥。上世纪五十年代的金陵八才子，以探索人生直面人生的使命感，写小说办刊物，在文坛掀起壮阔波澜。这八位才子据说分别是：陆文夫、高晓声、方之、梅汝恺、陈椿年、黄清江、叶至诚等。

我现在手头就有一本黄清江1956年出版的短篇小说集《张望雨的家事》，是我的朋友黄卫刚在"孔夫子网"上淘来的。这本集子由上海新文艺出版社出版，是两位作家的合集，另外一位作家就是寒冰（是否就是在文革中自杀的作家马寒冰，待考。）集子中收了寒冰的四个小说，收了黄清江的两篇小说。黄清江的小说分别是《春茧》和《陌生的邻居》，写于1954年，是以农村生活和农民生产为素材的故事。关于这部小说集的出版，事情已经过了三十多年，到了1985年，黄清江还是难以忘怀。他对我们这些青年记者讲课的时候，几次提到了这本集子。他讲到了他在农村采访的经历，如何拟写采访提纲，如何与不善言词的农村大爷交谈。《春茧》，写了一个老人如何热爱劳动，全心全意为合作社的事情忙碌。《陌生的邻居》，写了一个移民家庭受到合作社的照顾，融入当地农村的生活，与当地人建立了深厚的友谊。凡此种种，作为一个知识分子的黄清江，以记者的视角，展示了明晰的生活细节，以当时流行的苏联特写式的语言，较为生动而丰富的描写了大变革时期的农村生活。知识分子写农村生活，其特点是写出农民的质朴特点和质朴思想。当然，这种质朴并不是单调，而是生活的丰富和苦难的表述。前有苏联肖洛霍夫的《静静的顿河》，写出高加索农民的命运的多样性，后有丁玲的《太阳照在桑干河上》和路翎的《财主底儿女们》，悲剧的因子深埋于农民的心里。

1985年3月，我们一行十人，刚踏入常熟日报社（当时冠名"常熟市报"，由赵朴初先生题写报头）的大门，报社还在草创时期，刚从周二刊改为周三刊。办公室也从县政府后院的磨菇棚，迁入一家租借的叫"吉翠园"的小旅馆内。那家小旅馆是民国时期的建筑，二层楼L形的格局，狭窄的木扶梯，一间间小小的十来平米的老式厢房，临街的窗户外是一条热闹的小街，朝南有个小院落，有点荒废的假山作点缀，那种落寞的状态，倒是和草创时期的报社同仁，很忙碌的身影相合配的。离别这家小旅馆时，我们曾在这假山前合影，黄清江总编就立在我们中央，和善的面容就像那慈祥的晚霞。现在回头看这张1985年的照片，是黑白的主调，有点伤感，有点五味杂陈。夕阳西起，回首这张20多人的合影，令人落泪的是，竟有七个人已经远走了。他们在《常熟日报》的初创时期，都作出了重要的贡献。

今天，我们报社又一次搬进了现代化的宽敞明亮的大楼，但我们不能忘记他们，他们是黄清江、朱亮、陆钟敏、郭永达、许洁玉、叶公觉等，让我们永远记得他们。

在吉翠园小旅馆办公虽然只有短短的二年，但我们最初的新闻启蒙，是在这里完成的。新闻记者投身于时代的洪流，关注并记录社会的重大变革，用敏锐的目光登高望远，这样的观点就是我们从黄清江的讲课中得到的。他在五十年代的南京，是《新华日报》的记者，正当二十多岁，青春意气，文采飞扬。一次，孙中山陵墓建陵二十五周年之际，中外各界人士纷纷赴南京进行公祭活动。报社派黄清江到中山陵采写长篇通讯，以此作为《新华日报》的重点稿件，这是一项十分重要的政治任务。孙中山先生1925年逝世，中山陵自1926年春动工，至1929年夏建成。孙中山先生的灵柩于1929年6月1日奉安于此。这些现成的背景，每年的各家报纸多有报道，如果再重复采用，新闻性就很差了，《新华日报》独家专访的重要性也很难体现了。黄清江领受了任务后，以他一贯细致周密的写作态度，在短时间内便作了大量的案头资料检索。他选择了原中山陵卫队长范良作为采访对象，以此为线索，全景式的表述了中山陵二十五年来的风风雨雨，特别歌颂了守陵人忠于职守护卫陵寝的艰苦历程。

范良是广东省三水县人，他是孙中山生前贴身卫士之一，又是孙中山逝世后参加过建陵工作，安葬时抬过灵柩，安葬后长期守陵，是孙中山葬事的历史见证人。1949年南京解放前夕，担任中山陵拱卫处代理处长的范良，接到了解放军陈毅司令员让他们原地待命，等候解放军部队来交接的指令。后来，范良、李东英等孙中山生前的卫士，和解放军连队一起成为中山陵的守护者。

黄清江的这篇通讯，资料新颖翔实，角度别有创意，语言激情四溢，在《新华日报》显著版面刊出后，引起各界读者的好评。站在历史的高度，登上时代的舞台，一个记者就可能写出博得大众认可的经典之作。

为文到此，我忽然想起了黄清江的一首诗句："韶光不负去无言，秉烛吟歌又一年。翰墨仍寻高格调，关山犹带美容颜。"黄清江的为文为人，他的才情和热情，将永远镌刻在新闻界同仁的心中。

乡风市声《华丽缘》

有句老话，不经世事沧桑，难写老辣文章。人的经历，是厚重的包袱，一层层打开来，有的花里胡哨，有的鸡零狗碎，真正值得珍视回忆的，就那几块摩挲得包浆四溢的宝玉。就像相声中最后的噱头——抖包袱，最精采的人生一笑，便在顷刻之间抖露无余了。好的文章，何尝不是这样呢？世事的兴盛衰败，人生的荣枯哀叹，通过作者委婉的情致细密的情思，或长或短，或歌或哭，化作烟云一缕，缭绕你我心头。

唐炳良先生最近寄给我他的一本散文集，题目叫做《华丽缘》，这是他六十人生的一本散文自选集。他极为欣赏张爱玲的小说和散文，所以集名也叫《华丽缘》。张爱玲的小说《华丽缘》写于1947年，是"一个行头考究的爱情故事"。而唐炳良的《华丽缘》，则是完全不同于张爱玲上海式和香港式的生活场景，他的生活场景，源于江南武进的乡村田园，是一种血肉滋润的农家生活，是农家的爱情与婚姻，是乡村的粗犷与粗壮的世俗图画，更显示一种村姑的健康美和牧童的英俊美，绝不等同于上海滩小资舞女的苍白美。如果说，上海滩上的月亮是朦胧的昏黄的，带一点颓废的纤弱，像深夜两点钟舞女疲软纤弱的腰身；那么，唐炳良的乡村爱情故事，便是人约黄昏后，月上柳梢头，乡村打谷场上，田野青纱帐里，活泼而灵动的月光之舞。

　　说起唐炳良的这本散文集，还真是与我有点缘分呢。这本装帧素朴的书，里面许多精彩的散文小品，我都在《虞山副刊》上选登过。如今结集出版，真令我高兴和欣慰。当初，我也把这本散文集推荐给某出版社，可惜，好文章总是明珠暗投，出版社讲究经济效益，总是用种种理由推脱，最后这本书没有在那家出版社出成。这件事，我对唐炳良老师总是有点深深的歉意，对那家出版社，也总有点耿耿于怀，认为它们面对宝藏不识货。但看了《华丽缘》中唐老师的自序，我的心便为他豁达的文学观所折服了。他是这样写的："散文是什么？——除了它是广义的非韵文之外它还是什么？散文是否一定是很有名气的散文家写的那种？写作散文是否需要很多学问或者一点不需要学问？散文写得最好的人是些谁？他们的面目？心情？喜好？我认为普通人的内心也有诗情，普通人用以表达内心诗情的文字不是诗，是散文。我认为诗人也有普通人的情感，诗人用以表达普通人的情感的文字不是诗，是散文。"读唐炳良的散文，仿佛是在晚风中返回家园，与乡音和乡情作一番倾心交谈，这种随心所欲的亲切的呼唤，无牵无挂，是心灵的洗涤。

　　回想起 1982 年，我与唐炳良偶遇在常熟。那一年的夏天，南京青春杂志社在常熟举办"江南小说改稿会"，那种"丑媳妇见公婆"的紧张模样，还历历如在眼前。那是我第一次参加这类高水准的小说作者会议。来自苏南各市的小说新手和高手，云集小城。说它阵容强大，就是《青春》杂志的主编是老资格的文学工作者斯群，由她出面邀请了当时重出江湖的老作家陆文夫和高晓声，作为会议的主讲老师。还有当时风头正健的小说家成正和与苏叶、顾小虎等。我与顾小虎认识在前，他是知青出身的作家，当时担任《青春》的小说编辑，父亲就是大名鼎鼎的《雨花》主编顾而镡。顾小虎在五月份来常熟打前站，确定了当时的常熟地区机械厂招待所为"江南小说作者改稿会"的会场。到了七月流火之时，各路英雄好汉俊男靓女，纷纷粉墨登场，到达招待所报到。我记得这个招待所伙食标准住宿条件，都是不错的，曾经作为涉外宾馆接待了为柬埔寨培训的技工。参加会议的小说作者，都是各县市的精英，起码在《青春》上发过作品。而当时全国文艺复兴初起，爱好文艺的青年人多如牛毛，要想在杂志上发表作品，不要说一个县城里是凤毛麟角，在南京省城里，也是属于佼佼者了。所以，男男女女的作者到达常熟小县城，开了风气之先，夜晚在招待所的半圆形的露台上，放一架新式的录音机，播放了邓丽君的靡靡之音，跳起了半生不熟的迪斯科，引得小城当时还不解风情的居民大跌眼镜，有人甚至反映到宣传部门，说这是资产阶级生活方式。当然，这是后话了。不过，这个炎热的夏天，注定要创造一些奇闻逸事。在这次会上，我认识了唐炳良，他是这个会议名单上的重点小说作者，却晚到了一天。原来，他是因为陪伴高晓声老师，从常州转道而来的。当时，他还在武进县政平乡文化站工作，经常去常州请教小说家高晓声。所以，顾小虎在解释唐炳良晚到的原因时，说了一句俏皮话："唐炳良是高晓声的座上客。"这足见两人的师生关系非同一般。

　　常熟是江南福地，《青春》杂志社把改稿会放在常熟，既是偶然，也是必然。1982年的《青春》杂志，在全国一片红火，拿一句贬词褒用的成语来说，就是"炙手可热"，这本杂志当时每期发行量超过七十万份，每本售价三角钱，一到报亭，就被文学青年抢购一空。如此红火什么原因？因为《青春》发表了许多作者的爱情小说。爱情当然红火，因为爱情曾经被压抑禁锢了数十年，地火一旦喷涌，谁也阻挡不住的。据说，《青春》这份三角钱一本的文学杂志，编辑部同仁靠它造起了《青春》公寓大楼，每个编辑都分到一套七十多平米的房子。这在八十代中期的南京，是一件破天荒的大事。赚了钱的青春杂志社，当然要把一部分钱用在作者读者身上，于是便在苏北和苏南各办一次作者会议，吃住行都由编辑部报销。顾小虎是南通人，喜欢张謇这个清代状元的轶事。张謇的老师就是常熟人翁同龢。他从南通来，途经常熟，便找到了常熟作者陈培元。陈培元知道我在写翁同龢的历史小说，便找我作陪。于是，我们便成了朋友。

各地作者汇聚常熟，但并不是每个人都带来了令编辑满意的小说。这个满意，主要是《青春》主编斯群的满意，她是个既和蔼又严厉的老同志，平时说话细雨春风，但评析作品不容瑕疵。学习班上，每个学员都交一篇小说，接受"评头品足"，但都很难进入主编法眼，女作者中，就吴江作者赵践的《新浴》受到斯群的好评。唐炳良因为晚到一天，第二天才将带来的两篇小说交给顾小虎，其中一篇是写父亲的。顾小虎如获至宝，他觉得唐炳良小说是学员中写的最好的，尤其写父亲的那一篇，令他眼前一亮，可以评上青春文学奖。果然，在年底的青春年度大奖中，唐炳良的《父亲》被评为一等奖，并发在头条小说的位置。这里有个小插曲，唐炳良听了斯群的意见，对小说连夜作了修改。第二天吃饭的时候，我见他趴在食堂的饭桌上，一字一句的在誊清原稿。我的饭吃完了，他仍在伏案写字。娟秀的字体，一丝不差，300字的稿纸，足足有30余张。这种认真修辞的写作精神，感动了我。

再一次与唐炳良相遇，已经是到一九九八年了。那是在常熟的虞山饭店，我的朋友王晓明出版了散文集《有荷的日子》，唐炳良也应邀来了。人的命运真是缤纷多彩，他在获得了青春文学奖后，小说创作也进入收获期。我记得，八十年代后期至九十年代的《钟山》，推出"新写实主义小说"，倡导一种新的小说流派，在全国文坛颇有影响。杂志还推出了以苏童、唐炳良等为主的小说专辑。当时的《钟山》，人才济济，有王干、苏童、唐炳良、范小天、沈乔生等小说家评论家聚集，达到了一本文学杂志的全盛时期。在《华丽缘》的扉页上，唐炳良是这样总结自己这十余年的人生旅途的："一九八四年游历到南京，蒙江苏省作家协会赏识、延聘，忝为《钟山》编辑。一九八七年入南京大学作家班读书。两年后获本科文凭。"在这里要特别提出，唐炳良在《钟山》时，特别提携了常熟的几位作者，例如陆文、翁立平等。翁立平与他是武进同乡。陆文的第一部中篇小说《当风点灯》，是唐炳良编发的。

　　我记得，在尚湖边，在沙家浜芦苇丛，在春来茶馆，在宝岩竹海，我们几位朋友和唐炳良等几位南京作家品茶喝酒。有时喝的脸红话多，真应了那句话，酒是色媒人，茶是情博士。谈的最多的是小说中的男女爱情。唐炳良是研究张爱玲的专家，对张与胡的爱情纠葛和乱世佳话，颇有研究。受了他的影响，我对张爱玲的散文也喜爱了，搜罗了她的全部散文作品，一一细读，并作了大量笔记。几年后的一次聚会上，北京作家止庵来常熟，我陪他到柳如是墓凭吊，他是国内周作人研究的专家，也是张爱玲胡兰成作品的编辑者。一路沿着虞山墓道西行，走过王石谷墓前最美的弧形山峰，走过黄公望墓，再折回钱柳之茔，听止庵滔滔不绝谈陈寅恪与红豆山庄，谈周作人与周树人的恩恩怨怨，再评说胡兰成的《今生今世》，恍如白头宫女说玄宗，点点滴滴的梧桐雨，淅淅沥沥洒落草丛间。我那点可怜的知识，一知半解，吞吞吐吐，与大学者的气吞云梦口若莲花相比，是那么的浅显。我暗自庆幸，幸亏以前听唐炳良谈胡张轶事，印象深刻。否则，哪还有底气陪大学者闲话人生呢？

　　在《华丽缘》中，有十几篇篇幅超短的散文，我最喜欢了。唐炳良写这些散文时，文坛上似乎特别亲睐所谓的"大散文"，而唐的这些短小精致自出机锋的文章，也似乎与那种"大而无当""空阔无物"的大块头对抗着什么。对抗什么呢？用什么来对抗呢？《华丽缘》超短的散文中，一篇是《男孩和女教师》，约五百字。一篇是《蒋同学》，约一千字。它用白描的手法勾勒人物，人物的细节和神态是那样的触手可摸，那种人情素朴的意蕴又隐含其间，我读之，真是感到作者的高妙匠心，透明如一汪清泉。许多大散文靠拉大旗作虎皮来张扬自己的气势，其实难掩作者苍白的人生历炼，所谓的"大"，其实是思索和观察力的减弱。

《男孩和女教师》节选："一个男孩，在午睡课上到一半时，要小便了，他站起来，看见同学都伏在课桌上，睡着了，表情千奇百怪，有的还淌着口水。男孩笑了一下，轻轻绕过他们，走到讲台那里。

"讲台上，女教师的脸埋在臂弯里，也睡着了，两条辫子挂在她背后，一动不动。男孩第一次发现，女教师的辫子原来比他姐姐的还长，还光滑好看。男孩已走到教室门口了，忽然又折回来，走到女教师身后，把她的两条辫子拿在手里，看了一会儿，然后从辫子的根部开始，一路轻抚下去，辫子在他手里像丝绸般光滑，很快滑到辫梢部分，男孩像舍不得似的，抓住辫梢，又看了一会儿，这才放回去，还把其中的一条仍摆成原先弯曲的样子。

"男孩奇异地一笑，看一眼睡着了的同学。他似乎很满意没有人看到他这样做。他不知道他刚走出教室，女教师已在那里咕咕笑了，因为她并没有睡着，男孩的一举一动她看得清清楚楚，回到办公室她就说给其他老师听，一边说一边笑，很开心。"

我所以要节选这一段精彩篇章，是因为不同生活阅历的读者，会对它有不同的理解。我曾把《男孩和女教师》选用在副刊上，但一位当过乡村教师的老人读后，就认为这个小学生"太轻薄了"，有违"师道尊严"。有的读者甚至认为这是儿童的"性心理描写"。我却认为，散文可以有各种各样的写法，可以有各种各样的人情世故，但却不可用篇幅长短论高低，散文贵在情致的真善美。而这篇《男孩和女教师》，就是童年童话和童心的一派天真，真如作者所感慨的那样，此情此景，已远走多年了。

《蒋同学》是一出人生的悲剧，六年前读完这一篇时，我愣愣地想了许多。我因为在工厂当过十五年工人，两地分居的女工和男工，其中的生活苦恼，我也亲眼目睹。唐炳良用千字的篇幅，涵盖了蒋同学婚姻和事业的精髓，也就是俗话中"一世人生"的悲欢离合。

"蒋同学是我初中的同学。他有点'偏'，数理化好，后来上的大学，也是理科类的。

"他毕业后分配在江西。听他说，那是山区的中学，山区也是贫困山区。我猜想他是想往回调，结婚是在家乡找的对象，是个很漂亮的农村姑娘。

"我家乡有一家乡办厂，冲床是老式的，稍一走神就要出问题的那种，厂里不知有多少人被冲掉了手指。一群人呼拥着往卫生院跑，中间有个人捂着手，脸色惨白的，就是冲了手指了。有一天轮到蒋同学的妻子了，一共冲掉三根，三根都冲到根部，是最惨的冲床事故，乡卫生院条件差，冲下的手指又是被砸烂了的，也不可能断指再植了，所以冲掉了就等于没有了。

"蒋同学得到消息，从江西赶回来，是一件很让人发笑的事，后来传得很开。

"他到家，正好门口有张椅子，他不进家门，先坐下来，点了支烟。他的妻子出来见他，他看也不看，吐了个烟圈，眼望着蓝天，冷笑道：'我一路从江西回到家，也没看见哪个女人只有两根手指！'村里人围上来，都劝他，说他的妻子为那三根手指，不知哭了多少场，眼泪都哭干了，蒋同学还是不看，还是眼望着蓝天，一个接一个吐烟圈。过了多久，他拉长了声音问：'是哪一只手？哪三根手指？'眼睛仍望着蓝天。

"他对妻子一直不冷不热的。后来他调回到家乡工作了，也还是这样，一不顺心，就说：'我今天在大街上看了个遍，也没见到哪个只有两根手指的！'就是说，妻子少了三根手指这个事实，他永远也无法接受。——"

　　人性有时候就是一种怪东西，你要走向东，它偏偏要走到北。我有时候也读一些大部头的高头讲章，仿佛那种登高望远一呼百应的气势，真能使人热血贲张摩拳擦掌。但它究竟能使人感动什么或者领悟什么，也难说。尤其事过境迁，总难捕获什么雨丝风片。而这篇《蒋同学》，满纸悲欢场合，一腔幽咽话声，总是难以忘记。为什么，因为它切合了我们的生活况味，因为，蒋同学的影子和他妻子贤惠的影子，时时闪现在我们的身前身后。他们是活的血肉之躯，而不是历史教科书上干巴巴的几页。

　　说罢唐炳良的散文，顺便再记几笔二十六年前的轶事。那一次常熟"青春学习班"上，陆文夫和高晓声都讲了课，并与学员同吃同住了三天。两位作家由于来得匆忙，换洗衣裤没多带。尤其是高晓声肚子大，在工厂澡堂里洗罢澡，把个短裤的裤带给扯断了。会务组江广生找到我，我便连夜找到花边厂的朋友，开后门买了二条花边布的短裤，送给两人救急。现在的小朋友听到这种破事，樱桃小嘴会一撇，短裤也拿出来说事，超市里多的是。但是，二十六年前，任何棉花制品都要凭票，一团棉线也要二寸布票，这就是我们那一代人的歌声。

　　我今天翻开相册，那张已经泛黄的旧照片，是陆文夫、高晓声等作家和我们的合影。但是，给我们拍这张照片的摄影师董迪，在拍照的当天，因天气炎热而高血压逝世。他是县文化馆派来的，我记得他是一个胖胖的老头，工作勤勉，记得他有一幅水乡妇女绣花边的摄影作品，刊登于《中国摄影》，当时在小城摄影界引起反响。愿他在天之灵安息！

庞培的月亮

喜欢像行吟诗人边走边唱的庞培，踏着远古苍白的月色，穿行在江南的小巷。斜阳雨丝的拱桥，村姑少妇和玲珑闺秀回眸一笑，于是，愁心与春情潜入诗人的血性，那幻变多姿的月亮河，便催发生命的呼应。

他是一个江阴的作家，十四岁做临时工，十七岁写作，带着一册《千家诗》漫游江南各地；去过黑龙江、内蒙、西藏，1994年从广州一家报社打工归来，后来又在美丽的乌鲁木齐居住了半年。他以发表在《人民文学》上的"西藏的睡眠"成名。在那组散文中，他的语言发生了精致的变化，诗意的音调对应着心灵的感受，比一般学者式的掉书袋，更见想象的功力。而一切不能撼动心灵的语言，就不是文学的语言。

我很欣赏庞培的"萝卜姑娘"：一个山野乡间的美人胎子，她的辫子和笑靥，在大气中轻盈地移动优美的弧线，前额散乱而鬈曲着美丽的发丝，那些发丝像她的肌肤，柔美、洁白、细腻、闪闪发亮，也像她的长相一样温柔……这些清亮透明的佳句，在庞培的散文中可以信手拈来。诗化而充满想象力的语言，是情人的花仙子，是歌手的七弦琴，是云雀的金嗓子，是黄昏的柳梢头。因而，我在春天的阳光下，用惊奇的目光，穿过绿叶披纷的悬铃木，辨别一个人：一个真正用心灵蘸着月光写作的人！

2003年的元月，庞培来到言子的故乡，着手写一篇关于白茆田野山歌的文章。对于民间的原创色彩的口头说唱，诗人比小说家有着更为敏锐的喜欢。江南水乡的子民摇着船橹，踏着水车，冒着热辣辣的太阳，脸上臂上背上被太阳晒得黑油油的，信口吼出一声两声田间草歌，劳作中喊出苦难或调皮，生涩粗硬的哭丧调中充满调侃诙谐，甚至于色情和调情。其实，一切艺术的本质就是调情，有的哲学家竟敢把神出鬼没的艺术归纳为"床上的艺术"。山歌和田歌的本质意义只是情感的发泄。诗人的庞培从采风的意义理解山歌，是找准了乳母。

那天，庞培将他的新作《阿炳——黑暗中的晕眩》送给我，我觉得像一片阴影飘然而至。黑色的封面装帧就是一块黑色而沉重的砖，砖的正反面刻满了欲望的年轮。年轮像老唱片一样泛滥黄色的往事，柠檬色的月光，残废的寺院，孤芳自赏的道士，林间落叶夹杂几声乌鸦的哭泣，一声两声琴声怎能抵消冷泉黄泉的呜咽声。

早先，我在南方一家报纸上先睹了关于瞎子阿炳的真实身世的连载，就是庞培这本书的摘选，当时已经引起我的惊讶。惊讶不为别的，就是资料运用的真实，破除了一般意义上的光环式的阿炳壁垒，认出了一个吃喝嫖赌的"人精"阿炳，一个民间音乐天才的阿炳，一个音乐疯子的阿炳，一个丑恶的外形加上一个雪中精灵的阿炳。人生是不能虚构的，一饭一粥都是养育生灵的甘露。阿炳拉二胡不用如今的钢丝弦，而是用老弦。他的技巧就是能将音乐的元素发挥得出神入化，但绝不以华丽浮躁见长。无论是《二泉映月》的苍凉无助鬼影幢幢，还是《听松》的风雨萧条金鼓齐鸣，实质上是音乐之子内心的沉痛反思。乡土资料的占有与传主的灵魂写照，一向是诗人庞培的强项。颇费匠心的考证，忧心如焚的语调，无意之中的天意，再配以民间生活特有的语境，流浪者荒唐的无序生涯，造就了作品中浑身虚弱的小人物又是划时代的大音乐家的悲欢离合。

传主阿炳存世的资料很少。阿炳既是个贫穷潦倒的街头艺人，又是混迹于市井娼寮的小道士。说白了，音乐这玩意儿，在草鞋帮烧炭党哥老会等下层民众中，是风雨赶路窘迫情急之下的一件遮风蔽雨的蓑衣，是酒足饭饱之余的侈奢品。而在达官贵人皇亲国戚眼里，却是掌中袖内经常消磨的玩物。我们当然不否定，真正的音乐元素来自于自然天籁与民众心灵的呐喊，但也不要忘了，喧哗的庙会与森严的庙堂，只有一箭之遥。

说来也与音乐有缘。1954年由中央音乐学院中国音乐研究所编辑出版的《阿炳曲集》，我曾偶然得之。这是第一本阿炳的曲集，是阿炳一生创作七百多首音乐曲中仅存的六首曲谱的印刷本。这六首曲谱中，除了人皆听得烂熟的《二泉映月》之外，还有两首二胡曲和三首琵琶曲，例如有《梅花三弄》《听松》《龙船》等。据说《听松》是一首宋代古曲，是阿炳从流传的道教音乐中改编的，原称《听宋》，说的是金兵逃至松林中，万峰松涛呼啸如潮，吓得金兵如被宋朝大军团团包围一般。铁马金戈的奔腾，辗转迸发于琵琶高手五指行弦的铿锵声中。我们可以想见，一向低眉顺眼的阿炳，也有金刚怒目的时刻。

这本曲集是一本薄薄的16开本的小书，前言是杨荫浏教授写的阿炳小传，这恐怕是解放后最早的有关阿炳的文字小传了。可惜这本曲集给我的一个学弹琵琶的亲戚借去了，不见了踪影。否则，也可借给庞培一阅，嗅一下五十年前的音乐气息了。

忧伤的四丈湾

　　江南小镇是水做的。有街就有河，街与河像姐妹俩，牵手并行。心胸宽宏的大河姐姐，牵着两岸的小街妹妹，守候着流泪的岁月。我有时立在高而陡的永济桥眺望四丈湾，觉得它更像一条锈蚀的敞开了肚皮的拉链，密密麻麻的青灰色的屋脊，东倒西歪乱了阵脚。这四丈湾，我一直想给它做个对子。譬如我以前住过的一条小街叫"百忍堂"，只是这个"忍"字不配对。有个地名叫"百里坊"，对是佳对，但百里坊不在常熟，在温州。后来我想，有河便有桥，琴湖那地方有个地名叫"八仙桥"，与"四丈湾"蛮相配，也很有意思。四丈湾喧闹过显赫过。波光街影，车水马龙，摆过十二分的威风。芸芸众生，也是藏龙卧虎之地，谁说他们不会八仙过桥，各显神通呢？

　　我小时候住在西门，与四丈湾初次结识，源于外婆。外婆是个勤俭的人，每月总是要纺几斤黄纱补贴家用。她纺的黄纱又细又匀，从锭子上转到化车上时，我会轻轻地帮她摇动转轮。隔夜，外婆将化好的黄纱绞成麻花状，交错叠在丝篮里，上面盖一块湿润的布，以免黄纱过于干燥。第二天早上，我牵着外婆的手，拎着纱篮去四丈湾缴黄纱。黄纱店，是一个有着梐木柜台的一开间门面。四丈湾的店铺门面大都不宽，就像美女的瓜子脸，窄而有风韵。这风韵在于，脸面不宽而很有内涵，它的店铺很进深，望进去黑洞洞的，一直通到河埠头。这黄纱店的三尺柜台后面，有一老一少迎候着每个缴纱的人。他们的工作很简明，老头负责验纱发货，姑娘是会计出纳，在发货证上敲印，再付给每个缴纱人现金。按黄纱的质量分等级，我外婆的黄纱总可以验上优等。优等黄纱每斤加工费为六角，每一等级相差几分钱。为了这几分钱，老头也是一丝不苟，总要鸡蛋里挑骨头，将等级朝下压。逢到老头与人争执不休，这姑娘便立起身来打圆场。我总是看到，姑娘那一双丰润而白璧无瑕的玉手，灵活地拨动算盘珠子，三下五除二，细声细气地说："大家让一点，大家不吃亏。"

有时空闲，那姑娘倚在旧式的太师椅上嗑瓜子，脸上呈现出一种病态的苍白，她没有什么刻意的装束，那年月也没有什么装束，就是一根牛皮筋绾住黑亮黑亮的独辫，白天也要开灯的店铺里，昏浊的流光使她更像一个古色古香的美人。而那个老头呢，衬托着姑娘青春的流逝，变成一尊干瘦的罗汉，吱咕吱咕吸着劣质而呛人的纸烟。

如果把四丈湾比做一条弯来绕去的蟒蛇，蛇头部位就是米厂的码头。夏来秋去，宽敞的水面上一字摆开百余条铁驳船或木帆船，高高的桅杆撑在天空中，数十米长的跳板悬空在水面，那扛米包的、捐笆斗的苦力，踏着坚实的步子，吭唷之声掺杂在震耳欲聋的风车声中。俗语说：靠山吃山，靠水吃水。这话充满了生存的无奈。这苦力，都是五大三粗的汉子，饭量大得惊人，特大号的铝饭盒，足足蒸了一斤米饭，生嚼几片淮片萝卜，一顿就吃得精光。面对白哗哗的像雪山一样的米堆，谁都有动心时，有的苦力就偷偷将吃空的饭盒装满了米。一次两次的夹带被发现，更巧妙的夹带会应运而生。他们干活时穿青布连鞋袜，腰里缠空心布腰带，一斤两斤米就藏匿在腰带鞋袜里带回了家。真所谓一人夹带，全家吃饱。

蛇头在南边，蛇梢甩在北边。镇上最大的食用油厂就在蛇梢的位置。带着好奇心，我在三十年前到过它的榨油车间。那是个老式的机器作坊，空中弥漫着蒸汽，轰隆隆的油锤搅得人心惶惶，满地流淌着清香味的菜籽粕。榨油工人有个不雅的称呼，叫做"油卵子"，热天干活时赤身露体，榨油车间只有男没有女，他们肚脐下裹条毛巾，铲料上料，肩挑手扛，全身上下都在流油出汗，汗水与油水分不清。榨油工人很辛苦，但在那个年代很吃香，找老婆也很容易，因为有油吃。平时，节俭的工人上班只带一盒白米饭，吃饭时舀一勺子刚榨出的清香的菜油，搅一下，又滑又糯，直奔胃口。到了下班时，他扯了裆下的毛巾塞到油桶里一浸，提起油汪汪的毛巾往饭盒里一放，堂而皇之地带回了家。别小瞧这浸透菜油的毛巾，使劲一绞。二两油，只多不少。要知道，那年代食用油是定量供应的，一个人每月只有四两油。

掌管着生灵的咽喉，米厂和油厂滋养着四丈湾，也滋养着江南小城。这是一种博大的爱，这爱，连接着生命的诞生，也连接着死亡的降临。

我居住在四丈湾有八年多，搬离它也有十七八年了，但有两件事常常萦怀在心。那是一个酷暑，半夜下班后我在河边揩身乘凉。夜的风从河面上吹拂，夹杂着西瓜的清香。河心漂浮着几只装西瓜的小船，弥漫的水雾有点神出鬼没，我总觉得浑黄的水中藏掖着某种秘密，因为我听到对岸石级有轻灵的脚步在移动，还有低低的像猫一样叫春的哭泣声。我睁眼远望，有点心虚，有点张惶，什么也看不清，一团混沌，平时我一个猛扎就可游完的距离，此时却胆战心惊迈不出一步。第二天中午，我到弄堂口理发，驼背张正在口沫四射地讲新闻：河对面老姜的小女儿昨晚投河自杀了，浮起的身子横在两条西瓜船中间，今天一早才捞起来的。我心一惊，老姜我认识的，拉一手好京胡，他的几个女儿个个长得水灵灵的，在河埠头洗衣服，隔河望去，总像画中玉人一般。后来我打听，那个小女儿在一家机械厂当学徒，和年纪比她大好几岁的师傅恋爱了。少女正是情窦初开的年龄，一片真心烂漫。可惜那个上海籍的师傅原本是有对象的，并不真心与她相好。家中得知此事，坚决反对。厂里还拿出"学徒工不准谈恋爱"的条文威胁她，恋人又躲避她，逃到上海不见面。少女在多重的压抑下精神恍惚，终日高烧不退。于是，在燠热无助的夏夜，她咬碎了含有水银的体温表，投入了凉爽的水中……

　　冬至的早上，天色发暗。我住的那个穷相毕露的大院，破旧的院门横一道高高的门槛。我正在睡梦中，突然从楼下传来老太太尖利的呼叫声，"快来人呀，拉我一把，拉我一把。"我老婆从菜场回家，闻声扔下菜篮子下楼，一看，大吃一惊，老太太身下坐着个近三十岁的女子，腊黄着脸，捂着肚皮痛苦地呻吟。那女子披着臃肿的棉袄，瘫坐在门槛上，下身流出一滩鲜血。她无力地说："请叫我婆婆来，送我医院去。"

　　原来那女子的婆婆住在后院，隔一会，婆婆家的小叔子借了一辆板车，铺了一张草席，将她的嫂子扶上车，拉到了医院。事后，我老婆说："那孩子已经生在裤裆里了，真是巧，踏着门槛就生了。"我这才知道，那女子是我同事的老婆，这孩子是第二胎，一直是瞒着怀上的。那女子身子骨瘦，怀胎三四个月时，就束紧了腰腹，外人也看不出。生孩子那天早上，老公上夜班没回家，她肚子痛得紧，只得独个儿走到医院去。谁知，走到四丈湾婆婆家门口，却忍无可忍的生了。

　　春去、冬来、死去、活来，有时很容易，但是不轻松，留下了一丝叹息。

一个小提琴手

二十年前的我，正是对音乐钟情痴迷的年龄。和朋友吹笛子、拉二胡、弹吉它，抄《外国歌曲三百首》。闲暇之余，我还借到一本瞎子阿炳的二胡琵琶曲选，是中央音乐学院教授杨荫浏在1950年为阿炳记的谱。现在大家只知道阿炳的《二泉映月》有名，其实他还有另外5首器乐曲留传下来，我依稀记得其中一首二胡曲叫《听松》，还有一首琵琶曲叫《梅花三弄》。奇怪的是，当时小城里，像我这类喜欢音乐的年轻人有很多，一到晚上，吹拉弹唱，像浮萍一样飘来荡去，走东家串西邻，互相切磋，交流乐谱，在漫漫长夜中无望地消磨青春。说真的，在当时的环境中，也只有音乐，才能在我们的心灵深处，注入一点梦幻的活力，它像寒冬里美味的水果，弥漫着久久不散的清香。

不过，小城里的音乐爱好者大都以民乐为主，会西洋乐器的人较少。就我认识的几个拉小提琴的人，水平也不高，能拉几首歌就已经不错了，演奏独奏曲就不行了。约是一个冬天的傍晚，在兵团里当农工的卢兄来寻我玩，他领了一个人到我家里来。那人是卢兄兵团里的同事，姓林，是南京知青。林约摸二十七八岁，黑苍苍的脸，中等个子，头发又密又长。他挟着一只黑色的漆皮已经剥落的提琴盒子，不声不响的坐在我的对面。卢兄介绍说，林的小提琴拉得很好，在兵团里是数一数二的人物，8岁就在南京的舞台上演奏过，父亲也是有名的小提琴手。我当时看了一本手抄的小说《塔里的女人》，对其中所写的一位南京小提琴家的恋爱悲剧，为之怦然心动。见了林，我顿时来了兴趣。

林一边抽着劣质呛人的纸烟，一边晃晃蜡黄的手指说，不行了，兵团里劳动了近十年，手指变粗了，拉不好了。在我的再三要求下和卢兄的怂恿下，林打开了琴盒，嘴里低低地嘟囔着：这把琴是问朋友借的，音质不太好。在他调琴弦的时候，卢兄悄悄告诉我，林本来有一把音质相当不错的外国产的小提琴，可惜在文革刚开始就被造反派砸个粉碎。林是个极聪明的人，他偷偷地把碎了的琴板捡起来，用胶水一块块拼接好，居然又有了一把小提琴。但没多久，这把琴仍被造反派没收了。从此，林永远是借别人的琴来拉心中的曲子。

忽然，柔美悦耳的琴声响起来了，林高昂着那颗黧黑粗糙的头颅，瘦瘦的下巴夹着琴托，两眼紧盯着按弦的手指，右手利落地捏紧着弓弦，那一副架势和神情，闪烁着一种虔诚神圣的光彩。我呆住了，似乎从来没有听到如此美妙的小提琴声，至少在我二十岁前，还没有一个人为我单独演奏如此娴熟流畅的小提琴曲。林拉的是一首《梁祝》，优美动人的曲子在冬夜的寂静里飘散着，细弦上发出的柔和的高音和粗弦上发出的沉郁的低音，间杂着叮咚的拨弦，慢慢沁入你的心田，委婉的慢板诉说着动人的故事，我仿佛觉得这一把小提琴正像一只羽化登仙的蝴蝶，在青春的绿草地上翩翩起舞。接着，他又拉起了一首当时已经开禁的曲子《新疆之春》，这曲子活泼而轻快，似乎冲淡了上一支曲子那忧郁的气氛。当他拉到节奏最快的旋律时，琴弦嘎然而止，他神情沮丧地说，不能拉了，手指粗得按音也不准了。我却有点不满足，心里恨不得他能把所有会拉的曲子,全拉一遍,因为在这个僻静的小城,很难见到这样音乐的高人。

以后几次在朋友家里吃饭,林很少说话,只是闷头抽烟,间或喝几口黄酒。卢兄告诉我,林的父亲早已死了,母亲是小学教员,下放在灌南县。而林因为出身不好,1963年初中毕业后便下放到苏北农场了。这次过春节,他便跟卢兄一帮兵团战士到常熟来玩了。别看林貌不惊人,内秀得很。这次他从南京朋友处借来了一只老式的磁带录音机,还有几盘从唱片上翻录的西洋交响乐曲。酒罢饭后,我们便关紧门窗,六七个人团团围着那只发出滋滋噪音的录音机,聆听着由马思聪独奏和他妻子钢琴伴奏的F大调小提琴协奏曲,聆听着巴赫的《海盗》和柴可夫斯基的《天鹅湖》。大概磁带放得太多的缘故,曲子释放时颤抖的厉害,有时甚至荒腔走调,可是我们每一个人都听得入了迷,我们的耳朵被八部样板戏音乐磨出了老茧,丧失了欣赏西洋经典音乐的能力,而今,这种能力再一次被蓬蓬勃勃焕发出来了。关起门来听西洋音乐,这等同于拾取"封资修"糟粕,听了后,我们都有点后怕,毕竟那是"文革年代"。所以,我们一到晚上,便推着自行车,书包架上装着笨重的录音机,转移到另外一家去,这种偷偷摸摸的行径倒也有一种冒险的乐趣。我们这一群疯疯颠颠的乐迷,我们这一伙大逆不道的痴子,簇拥着那只带给我们无上快乐的录音机,从这一家转到那一家,把音乐的种子传播开来。

我有时在一旁观察林,他看着我们如醉如痴的样子,似乎也很开心,音乐把我们的心贴近了。有时,他会趁兴拉上一段《流浪者之歌》,或者来一段歌剧《白毛女》选曲。过了春节不久,林带着录音机要回南京去了。临走那天,他悄悄把我拉到一边,说,能否借一点路费给他,因为他连回南京的钱都没有了。虽然我当时也很穷,但我的兵团朋友比我更穷,像林这样有十几年工龄的兵团战士,一个月工资不到三十元。所以他穿的衣服很破旧,抽的是劣质烟,头发也要好几个月才剃一次。我当即借给他10元钱，这决不是施舍，虽然这10元钱是我月工资的三分之一，但朋友的情意岂是10元钱所能涵盖的？

一晃二十几年过去了，想起林拉小提琴时的风采，依然如在眼前。后来我再也没有见到林，只是断断续续听人说起他的境况。林回到兵团后，还呆了有四五年，据说还风光了一阵。他被抽到团部宣传队，在音乐的造诣上，他似乎是个天才，不仅是弦乐器的多面手，还能自己谱曲，自任指挥。在兵团会演中，他率领的小乐队大放异彩。不过，这毕竟是文革的余绪，热闹了一阵，很快烟消云散。1979年，他也回城了。他在宣传队时，和一个苏州女知青结了婚，后来回城时两人便分了手，这种萍水相逢的姻缘，太阳一出来，就像露水一样洒干了。这件事对林的打击也是很大的。林回到南京，分配在一家工厂当铲车工人，他又开始酗酒，整天抱了个酒瓶子不放，在兵团里耗损的肝病更加严重。林从小失去父爱，成年后又母子分离，家庭的温暖对他来说是一种奢望，孤身一人回到南京后，生活的天平顿时失去了重心。他当时已经四十余岁，要想重圆音乐的梦几乎是不可能的，比林年轻一代的音乐新秀正在茁壮成长，各个剧团选拔的人才，几乎清一色的是音乐学院毕业的年轻人。林在这样的状况下，心情十分压抑，精神的苦闷导致精神的崩溃，命运的利刃把他唯一的音乐之梦剪得七零八落，从此他与杜康攀上了至死不渝的朋友。不久，他被医院查出得了肝癌，直至肝昏迷。死的时候，他的手中一直捏着那只烧酒瓶，医生掰也掰不开。

当我听到卢兄告诉我关于林的死讯时，我沉默了许久。林真是个苦命人，另一位兵团的朋友告诉我，有些常熟的小青年刚去兵团时不懂世事，见林的头上戴着一顶"反革命"的帽子，便肆意地欺侮他，在他的茶缸里放上粪便，在他的水瓶里撒尿。有一次下倾盆大雨，一些人还故意把林的饭盒扔进泥地里，看着林在大雨里奔走的狼狈相，他们哈哈大笑。我猜想，在恶劣的生存环境里，人的兽性会发展到顶点，就想猖猖抢食的狗，你咬我一口，我也咬你一口。其实，到兵团里去的每一个人都明白，自己和劳改犯充军发配没有两样，但你争我夺欺负弱者的兽性却时时发扬光大。

　　凭心而论，依林的音乐天赋，如果在肥沃的土壤里生根发芽，林也许能成为中国的小泽征尔，或者是陈燮阳、尹升山第二。可惜，一颗天才的音乐之星，刚刚闪烁些微的光芒，便消逝在茫茫的以太之中。我衷心地祝福他，灵魂能悄悄进入天国之门，因为，只有天国的音乐圣殿，才会容纳他那一颗破碎的心和那把破碎的琴。

走江湖的男人女人

　　江南的民间马戏团，就像吉普赛流浪者，扯起五颜六色的帐篷，兼带着江湖大侠的德行、来去无影的帮会神秘、卖伤膏药式的打抱不平，穿梭在青纱帐芦苇荡里，游历在三江六码头上。童年时，我尤其迷恋于马戏团里那些身怀绝技的少女，她们有的只是七八岁的小女孩，却已经能脚蹬软皮靴，腰束英雄结，神态自若地在钢丝索上翻斛斗顶瓷碗，在疾驰的马背上腾空飞舞。我曾幻想，一个清风明月夜，乘上那散发着樟木香味的装着道具箱子的四轮马车，去乡间田园随心所欲流浪，那音乐那灯光那小丑的花脸红粗条的宽大衣裳，还有踏着独轮车的山羊会钻火圈的狗熊，演出结束后大家围着篝火围着火炉大碗喝酒大块吃肉。在蓬松温暖的打谷堆里，和愉快多情的少女们捉起迷藏，还让那头发上涂着亮晶晶凡士林的魔术师，从裤裆里变出几只红嘴唇的灰鸽子，清亮的鸽哨呼应山中的百灵，欢乐和忧伤像云雀在空气中飘浮不定，生命也在颠颠簸簸的日子中尘土飞扬……

　　在我们县城的高地，有一片废弃的水塘，经多年填没后，便成了卖艺人磨拳擦掌大显身手的好地方。冬夜，这里就成为灵魂和肉体集体跳舞的竞技场。无论马戏团还是简陋的江湖骗子草台班，总要在高地上树一根下粗上细的高高的水杉旗杆,两边用浪风(一种攀牢旗杆的钢丝索)固定,旗杆约有三十来米长,在暗藏着机关的旗杆顶端,悬挂着一盏贼亮贼亮的汽油灯,照得广场如同白昼。压台戏的节目最为动人精彩,只见一个小巧俊俏的姑娘,红衣绿裤,徒手攀援那光滑溜溜的旗杆。悠扬动人的《小放牛》在夜空中走得很远,那小姑娘的身影愈爬愈高,快接近那旗杆末梢了,突然,音乐声像被一把愉快的刀子猛地切断,四围的人屏神静气仰头盯着高空,只见那女孩一个鹞子翻身,仿佛要从高空中急速跌落下坠一般,人群中一阵惊呼,原来是小姑娘单足套在绳索里,脸朝向观众,做出飞鸟凌空的姿态,那娇美的红颜令人赞叹,更多的是令人担忧,旗杆在微微晃动,灯光苍白的没有一丝温情,观众的心全被那玩命的刺激焕发出一种冷漠的兽性,我的心也紧张得像被揪住了一样,最惊险的一幕是,她四肢腾空嘴衔花环,全部娇小玲珑的体重都悬在那命若细丝的花枝上,一边快速旋转,一边做出白鹤亮翅的美妙动作,我的手心都捏出了汗。

落幕了,四边的人群像潮水一般退去。我溜进了戏子们做戏的后台。那里只是演员卸妆的地方,东倒西歪的道具失了精神,小丑使用过的木偶没有了灵性,那最后出演的小姑娘在哪里呢?我多么想看她一眼,看看这个身怀绝技的少女真真切切的模样,我还要问问她,在凌空展翅的一霎那,你会害怕的发抖吗?我撩开里边的帐篷一角,这无人喝彩的后台也真奇怪,静悄悄的烛光弥漫着幽暗的烟气,就在黄铜烛台照耀的光亮里,我只看见一个少女的背影,她懒散的斜坐在道具箱上,两只红通通的小手遮着蜡烛火苗,像是在驱寒取暖。就在我偷看的出神的时候,身后有一个壮汉攫了我一把,他粗声粗气地骂道:小赤佬,滚出去!我被吓得转身就逃,美丽的想法也逃之夭夭了。

在童年动荡的岁月里,我确实认识了一个会演空中飞人的杂技演员。那时，我那久经坎坷的父亲，在1963年甄别平反之后，被安排在一个小县城的杂技团当指导员。于是，我便有了在正规的剧院里看杂技的机会。这种机会并不多，因为我父亲成年累月带着这个三四十人的团队去外地演出，主要是在沿海的几个海军码头转悠，他们的节目很受海军官兵和渔民的欢迎。一般演出了十个月左右，就要回来休整一下，春节里便在小城汇报演出。

自从我父亲利用他一些老战友的关系，使杂技团能演出并赚了钱之后，那穷相毕露的杂技团便有了鸟枪换了炮的感觉。首先是添了一条演出用的大地毯，那猩空色的金线绣边的毯子是正宗新疆艺人手工编织的，据说要近千元钱，这在刚刚度过三年困难年月的团里，可是一笔大数目了。那一次，我随父亲去看演出，在开幕前溜到舞台上，第一次双脚踩着厚厚的地毯，像踩在棉花堆里似的。有了高级的地毯，便有了演出高难度节目的可能。空中飞人，便在这个地毯上冉冉起飞了，人作为万物之灵，那优雅的舞姿，在空中旋转飘逸，引来仙女下凡百花争艳，生命的一声呐喊一声震颤，跌落在华丽的地毯上，溅起无数柔情蜜意……

杂技的音乐一般都是流传的民间小调。单人或双人表演扣人心弦的节目时，多以高昂明亮的《渭水情》和《茉莉花》为主，而集体表演的技巧类节目，却以欢快悠扬的《春江花月夜》《妆台秋思》等为主，使用的乐器多为二胡、扬琴和绑笛。演员们十分熟悉每一段曲子的节拍，空中飞人的演出是一男一女，而使用的曲目是《梅花三弄》，这是一首极为出色的琵琶曲，弹琵琶的是一个老琴师了，一只眼已经瞎了，一只眼也是半开半闭着，他对乐曲的感悟力非常的出色，左手行韵，右手拨弦，莹润明澈的曲子时而舒缓流溢，时而铿锵有力，妙就妙在他对乐曲的停顿休止的节拍的运用，就像国画大师挥洒写意之余的留白，令你目迷五色不知所措。就在这个节骨眼上，精彩的惊险的场面便会出现，空气中的氧分也仿佛会凝聚在男女对接的千钧一发间。

那个报幕的阿姨是个美人儿,那时候也没有高跟鞋拔苗助长,她穿的是一双黑丝绒带有搭攀的平底鞋,一袭缀着星星般闪光珠片的绿绒旗袍,那胸前的水晶花饰晃动着五彩光影,标准的带有磁性和浓浓鼻音的普通话一落定,大幕便"刷"地两边分开了。只见空中的克罗米吊架徐徐放下,我心仪许久的那个本领高强的男演员出场亮相了,他人长得很高,一头自然卷曲的头发。他的形象使我与一个电影演员连了起来,那时暑假里刚放了一部《地下尖兵》的电影,一个打入敌人内部作了军长副官的地下党员,就义时从容地叼着一只黑色的烟斗。而卷毛(我暂且给空中飞人的男演员起这个绰号)他也是个老烟枪,因为我记得他有一次到我家里问我父亲借钱时,坐了不到五分钟,便抽了三支勇士牌香烟,勇士牌香烟当时折合人民币 8 分钱一包。他抽得很节约,剩下小半支时,便塞在一只翡翠色烟咀里再抽。我后来才知道,他也算是团里的台柱子了,但工资低的可怜,每个月只发 20 元钱。如果在外地演出,还可有每天 2 角钱的伙食补贴。回到小城休整,便只有区区 20 元月工资了,这点钱,只够一个光棍汉混个半饥半饱。

我第一次看到卷毛演出空中飞人这个高难度节目,是在春节慰问驻军部队的联欢晚会上。票子十分地紧张。那几天,我们家来的客人像走马灯一样转来转去,都是想要讨取几张免费票子的。最后的结果,我只能跟着父亲,坐在靠近安全门的加座上。这加座没有靠背,是只安了独脚的一块木板,木板下端装了一个铁扎钩,钩住了旁边的座位以保持平衡。坐的时候,要两脚撑地,稍不小心,便会歪倒。有时候,剧场里会传出"啪啪"的跌跤声,十有八九是坐在加座上的观众得意忘形四脚朝天了。我虽然坐在加座上,离舞台较远,但也有一个好处,能看到舞台一侧幕布后面等待出场的男演员的窘态,他的脸化妆得唇红齿白浓眉大眼,两只手垂得笔直,一副紧张的样子,像板门上新官人,我肚子里忍不住要笑出声来。这是童年唯一不作声的笑,是寒冬里一缕温情的童话。

他穿着黑色的紧身衣出现了,像一个高大的神出鬼没法力无边的幽灵。他的助手,一个身材苗条长身玉立的美人儿,穿一袭飘逸的羽纱轻绡,立在他的肩膀上,像升天的仙女,攀上了晶亮的秋千架。慢板似的音乐如歌地吟颂着,随着美人扶摇直上。七彩的灯光追赶着黑色的精灵和白色的仙女,只见那仙女抛下一根红色的绸带,缠绕在卷毛的腰际,卷毛一个凌空斛斗,像有轻功一般借着绸带的提升,飞上了秋千架。他握住了仙女的手,身子开始旋转。人真是个奇怪的动物,睁大着眼睛看着一男一女在舞台上搂搂抱抱,做着轻佻的亲密的举动。但在世俗的生活中,却一点也不宽容男女之间的隐私。我后来才知道,卷毛正在和那个女助手谈恋爱。女助手的家长大人很势利,坚决反对女儿嫁给卷毛这种"脱底棺材"(小城居民送给那类一人吃饱全家不饿的光棍汉的雅称)。要知道,男女演员正当妙龄,又是朝夕相处,练功时在一起,跑码头演出又在一起,谁能管得住他们?除非老天爷不生出男女这种角色儿!

空中飞人,男演员的功力占三分之二强,演出时不能有半点闪失。男的倒立在高空秋千架上,女的两只玉臂便要紧紧拢在男的脖子上。此时,男的两只手就是最稳健的保险丝,它刚中有柔的箍住女的细软的腰肢。作旋转动作时,男的口中衔一只特制的金属环,女的张嘴咬住环的下部,并把全部的身体重量系在这小小的环索上了。这好比一匹公马和一匹母马互相在争夺那一只唯一的马嚼子,谁松了一下口,谁便会掉入万复不劫的深渊。要命的是,还要旋转,做360度的旋转。杂技演员就是这类敢于玩命的角色,你越是以为不可能做出的绝活,他越是要玩给你看。你看,卷毛的双手握住她的腰,先是向左转几圈,然后向右转,一待有了自转的加速度,他的两只手便完全脱离了她的腰部,任她像一支白色的陀螺一样转出白色的雾状，空中的秋千架也大幅度地晃动着，七彩的光柱也追赶着一男一女旋转的身影，伴奏的音乐也由柔情绵绵而趋于凄美而惊悚。这公转和自转约莫30秒左右，直到仁慈的观众鼓起热闹的像暴风般的掌声，那惊心动魄的旋转才慢慢地停下来。随着秋千架的降落，大汗淋漓的男女演员便双双依偎着向观众谢幕致意。此时的卷毛，像凯旋归来的英雄，而那个面若桃花的女助手呢？像是被英雄俘获的美人，美人柔顺地依偎在英雄的怀里，高挺的胸脯上有一朵亮得滴血的水晶花。

　　我一直在猜想，卷毛那个美丽的女搭档，也许就是我童年时看到的那个江湖班子里的小女孩，只是她长高了，长得苗条了，身子灵巧的像只花蝴蝶，站在台上谢幕，那红扑扑的脸蛋，晶晶亮的眼睛，靠着卷毛黑丝绒的紧身衣，宛如一对黑白分明的天仙配。可惜，演员的爱情生涯总是十分短暂，就像一滴透心凉的露水，太阳的光芒一出来，便慢慢的蒸发了。

　　文革中，卷毛也参加了武斗，像他这种天生具备流浪汉性格的杂技演员，马戏团一解散，便被招募在一个职业武斗队中，充当某个造反司令的贴身保镖。人生就像走钢丝，况且卷毛是在惊险生涯中玩过命的，凭着一身好功夫，哪里不能混碗饭吃？在冲冲杀杀中得到快感和刺激，也足以不虚此生了。1967年那个寒冷的冬天，没有童话和园林的苏州城，被另一派武斗势力围困的像座受降的孤城。困兽犹斗，套着血红色的派别小报，在地摊上吆喝着变调的声音，在冬天的早晨，这被冷风呛哑的嗓子，真有点声嘶力竭。暮色中，我和父亲踏着积雪，走进了干将路那个破旧的小旅馆，找到了卷毛。推门进去，他叼着香烟，横躺在楼梯下的亭子间里，烟雾弥漫中，他正和那个胖胖的忙着拖地板的女招待打情骂俏。见了我们，他坐起身，从裤子口袋里掏出一包压扁的飞马牌香烟，递给我父亲一支。因为大小旅馆都住满了人，父亲便把今晚借宿的事给他说了，他仍然依老习惯，称我父亲"指导员"，说指导员你放心，保你今晚不会住在露天。（因为我父亲1963年平反后，被安排在马戏团工作，职务是协助团长做好团员政治思想工作的"指导员"）。

当夜，我们就住在他隔壁一间约只有七八个平方的厢房里，一张单人的小床，又搭了一张帆布床。我在帆布床上早早入睡了，天花板上那只15支光的灯泡黄黄的亮着，已经剥落的墙纸霉迹斑斑，没有一扇透气的窗户，有的只是父亲和卷毛一支又一支劣质呛人的烟草污秽的空间，和他们在我耳边聒噪不绝的远远近近的人事沧桑。

第二天早上，踏着霜雪人迹，卷毛陪我们去朱鸿兴面馆吃了一碗热腾腾的阳春面，便把我们送到了阊门轮船码头。我们走时，他送了我父亲一支德国造的大镜面的匣子枪，一梭子可以发出二十响子弹。他知道我父亲四六年在四明山打过游击，对玩枪的把戏也很在行。他给了我一把雪亮的小匕首，不到两寸长，手柄上绕了几道整齐的紫铜丝，盈盈在握，冰冷称手，我欢喜万分。后来我父亲说，玩这种刀要小心，刀刃是用锋钢淬火的，马戏团表演飞刀节目就用它。

望着卷毛远去的身影，他威武的样子既令人害怕又使人羡慕。他出门时，便从枕头下掏出那支镀银的勃朗宁手枪，别在腰眼里，又从床肚下拖出一支拷蓝亮晶晶的汤姆式卡宾枪，顺手拷在肩上。那样子很洒脱，就像玩烧火棍一样。这个卷毛，天生是个喜欢冒险的危险人物。但我父亲却说，他是个倒霉蛋，那么一个漂亮的老婆，跟人跑了。

大动荡中的时代列车轰轰地响过，谁能预知呢，那悠远无痕的梦境会飘然送上一个无言的结局？文革结束了，卷毛进了学习班，痛说了一番当年武斗的个人历史，又被分配在一个乡村的大剧院当灯光修理工。小城的马戏团早已烟消云散了，就是再团圆，也难成气候了，连当年钻火圈的小姑娘，也已经成了大肚子妈妈了，还能走钢丝吗？有一天早上，是一个潮湿的黄梅雨季的早上，剧场里那个一早就要打扫卫生的老女人,推开了舞台那扇小门,她惊奇地看到,有一个微胖的人蜷缩在前排座位上,像是沉睡不醒的酒鬼。她嘀咕着扫地,扫到那人身边,才发现那是卷毛。这时的卷毛身体发福,全不像二十年前那个风头正健的名角儿,他的头斜倚在椅子的铁扶手上,后脑勺流出的血,淌到水泥地上,已经凝固成一大片乌黑的血块了。那老女人尖叫了一声,吓的跌倒在地上,她仰头看去,剧场高高的顶棚上有一个大大的窟窿。据事后猜想,深夜演出结束,卷毛攀上顶棚收拾灯光器具。不料踩空了一脚,便从空中倒栽葱摔了下来。而那老女人却说,是酗酒害了卷毛,她分明闻到有一股浓烈的酒香从卷毛身上溢出。这个老光棍,她是这样称呼卷毛的,喝醉了酒睡在剧场椅子上,又不止一次。

　　演员离开了舞台,就像老虎离开了山林。英雄失却了宝剑,便像一头孤独无援的狼。孤独的狼,对着旷野作一声无奈的长啸,样子一定很凄美。没有飘飘仙乐,没有堂堂喝彩,没有喁喁情语,也没有大幕下落时那冷峻的最后一瞥,名利场上,灵魂出了窍,生命的一翼"咔嚓"一声,在黎明前断绝⋯⋯

(原载《天涯》2003 年第 3 期)

春风几度上海滩

偶而看到画家木心《上海赋——只认衣衫不认人》一文,木心作为上海滩上晚期的"老克腊",他对上海的性格有一番不同凡响的见解:"海派是大的,是上海的都市性格,先地杰而人灵,后人杰而地灵,上海是暴起的,早熟的,英气勃勃的,其俊爽豪迈可与世界各大都会格争雄长,但上海所缺的是一无文化渊源,二无上流社会。当年的上海,亦东西方文明之混血也。"而张爱玲作为上世纪四十年代海派文学的代表,她从殖民文化的独特视角,讲出了上海人的多重性,也不失为一种甜言蜜语:"上海人是传统的中国人加上近代高压生活的磨练。新旧文化种种畸形产物的交流,结果也许是不甚健康的,但是这里有一种奇异的智慧。谁都说上海人坏,可是坏得有份寸。上海人会奉承,会趋炎附势,会混水摸鱼,然而他们有处世艺术,他们演得不过火。我喜欢上海人。"

我也喜欢上海,因为上海曾带给我们无限向往的生活消费品。在计划经济时代,物资极度匮乏。全中国生产的轻工业产品,质量最好的要数上海了。牙膏、肥皂、火柴、毛巾、香烟和精美的糖果,都是由上海定量供应。每个人每年只发一丈二尺布票,凭布票供应各类针棉织品,上海的人民装、中山装、大翻领的茄克衫、衬衫、棉毛衫是我们引以为豪的奢侈品，就像我们今天盼望巴黎的时装一样。我一直记得，我的朋友也是我造纸厂的同事叫钱聪，他当时是厂里的采购员，常驻上海。我第一次到上海出差，就是他引的路。和我住在一家小旅馆里，还去大光明电影院看了一场电影。我买的第一双皮鞋，就是托他凭票在上海排队买到的，鞋面是磨光猪皮做的，橡胶底，穿在脚上轻巧舒适，1977年的物价：7元钱。我结婚穿的第一双牛皮鞋，也是托上海亲戚凭票买的，14元钱，黄河牌，做工细致，是当时流行的荷兰式，我小心养护着穿，穿了足足五年。在那物资紧缺的时代，我的亲戚曾买过一双温州产的皮鞋，鞋面竟然用硬壳纸做的，鞋底竟然是马粪纸！说到服装，我1978年曾在上海一百买了两件衬衫，一件是红光内衣厂生产的60支府绸的，6元钱，一件是"司麦脱"的确良的，5元钱。这两件衬衫质量出奇的好。这当然与我穿的时候小心仔细也有关。那件苹果绿府绸料的，因为是高支纱纺的，穿在身上爽滑贴身，像丝绸一样柔软，再加上领子挺刮，袖口笔直，去相亲时，感觉不是太好。两件衬衫换了两次领子，一直穿了近八年，直到八十年代中期才退役。九十年代初，我听到上海大批纺织工人下岗的消息时，心里十分的难受。这批支撑共和国人民鲜亮衣着的无名英雄，她们见证了上海开埠百年来的沧桑变化，她们大多数住在低矮的棚户区或者拥挤着七十二家房客的弄堂里，她们最能代表上海城市坚韧不拔任劳任怨的性格，可惜，付出最多而需索最少的这批产业工人，却黯然退出历史舞台了。

  时势造就了时尚，海派文化为都市文明度身定做，上海滩的红尘万丈，还会继续盛装演出！历史清晰地记得，上海租界的出现，工商业的繁荣昌盛，带来了大量的移民。而这种移民的浪潮，主要是南方各省的移民为多。浙江宁波人，善于经商理财，在上海滩上长袖于舞，黑银子白银子，打着灯笼寻商机，于是开钱庄办药房，南有宣威火腿，北有赤峰羔皮，天南海北的山珍海味涌集于海上，宁波帮为此应运而生；安徽绩溪徽州，历来外出贩卖丝绸贩运茶叶木材者居多，他们还在上海滩创办"当铺"，当铺的伙计称为"朝奉"，黑漆门面的当铺，迎面是一根根手指粗的铁条排成的栅栏，将内外柜台隔开，只留一个小小的窗口以供沟通。柜台高高的，个子矮的客人恐怕要踮起脚。内柜上验收抵押物品货色的师傅被称为"朝奉"。

"朝奉"的含义，我猜测，是"早早为你服务"的意思，这种吃苦耐劳的精神，源于发财致富光耀乡里的强烈愿望。据说，一年三百六十天，当铺从不关门歇业，只有春节有几天休息日。有的朝奉几年不回安徽老家，所以才有徽娘望夫的悲欢离合，才有"徽骆驼"之美称。当然这美称之寓，也蕴含着多少青壮男子背井离乡的苦涩。

江苏长江以北，劳动力富裕，身强力壮孔武有力者为胜，于是，上海黄浦江码头，肩扛碗口粗的杠棒，鼓起三头肌，迈上长跳板，成为第一代出卖苦力的码头工人。这批出卖苦力的弟兄们，成为上海基本移民的中坚力量。一般来说，上海很少土著居民，因为它原先是海滩，海滩上是长不出人才的。据说，上海的原住居民，主要是苏北人和宁波人，再加上安徽人。不过，上海二百多年来，作为移民城市，它有一定的地域局限性。因为交通的缘故，它不可能像如今的深圳一样，有飞奔的铁路和飞机，将全国的人才在短时间内装运到一地，开埠前的上海，只有水运一条路。而大都数的移民，主要是江苏、安徽、河南的灾荒饥民，他们挑着一家老小，徒步投奔上海滩，寻找一线生机。

在上世纪初的上海滩上，有一种行当很受人注目，那就是浙江奉化来的裁缝，人称"奉帮师傅"，他们的手工精细雅致，他们的款式时尚新颖，无论名媛淑女贵妇娘姨，还是上海小开油头粉面，都有一两位叫得响的奉帮裁缝的大名。可以说，开创时尚花样的七彩霓裳，奉帮师傅功不可没。西装的出现，至少培养了上海滩上的两种中国特色的白相人，一种就是俗称为"小开"的上海人，一种就是称为"老克腊"的上海中老年人。前者是少年得志富家子弟的腔调，会摆谱，小白脸，有时洋装笔挺，司的克锃亮；有时玩玩小沙蟹（一种纸牌游戏）吃吃冰淇淋，轧轧货腰女郎；"老克腊"呢，一般是洋行买办，银行职员，或留过洋喝过洋墨水，平时抽烟不是哈德门就是绿炮台，最好是木盒子里精装的哈瓦那的雪茄。老克腊是超期服役的上海小开，少一点不知轻重的浮滑和招摇，多一点风尘和绉纹，多一点绅士的沉稳气度。他们的背带西裤，一定是英国产的上等花呢，不是派力司就是哈米呢；西装大衣那就不用说了，法兰绒格子呢，外加一条羊绒围巾。他们还有一点西洋文明的嗜好，会弹一两首巴赫的奏鸣曲，也许小步舞曲也自有韵味。周末的一天，他会带着他的法国太太，叫上一辆奥司汀轿车，驶往红房子吃法国大餐，品哥伦比亚咖啡，在三十年代不要活得太潇洒哟！不过，这种"老克腊"后来在三反五反直至文革中，吃足了红卫兵和工人阶级的苦头，没少挨皮带头子的抽打。要知道，五六十年代，有哪一个工人家里有羊毛衫花呢裤？红五类子女看见你老克腊穿得这样时尚，家里抄出来的整整一打熨烫的整齐划一的领带，还有一只钻石的胸针，不恨死你才怪呢。尤其是那些大学和高级中学的老克腊，平时上课谦逊礼让，一副知识分子绅士派头，文革开始首当其冲，红卫兵将一盆乌黑的墨汁从头泼到裤脚，这是我在文革中亲眼所见。一大群红卫兵嘴里骂着"老洋盘"，还将老克腊的羊毛衫从身上剥猪猡一样剥下来，浇上粪便。仇恨文明和野蛮血腥，同样在上海滩上滋生疯长。说到穿着派头，上海人叫"行头"，这真是风云际会，各路英雄豪杰争相媲美。头上毛发乌黑锃亮，凡士林涂在时新卷发上，叫做"风头"，脚上或尖头或小方头皮鞋，擦得锃亮，脚后跟钉上响钉，跑起路来，在水门汀上"呱呱"响，叫做"脚头"。这就是一个上海小开的基本模样。进入上世纪三十年代，上海滩上培养出了一个顶尖的"奉帮"裁缝，他叫田阿桐。据他自己说，他是被亲戚从常熟乡下介绍到上海奉帮师傅那里去的，讲好"学生意"三年，结果被苛刻的师傅又扣了半年，三年半才出师。同去的七八个学生意的少年人，只剩了他一个学满师的。上海滩上当学徒太苦了，晚上睡台板，早上生煤炉，师傅没功夫教，全靠你偷着学。一不留神，师傅的毛栗子就敲上来了。大半的徒弟就是这样被师傅打跑了。田阿桐少年有志气，没有被打跑。出师后，应聘到一家英国洋行的服装公司工作，做西装，做皮装，做旗袍，还做各种时尚前沿的淑女装。在这里，他学到了真本领，细心，聪慧，灵巧，他成为上海滩上顶尖的裁缝高手。后来，上海一解放，他就被聘为服装公司的高级技师。1952年，田阿桐上调到北京，为毛主席、周总理、刘少奇等国家领导人作服装。他八十岁退休前，还为中国国家主席胡锦涛做了一套西装。

中国目前有666座城市，有99座历史文化名城。城市千奇百怪各有特色。城市的性格是很难用一两句话概括的。一千个人眼中，有一千种城市性格。上海最早受到西方文明的侵染，它的海派丰韵是包容并蓄，它永不停歇地追逐金钱与时尚，上海人的见多识广培育了超常发挥的情商与智商。可以作这样一个不甚恰当的比喻：上海是一件华丽缤纷的金丝织成的旗袍，上面缀满了亮晶晶的钻石和各色昂贵的奇珍异宝。然而，光怪陆离的钻石光环下，隐藏着一只只寄生的跳蚤；旗袍的皱裥间，闪动着小市民精明狡黠的笑容。也许，上海小弄堂里有巧言令色衣着鲜亮的小开，也有脚底流油满腔谎言的小瘪三拆白党；也许，四马路上艳帜飘舞的高档妓院可以门开不夜，福州路上的各色报馆印书卖书却领风气之先。肉欲文明的肆无忌惮和精神文明的丰富性精致性，在一个城市性格的发育中，步调一致。说到城市性格，不得不提到上海在十九世纪末至二十世纪中叶，为全国文化事业所作出的杰出贡献。站在历史潮头，变法志士、翁同龢的学生张元济在上海创办了商务印书馆。当年全国审定初等小学教材 102 种，商务印书馆就承印了 54 种。可以这么说：1865 年江南造船厂的设立，意味着上海的工业文明声势浩大的开场锣鼓；而 1897 年上海商务印书馆的成立，意味着西方文化与东方学说闪电式的交流。从那一年开始，上海的出版业、报刊杂志持续了半个世纪的黄金发展期，福州路上人头攒动文人聚集，最多时大大小小的出版社近四百家。活到 98 岁的海派作家包天笑在他的《钏影楼回忆录》里是这样描写四马路的："那时上海的文化，愈益进展。商务印书馆自被火烧后，加股增资，延请了张菊生（元济）设立了编译所，编译了许多新书，大事扩张。其它新的出版社也一家一家开出来了。出版的书各种都有，关于政治、经济为大宗，其次也涉及各科学，而最突出的乃是小说。曾孟朴在上海办了一个出版所，名字就唤做'小说林'。"这个曾孟朴，就是写了以名妓赛金花为主角的《孽海花》的作家，后来在上海滩名扬一时，一本小说前后印了五万本，他是常熟人。西方文明浸润上海最大的优点，便是带来了自由、平等、博爱的思想。人的权利人的思想，是平等的高贵的，这种直捣专制王国要害的想法，在上海找到了无法无天的温床。自由的天性自由的爱好，犹如自由的花朵自在的开放。犹如百乐门的舞曲和舞女，撩动了多少小资们的心。一帮爱好文艺和爱好言论自由的青年人，游荡在上海滩这个罂粟花遍布的都市旷野，带着锁链吹起芦笛跳起了缪斯之舞。

水缸盖的爱与恨

我小时候就注意到，家里大大小小的木桶，都有盖子，而且都是漆着暗红色的生漆，十分漂亮，连马桶都是红漆金粉的。外婆是大户人家出身，陪嫁很丰厚，光是高高低低的红漆马桶就有十几只。这些东西到了我母亲手里，就已经少了许多。在这些众多的木桶盖子中，有两个盖子是白坯的，不上漆，只是涂一层薄薄的桐油。一个是锅盖，一个是水缸盖，它们大都是松木做的，新的时候散发着清香，干净整洁。我问外婆，为什么别的木盖头都漆了红漆，光鲜锃亮，就是锅盖和水缸盖白塌塌的，用旧了更加难看。外婆说，傻孩子，锅盖天天被烧饭烧菜的水汽蒸泡，如果用生漆罩了，这漆味是有毒的，不是害人吗？这水缸盖，不也是同样道理吗？

明白了水缸盖不用漆的道理，我后来又碰到了一件事，让我看到了人性的另一面，那种惜物如金的执着甚至偏执，为了一个水缸盖，差点闹出了人命。

1967年的2月，是寒冷冻死老牛的季节。我的父亲因为被关在五七干校隔离审查，没法管我，寒假时我一个人投奔吴江县松陵镇伯父处过春节。伯父和伯母都是老师，革命运动正忙，从早到晚不在家。他们晚婚，两个孩子都小，一个6岁，顽皮极了；一个刚断奶，坐在立桶里咿咿哑哑。伯母从乡下请了她的姐姐来料理家务。这个姐姐近五十岁，我叫她婶娘。她长圆脸，一头黑发朝后脑勺梳了个发髻，水亮光滑，插了根缕花的银簪，头势一丝不乱，看得出是个勤俭的女人。她一上午脚不颠地，上菜场买菜，回来洗洗烧烧，忙完中饭，就接着喂饲孩子。下午得空，她坐在藤椅里，掏出针扣和线盘，"滋滋"地扎起了鞋底。在她收拾得整齐清爽的细篾笤筐里，码着一扎扎成型的鞋底。她有点得意地对我说，大儿子二儿子脚上的直贡呢布鞋，都是她一针一线做出来的。她看着我脚上的布鞋，问，你的鞋子谁给做的？我说，外婆做的。她笑着说，你妈不会做？我说，妈是机关干部，哪会做？她一本正经地说，看你这双鞋，后跟都烂了，我忙空了，给你做一双新鞋。我感激地点点头。

临近春节的小年夜，中午时分，伯父家里来了一个客人，原来就是婶婶的丈夫，婶娘让我叫他玄舅舅。他是绍兴人，一口绍兴官话，我听也听不懂。他带来了绍兴的五香大头菜和一小缸乳腐，还有一扎细篾丝捆着的扁尖。婶婶见了他十分开心。玄舅舅是个魁梧的男人，戴一顶灰呢毡帽，穿一身黑色哔其呢中山装，这身打扮越发显得他威严高大，而婶婶是个五短身形的女人，他比婶婶高出一二尺，看上去有点不般配。但从表面看上去，他们很恩爱。玄舅舅没来时，婶婶和我说起过他的状况。原来，婶婶是大女儿，照乡村的规矩，大女儿要在家招女婿。而招来的女婿，家境一般不如女家。于是，靠摇着小船，沿河叫买绍兴咸鸭蛋的玄舅舅，便入赘了女家。

玄舅舅已经有半年多没见到婶婶了，午饭时，婶婶拿出一坛"女儿红"，说，老头子，这是准备春节过节用的好酒，今天先让你尝尝。她还特地炒了一盆韭芽鸡蛋，香气扑鼻地端上了台面。喝了一大碗黄酒，酒力上来，玄舅舅有点喜形于色。一旁的婶婶，端着小瓷碗，喂着小外甥，一边不断地问着乡下老宅基的情况。毕竟到城里生活有半年多了，婶婶也有点想家了，她问得仔细，玄舅舅也答得随意，一口酒香，一口菜香。正在说话当口，婶婶忽然问，你出门时，家里的东西都收拾好了？米瓮有没有盖盖好？箱橱的钥匙带在身边没有？玄舅舅朗声地说，我办事，你放心，一样东西都不会缺少，钥匙我随身带着呢！

说着说着，玄舅舅口齿有点含糊了，咕噜了一句："你不在家，今年田里的雪里红收了几担，没人手去腌，堆在柴间里都有点烂了。"

婶婶脸色发愁，叹气道："有啥法子，顾了这头顾不了那头。"她又问了一句，"隔壁春林家有没有腌菜？"

"她老婆能干得很，前几天一家人都在忙里忙外，雪里红腌了几大缸，家里的水缸都不够用，还问生产队里借了只大缸。今年又有绍兴人来她家，付了定金，明年开春来收购她家的腌菜。"玄舅舅的话越说越多。

婶婶听了，有点不开心了，猛地问："她倒没有来问你借水缸用？"

"没……没有。"玄舅舅有点慌。

"真的没有？"

"水缸倒是没有借，只是……只是……"玄舅舅吱吱唔唔。

"借了吧，你这个杀千刀，你趁我不在家，肯定听了人家软话，借了吧？"

"乌龟王八蛋才借给她，我知道你为了宅基地和她老死不来往了，谁还敢借给她。"

"真的？"婶婶逼问一句。

"水缸真的没有借她，只是她儿子过来说，他们借的生产队里的那口水缸是没有盖子的，问我们家借了一个水缸盖子，说好了，腌好菜，一个月就归还的。"

玄舅舅借了酒力，说出了这番话。

忽然间，听完这番话，婶婶的眼泪就涌了出来，她扔掉手中的小瓷碗，像变了个人似的呼天抢地起来，她立起身，一只手扶着外甥坐着的红漆立桶，一只手捂着心口，脚跺着地板哭骂着："……你这个杀千刀的老不死的，我知道你不干好事的，你……你要气死我……，这水缸盖是我爷娘传给我的，我都不舍得盖在腌菜缸上，你却要借给人家去腌菜……你这没良心的天杀的，我爷娘当初好心收留你，你就这样对我……呜呜……"婶娘在我的目瞪口呆中，旁若无人地哭骂着，一屁股坐在地板上，两只手拍打着地面，哭嚎起来。

我想劝她，又无从劝说。玄舅舅放下了酒碗和筷子，哭丧着脸，像个请罪的小孩子，跑到婶婶身边想搀扶她。不料，婶婶"腾"地蹿起来，一头向玄舅舅腰眼里撞将上去，玄舅舅不敢用力，被她撞得连退了几步。此时，婶婶变得更像一只发威的母老虎，她指着玄舅舅的鼻子说："陈玄官，你今天给我滚回乡下，讨回水缸盖。盖子若坏掉半个边，我就死在你面前。你今天走不走，你若不走，那我今天就死在你面前。"这时的婶婶，又将头猛地撞向玄舅舅，口中的叫声愈发地恐怖了。

玄舅舅被逼得没法，一声不吭地立在门口。此时高大的他，仿佛是一具没有灵魂的纸人，听凭着婶婶的唾沫像浪潮一样吞咽着他。我被婶婶的举动吓着了，却同时为玄舅舅的无奈和无助而哀伤。玄舅舅低着头，拎着一只帆布包，无声地走向门口。他本来是想到城里来和婶婶团聚的，但结果却在小年夜被婶婶赶走了。

当然，人生总是悲喜交加。闹了一个下午的"水缸盖事件"，到了晚上伯伯伯母回家有了转机。我和伯伯赶到轮船码头，只见玄舅舅蜷缩在空荡荡的候船厅里。他苦着脸说，一天只有两班船，下午的船早就开走了，他要苦等一夜，乘明天凌晨的早班船回乡下。伯伯劝他回去，他坚决不肯。他说，老太婆这样欺负他，他死的心都有了，他刚才走过拱桥边，转了几个圈，真想跳河算了……

百劝无果，伯伯就在附近寻了个小客栈，是个几十人的大通铺，让玄舅舅将就了一夜。第二天，他就回了乡下。后来我从伯伯嘴里得知，婶婶的爷娘是乡村有名的雕花匠，可惜操劳过度而早亡。雕花匠做的活计件件精细，给婶婶做的水缸盖，也是用的檀树料，盖面雕着牡丹花纹，盖子的横档，也缕空着喜上眉梢的图案，婶婶一直像心肝一样宝贝着。

如今，玄舅舅和婶婶早就作古几十年了，乡村人家的爱恨，却一直留在我心里。

周瘦鹃与包天笑

1968年的炎夏，小巧玲珑的苏州城弥漫着血腥味。刚刚从武斗的枪声中喘口气的小民百姓被掘地三尺斩草除根式的"清理阶级队伍"吓得战战兢兢。一年前，我曾亲眼目睹平门桥堍下、运河两边，成百座武斗死难者的坟墓上飞扬着白色的招魂幡，和花圈的白色飘带。死者大部分是十八九岁血气方刚冲锋在前的红卫兵。而这次"清理运动"，一批作家、诗人、教师再一次陷入灭顶之灾。一个个"牛鬼蛇神"在血肉横飞中走上黄泉路，一张张通缉令张贴于大街小巷，令看客心惊肉跳，整个世界像患了痴呆症似地歇斯底里。死的人太多了，尤其是名人。从北京、上海不断传来恐怖的消息，郑君里死了、舒绣文死了、上官云珠死了、闻捷死了、老舍死了、赵树理死了、傅雷死了。突然，从小道消息传来，曾受到毛主席亲切接见的苏州著名作家周瘦鹃先生也投井自杀了。

周先生的死难，是同他亲手栽培的花木盆景一同烟消云散的。人命如草芥，在那样的年代，还谈什么雅致小品尺幅山水？捷克作家米兰·昆德拉有句名言："也许他希望自己的话会虚假得令人勃然大怒，使他从死亡中震醒过来，但这个世界太丑陋了，没有人愿意从坟墓中重新站出来。"

在浩劫中苟延残喘，还不如没入古井深渊，这样的死法，至少飘逝的灵魂会有瞬间的快意和清凉。也许，周先生因邓拓的上吊自杀而震惊，因吴晗的惨酷批斗而戳心，因江苏省教育厅长吴天石夫妇游街示众当场暴死而畏惧，所以与其坐等杀身大祸文字血案从天降临，倒还不如痛痛快快从从容容在自家庭院里自裁。趁着人们尚没有逼他去死，先去死在人们前面吧，对这个世界他已经无所留恋，因为人生的宴席终究会结束，谁也不会像妖怪一样永久坐下去。

以造反起家的宋江先生有首词写得真好：

"天南地北，问乾坤，何处可容狂客？借得山东烟水寨，来买凤城春色。翠袖围香，鲛绡笼玉，一笑千金值。神仙体态，薄幸如何消得？

回想芦叶滩头，蓼花汀畔，皓月空凝碧。六六雁行连八九，只待金鸡消息。义胆包天，忠肝盖地，四海无人识。闲愁万种，醉乡一夜头白！"

可惜了周先生，虽有闲愁万种，空弹三弦琵琶，却在四面八方的造反歌声中，结束了他七十三岁的生命。而与周先生同乡，又是周先生老师的包天笑，因早年避居香港，便逃过了那场劫难，活得比周先生长寿，并且悠哉乐哉地在香港别墅里撰写那本著名的《钏影楼回忆录》。就文学成就和才情秉赋而言，可能包天笑还略逊于周瘦鹃。周瘦鹃早年专门翻译外国文学，所译作品登在包天笑主编的上海中华书局出版的季刊《小说大观》上。他的第一个短篇小说《芙蓉帐里》，也是由包天笑编发的。

包天笑在生命的最后10年里（他活到98岁），留下了《钏影楼回忆录》这本具备史料与文学双重价值的杰作。因为有这本回忆录的传世，使我们得以窥视晚清民初的社会世态和文坛轶事，至少几个常熟人的行状也可添上惟妙惟肖的几笔。例如曾朴、徐枕亚、吴双热等，都与包天笑有文字交往。有的评论家称包天笑为中国第一代鸳鸯蝴蝶派作家，而且属文坛五虎将之首（其他四位是徐枕亚、李涵秋、周瘦鹃、张恨水），但包天笑却在60年代的香港文汇报上专门撰文，谢却这一顶亮晶晶的"桂冠"。常熟有一位客居香港的作家邵慎之，笔名高旅，1962年在香港《文汇报》编副刊，与包天笑结成忘年交。有一天，他问包先生关于"鸳鸯蝴蝶派"的事，包先生照例笑嘻嘻地说："没有什么的，我一向由人去说。'鸳鸯蝴蝶派'是有的，不过我不是，更不是什么首领。明眼人自能辨是非，所以从未辩白过。"谈到上海出版的一本《"鸳鸯蝴蝶派"作家人名录》，包先生说："那叫做'乔太守乱点鸳鸯谱'啊！"

本来包天笑年事已高，也不想辨白，后来看到北京大学编的一部《中国文学史》，其中言词凿凿地指定包先生为"鸳派"首领，并说他写作形式多样，文学各部门"无不染指"。此论乐得包先生一度想把笔名"余翁"改为"染指翁"。其实，包天笑虽然也是苏州人，与周瘦鹃、范烟桥、顾明道、程小青等苏州作家是密友，但他的主要创作活动时期是在上海教书兼编杂志。周瘦鹃是他的学生，苏州那批作家在年龄上和创作时间上，都属他的晚辈。所以苏州"鸳派"作家在虎丘组织"星社"，他并没有参加。周瘦鹃后来接手主编《礼拜六》和《紫罗兰》期刊，包天笑也从未向这两家刊物投稿。纵观包天笑的作品，早期代表作《上海春秋》和《留芳记》，以上海报章新闻为素材，以揭露社会黑幕和世态炎凉为主，在选材上与卿卿我我的"鸳派"不同。

平心静气地审视文学流派，"鸳派"中的代表作品，即常熟徐枕亚的文言书信体小说《玉梨魂》，也有其反礼教专制求自由恋爱的进步意义。至于有些"鸳派"的余流末绪，实在是一种廉价的肤浅的肉麻的文字垃圾，就像今天或明天书摊上不断更新的琼瑶的小说、玄小佛的小说、严沁的小说。都市中的红玫瑰开了又谢了，就像一茬茬不断茁壮成长的妙龄少女。在青春期阅读了骗人的恋爱小说，便生发出使用法国香水、穿意大利服装、陪伴一个腰缠万贯的花花公子的美丽念头。我很赞成钱钟书先生那句话："对牛弹琴时根本不用挑选什么好曲子。"处在青春期的少男少女，最易被琼瑶式的恋情小说所俘虏，这正是第四代"鸳派"小说的负面作用。

新版《辞海》中有"鸳鸯蝴蝶派"条目，以常熟徐枕亚为首，不列包天笑的名字，这是合乎事实的，也使包先生泉下心安了。包天笑无论在近代史上的位置，还是在生辰年龄上，应该和吴江柳亚子、常熟曾孟朴同属一辈。1935年6月，曾孟朴逝世于常熟虚廓园红楼，包天笑专程从上海赴常熟吊唁，并作挽联云："憔悴卧江滨斯世谁为鲁男子，文章惊海内于公群称老少年"。

周瘦鹃没有像包天笑那样得到善终，也没有像包天笑那样写下一本珍贵的回忆录。粉碎"四人帮"后，周先生的两本散文集终于出版，一本是《花木丛中》、一本是《苏州游踪》。以周先生的奇思灵才，决不止于写些寄情花木的闲适小品。可惜，他的很婉约很清秀的文笔，已不能也不敢去直面惨酷的人生，亲朋好友门生故旧相聚，只能谈烹调谈茶道谈莳花，心中的呐喊湮灭为泣血的子规，眼中的老泪默默洒入幽兰绿梅。无怪乎，王国维最后为《人间词话》定稿时，删掉了这句话："社会上的习惯，杀许多的善人；文学上的习惯，杀许多的天才。"

大约是1967年的冬末，我13岁，和父亲逗留在孤城一般的苏州，寒风萧瑟，无处投宿，便去干将路评弹老艺人魏含英家借住一晚。魏先生曾任常熟评弹团团长，与我父亲相熟。他家的园子很大，我们当夜就睡在园子中央的亭子里，这个亭子原本是花园赏景歇凉的佳处，但四周已被砖墙隔成一个六角形的小房间了。父亲睡一张单人床，我睡一张帆布床，像部队行军时用的帆布担架一样。那是个滴水成冰的寒夜,远处不时传来武斗的枪声。一早我便被冻醒了。早上起来一看,园子石台上的水石盆景结了薄冰,盆中陶瓷制成的小桥小船,还有玲珑的双塔,沾了冰屑,逼真可爱。这是我第一次看到苏州盆景艺术的样本。但魏先生却谈,周先生莳弄的盆景才是真正的绝品,可惜全被造反派砸毁了。这是我第一次听说周瘦鹃的名字。

邵慎之因为在报界工作的缘故,消息比较灵通,他在香港的寓所与包天笑只隔一条马路,周瘦鹃1968年投井死难的噩耗,是由他告诉包天笑的。5年以后的十一月,包天笑在香港逝世,时年98岁。包年长周正好20岁。

细读周先生留下的两本散文集,使人真正感到周先生学识渊博而谦虚礼让,他本应该留下更多的文心丽句的。可惜,一团跳跃着的灵魂之火,在苏州浓绿的林荫大道上,悄悄熄灭了。几许惆怅,几缕残阳,洒落于周先生"爱莲堂"的废墟上,沉默而悲壮,但这只是回光返照的幻象。

最后的私家花园

曾园，古城常熟一个美丽的私家花园。园子因名人而出秀，山水因名人而增辉。中国第一个自称"东亚病夫"的小说家曾朴和他的儿子曾虚白，诞生在这个红豆白松相依相恋的景色中。园子属风雅之物，山石玲珑，荷风嬉趣，一代代红男绿女演绎人间永不垂幕的悲喜剧。高立园中假山，可远远眺望十里青葱的虞山，她就是埋着吴国创始者虞仲的虞山；曾是楚霸王项羽爱妾虞姬钟情垂泪的虞山；元代大画家黄公望归隐面壁的虞山；是清微淡远的古琴大师严天池风韵流美的所在：大文豪钱牧斋和柳如是白发红颜定情赠诗的虞山……

难怪曾任台湾中央通讯社社长的曾虚白，每次登上家乡虞山的剑门，面对湖光山色，会发出"又惊又爱"的感叹！

得虞山一脉清气，曾园自然分外灵秀。园中一株傲岸鳞斑的白皮松，一株五百年树龄的红豆树，堪称园中双璧。曾朴少年时居住的"君子长生馆"，门前耸立一块太湖石，上面镌刻着曾朴手书的小记，描述太湖石有皱、瘦、透三种妙处。其实，参照人生世态，何处不是曲折狭窄空灵顽瘦呢？

这个有着四百多年历史的园子，接纳了李鸿章、翁同龢、张謇等一大批中国近代史上的名人，它沉郁含光的碑廊里，留下了张爱玲的祖父张佩纶的墨迹。风，是它依依舒展的腰肢，一抹粉墙，一池春水，一弯古桥，随着游人的巧语评点而婉转顾盼，这是人间的欲念，这是春情的飘送。雨，相思的雨，絮絮叨叨地诉说着梦境般流失的江南弹词，就像那绿肥红瘦的美人蕉，摇落多少灯影黄昏花香笛声……

一个中秋月夜，我与朋友品茗于曾园湖心亭，粉墙外传来洞箫之声。箫声圆润而婉转，吹的是那首极为耳熟的《月映鹅潭》，丝丝缕缕，关关切切，顿时，我想起了一首名叫"古园"的诗：

> 谁在守望黑夜？媚丽的眼神灼灼发亮，谁在迎候明月？扯一把丝巾擦去眼角的泪痕，走的走了，散的散了，细腻的风情是一缕烟云，细密的心思是一滴甘霖，向晚的幽灵踯躅在花丛，谁会真心道一句珍重？好故事拌着泪水藏在心中，谁也猜不透，谁也道不明！

这曾园，雅名由翁同龢所题，称作"虚廓园"。此词来源于《淮南子·天文训》："道始于虚廓，虚廓生宇宙……"是曾朴的父亲曾之撰前后花了20年时间营建而成的。曾园的前身是明代钱岱的小辋川旧址。陈从周也说："曾园是常熟城内保存最好最完整的清代私人园林。"私家园林和私家藏书一样，是士大夫物质享受的极致。光绪六年，张之洞应曾之撰请求，特为园子题诗："赵策三年出袖中，知君睹画意相同，喜神无恙园林美，今日潜夫有父风。"因为张之洞、翁同龢都是曾园的座上客，所以，晚清末年常熟四大园林中，翁氏（翁曾桂，翁同龢侄子）之园、赵氏（赵文烈）水壶园、张氏（张鸿）燕园、曾氏虚廓园，独有曾园建造最晚而声名远播。钱仲联撰《文芸阁先生年谱》中将曾之撰、文廷式、张謇、王懿荣称为翁同龢的四大门生,说他们"号称清流,名噪京师,名公卿争欲与之纳交"。

1932年,曾朴关闭了在上海的真美善书店,从上海返回常熟曾园,居住于红楼。他的住所地处园子的西部,是1931年在一块桑树地上建造的。这是一幢两层楼五开间四方形的西式洋房,小天井外有石库门,仿照上海老式弄堂公馆的样子。外墙面用的是当时不多见的红砖砌造,临水一侧种植了杨柳,荷风四面的夏天,远望绿丝条中掩映的红楼,似乎是到了法兰西的水边别墅。楼上中间是惠风和畅向阳明亮的大书房。四壁满架有序的陈列着中西文书籍。房屋前面有一个小小的隔着屋顶玻璃的花圃,每天的午后,曾朴支撑着衰弱的病体,翻译一段法文名著之后,便头戴大草笠,蹲在花圃的玻璃暖棚内,莳弄从法国引进的香水月季和紫罗兰。这一年,适逢曾园喜事临门:曾朴母亲尤太夫人80大寿;曾朴自己60诞辰;他的三公子曾照完婚。上海的文坛好友接到由曾朴亲笔书写的大红帖子,纷纷驱车来到曾园贺喜。周瘦鹃、包天笑、吴梅、范烟桥、柳亚子等都光临了,独独缺了郁达夫与王映霞夫妇。曾朴的帖子早发出了,可惜两人没来,害得曾朴十分遗憾地对诗人邵洵美说:"……达夫映霞若来了,曾园会更加热闹了。"郁达夫作为"五四"新文化运动的巨匠,他如何会与曾朴相识的呢?郁曾会面,在两人都是第一次,也是最后一次。当年郁达夫35岁,是豪气濯缨的黄金时代,而曾朴已垂垂老矣,刚过59岁生日,学识风采趋于炉火纯青。新文学家与旧文学家偶遇在人生之渡,欢言洽谈,文气相通,牵线之功应归于缪斯女神。这会面发生于1931年冬,当时郁达夫居住于上海静安寺嘉禾里的一所弄堂房子内。一个寒冷的晚上,新月派诗人邵洵美来到达夫家闲谈,说起曾朴的真美善书店计划重印黄仲则的诗集。郁达夫听了很感兴趣,他的格律诗在同辈作家中堪称第一流,其悲怆沉郁的风格就是脱胎于黄仲则。一听邵洵美说起曾朴藏有《两当轩诗集》的墨迹时,酷爱之心霎时如火燎火烧一般,拉起邵洵美非要到曾朴处欣赏不可。邵洵美笑着说,曾先生早就捎口信请你去了。原来,邵洵美开设的金屋书店也在上海租界内的望平街上,与曾朴的书店相距无几,业务上常有来往,邵洵美不仅与曾朴有交情,与曾朴的长子、大晚报总编辑曾虚白更是密友。此时的租界出版业正属兴旺时期,三五好友集得小笔资金即可开个书店,印书卖书自由得很。

吃过晚饭,郁达夫乘上邵洵美的私人包车,一路直奔马斯南路曾朴寓所。三分钟不到,两人叩响了曾府的门铃。这是法租界高级住宅区内的一处小洋房、里面可见到修整得很熨贴的草坪和冬青篱笆。正面的西式客厅里,曾朴一家人正在吃晚饭,佣人请邵郁两人在偏房稍候。饭罢,害着胃病的曾朴脸上带着潇洒的笑容,请邵郁两人到楼上的书房叙谈。他似乎与郁达夫一见如故,请烟让茶热情大度。郁达夫抽着曾朴洋铁罐头里的三炮台香烟,聆听着曾朴爽健的谈吐。曾朴嘴唇上灰灰的胡髭抖动着,吐出一连串清晰的常熟口音的普通话。邵洵美斜倚在藤椅里,郁达夫坐在沙发上,曾朴瘦削的身躯被那张他经常坐的红木罗圈转椅稳稳地托着,身体前倾。当他听郁达夫说要借阅黄仲则《两当轩诗集》墨迹,便爽快地说,因为墨迹有几处蛀坏了,已托人带回常熟曾园裱补,裱好后一定借出。说起黄仲则,曾朴也来了兴致。原来黄仲则的老师邵齐焘是常熟人,乾隆年间主讲常州龙城书院,黄仲则是他最得意的学生之一(还有一个为洪亮吉)。邵齐焘告老回乡后,黄仲则专程赴常熟拜见老师,师生酬唱的诗词墨稿,散失在常熟人手中的不少。曾朴的记性也强,从父亲曾之撰在同光年间与张謇、文廷式、王文治结为"海天四友"谈起,又娓娓讲述左宗棠、张之洞、李鸿章、翁同龢的轶事。尤其把个张之洞的模样绘声绘色描摹一番,张生得矮小猥琐,尖嘴猴腮,曾朴在《孽海花》中说他是个"人像三寸丁,肚才惊天下"的厉害脚色。郁达夫被曾朴亲见亲历的才学所折服，脸上露出会心的微笑。当然，曾朴是因为父亲曾之撰的缘故，在北京结识了许多当世名流，为他写下《孽海花》提供了大量的趣闻轶事。《孽海花》从同治七年写到光绪二十一年。而曾朴在光绪十五年才第一次到北京，那时他18岁。

讲到青年时代的浪漫，曾朴不觉道出一段恋情绵绵的往事。光绪十八年，曾朴21岁，他第二次到北京，是为了应顺天乡试，住烂漫胡同常昭会馆，恰巧对面胡同徐观察的寓所住一女子叫林杏春，扬州人氏。曾朴不禁被林女的红颜美貌所吸引，爱心萌发，竟无心读书求功名了。此时的曾朴，恰是风流倜傥的美少年，头戴一顶乌绒红结西瓜帽，上面钉着颗水银精光大额珠，下面托着块五色猫儿眼，背后拖着条乌漆锃亮的三股大松辫，身上穿件雨过天晴牡丹漳绒马褂，罩件紫酱团花长袍。一个青春美少年，一个豆蔻娇女郎，每天傍晚，两人相约于窗前灯影下谈话，不知不觉坠入爱河而不能自拔。这件事，被会馆的长班告诉了曾朴的父亲，曾父十分焦急，再三催促曾朴速速南归。碍于慈亲之情，曾朴春闱结束，就含泪告别林杏春，束装南归。待到第二年春天进京，他又住在会馆里，窗前月下寻访林杏春，托长班去徐公馆探询。却不料徐家已将宅屋卖给他人，那令曾朴萦怀于心的闺房茜窗已换了个又胖又丑的女人住了。长班还告诉他，林杏春已在当年的冬天害痨病死了，是来势凶猛的干咳痨，患病不到两个月就死了。听了这消息曾朴哭了好几天，良心不断自责，心头从此留下一个永久的遗憾。后来，在曾园苦苦挣扎的那几年中，他把林杏春这个少女的音容笑貌写进了第二部长篇小说《鲁男子》中。

曾园丰富的藏书，也是曾朴永不枯竭的话题。他告诉郁达夫，他的二儿子曾耀仲在德国法兰克福医科大学留学，每年假期总要去法国巴黎和马赛，为他采购法文原版文学著作。有一次，一位法国文学家要观览曾朴所藏法国剧本，曾朴就在家中展出藏本，有初版《雨果戏剧全集》、初版《茶花女戏剧集》等，后者在海外仅发行五百册，是为纪念小仲马逝世而印行，印刷装帧异常精美，连巴黎图书馆亦无藏本。郁达夫也是个书痴，家中藏书达两万余册，碰到曾朴这个知音，怎不欣喜若狂？尤其令他吃惊的是，曾朴还说常熟钱谦益专藏宋元刻本的绛云楼，曾有半部司马光《资治通鉴》的抄本。当绛云楼大火之时，钱谦益爱妾柳如是冲进大火抢出这半部镇楼之宝，烧伤了手和脸……三人的谈兴延续到午夜，银盘里的水果皮堆成了小山高，烟蒂也挤出了水晶烟缸。就在这一天晚上，郁达夫答应曾朴，有机会一定要去拜访常熟曾园，学那康有为登临虞山放歌七律，学那沈三白徒手攀剑门寄情山水。对于这一天的谈话，郁达夫在《记曾朴先生》中感慨地说："曾先生所特有的一种爱娇，是当人在他面前谈起自己的译著的时候，那一脸欢笑，脸上的线条在微笑的时候表现得十分的温和，十分柔软，使在他面前的人，都能够从他的笑里，感受一种说不出的像春风似的抚慰……他的笑眼的光芒，是于夏夜发放的清风、暗夜散播的光明……"

穿过曾园的"寿而康室"，有一处由翁同龢题字的"虚廓居室"，三大间厢房用长纱窗分隔成内外大小六室，四周木板壁，上有气窗，向南一色落地长窗，是冬暖夏凉的好住所。这是曾朴当年奋笔疾书用六年时间写完《孽海花》的地方，如今修缮完好。因为写了这部惊世骇俗的《孽海花》，引起了曾朴与赛金花的那段公众瞩目的笔墨官司。

《孽海花》轰动海内外时，一些无聊文人不顾老病体弱的曾朴蜗居于僻静的曾园，抓住他曾有过的感情纠葛，敷衍一篇又一篇低级文字供人喷饭。为正视听，上海《大晚报》派遣名记者崔万秋先生专访曾朴。崔万秋在日本留学时与曾朴通过信，讨论过文艺。1935年早春，他到曾园拜访曾朴，见到曾先生"面庞瘦长，口髯下垂，穿蓝粗布长袍,戴顶瓜皮小帽。身体虽不甚康健,而精神矍铄,议论风发,其热情不亚于青年人……"崔万秋针对北京、上海等地报纸的流言,询问曾朴当年与赛金花的交往。曾朴坦率地说,外间传闻在赛金花未嫁洪钧时,自己在苏州已与赛金花谈恋爱,这是毫无根据的。写小说总要串珠线结珠花,自己所以选用赛金花与洪钧的婚姻作为主线,实在是为了作小说的方便。绝不因为赛金花嫁给了洪钧而自己迁怒于人,作小说而影射。曾朴还笑着补充:"……洪钧是我先父曾之撰的义兄,同时又是我闱师的老师,情谊属于太老爷一辈,赛金花我称之为小太师母。况且,从年龄上来说,赛金花即傅彩云在苏州被洪钧纳妾时,已19岁,我仅13岁。我年轻时常到苏州汪侍郎家借书,根本不会去阊门那儿的妖冶之所去吃花酒,怎会认识赛金花?又如何会与她发生爱情的事?"当然,曾朴并不否认赛金花有令人怦然心动的绝色美貌,赛金花随洪钧出使德国后回到北京,曾朴见到赛金花的机会就很多。当年,父亲为曾朴捐了个内阁中书的官。这是个闲职,使他有充裕的时间结交京中名流。在北京,他深得两人的器重厚爱,可以不经通报直闯其门。一人是曾朴的常熟同乡翁同龢,时任光绪皇帝的师傅兼军机大臣,为支持光绪变法,翁同龢很注意网罗有维新思想的青年精英。另一个就是出使回来不久的兵部尚书洪钧。在洪钧家里,曾朴执后辈礼节,向穿戴得极华丽的赛金花致意。赛穿着当时最流行的满式服装,颈上挂着金链,胸前带着珐琅银表,耳朵上那副值六千两银子的牛奶珠坠,在烛光下明亮如雪。有时洪钧招待客人,曾朴也陪席。而赛金花恰巧是宴席上的女皇,光彩照人笑容满面,她完全不同于官家女眷那种羞见外人的怯态,落落大方,用眼神,用手势,温柔得体地招呼客人,使客人从女主人的眉目眼波中感受一种愉悦的风情。

关于赛金花,常熟诗人杨云史有一段论述比较确切。杨云史是曾朴的表弟,两人从小相熟。1936年10月,赛金花死于北京。为赛金花书写墓碑一事，杨云史与张次溪通信。信中说："次溪仁兄如晤：昨书诵悉。灵飞身后文字，由弟与诸君主持，幸甚！幸甚！嘱书碑，此人实于北京有功，固乐为之。题诗亦愿为之，欲观厥成，多一名区也。惟有数事，须与此时定局。一曰定名称也。彩云金花，皆其伪名化姓，不可称，今既为存其人，则不当称洪称魏，而称赵灵飞坟，则称灵飞墓，既雅驯，而存其真面目也。二曰核事实也。此人事迹，全在余眼中，其所排难解纷，保全闺秀名节，确功不可没，实属有功社会。至若近年青年文士，不书事实，为求刊物利市，耸动耳目，至谓其有功中家，信口雌黄矣。且谓李文忠求赛缓颊于瓦德西，而今月之《实报》半月刊（或是《维纳丝》），东山君至谓文忠屡请不至，乃躬自造访，又不见，乃摒去驺从，徒步造膝，真令人作呕而发指。无论文忠岂能跪求娼寮，且文忠自入都后，即未出门一次。庚子之夏，家严由文忠奏调议和，余随侍居贤良寺一年余。与于晦若、杨莲府、徐次舟朝夕晤聚，一切深悉，安有丝毫此等影响。此等记载，执笔者亦求惊世异俗，或贪稿费，而辱国诬贤，一切不顾，至此且不独辱祖国，且辱及德国，可谓无聊之极。倘听其以讹传误，则他日将误及史乘，今幸余等尚复生存，岂可令其信口胡说。前岁李化即欲与刘半农法律解决，因刘死作罢。嗣欲登报辨白，为余所阻，余谓暇当访赛，请赛自白有无，则事实胜于雄辨实多。蹉跎至今，则余之过也。今赛已逝，又何可使赛抱不白于地下？所幸碑文纪载，今由弟主持其间，余闻之甚慰。函欲与弟相晤，所有寄松岭略，愿先一得寓目。此事既出诸当事，诸君风义之举，则须格外谨慎，因关于国家，关于赛之事迹，若但求溢美，不顾其他，则辱国诬贤，在所不免。不可视诸真娘苏小与风雅等观而也。一有不实，则时移世易，必召反对，转非爱护赛墓之意也。吾弟以为如何？再，文人至不足恃也，《孽海花》为余表兄所撰。二十六年初属稿时，余曾问赛与瓦帅在柏林私通，兄何得知之？孟朴曰：'彼二人实不相识，余因苦于不知其此番在北京相遇之由，又不能虚构，因其在北京，确有碧眼情人，我故借来张冠李戴，虚构来迹，则事有线索，文有来龙，且可铺叙数回也。'言已大笑。此辛丑之事，余年二十七，曾年三十，余且以北京拳匪材料供给不少。试问文人笔墨为文章不喜平庸起见，往往虚构出之。贤者不免，而况投稿求食者，岂能顾及流弊，或至辱国诬贤哉。余近患伤，一卧旬余，未能起床，甚盼弟来一谈。病榻不有多书，手问侍祺。"杨云史此封信，完全以这段历史见证人的身份，澄清了两条事实。一，赛金花并不像坊间流传的那样，与八国联军统帅瓦德西是情人关系，曾朴在《孽海花》所写，纯粹是小说的虚构。二，赛金花在联军侵略北京时，的确起到了拯救部分受难百姓的作用，其功不可没。但并无李鸿章去赛金花寓所乞求一事。这两点事实的澄清，与杨云史的身份有关。因为，正如信中所说，杨云史岳丈（信中所称的家严）李经方长期担任李鸿章的外交秘书和翻译，杨云史当时便和丈人及年迈体弱的李鸿章一起住在北京贤良寺，目睹了整个与八国联军的谈判过程，赛金花与李鸿章的关系昭然明了。而曾朴写书的部分资料，便是由杨云史提供的，曾朴是杨云史的表哥。表哥当时并不在北京，而在上海开书店，办杂志，写小说，翻译法国名著《九三年》和《钟楼怪人》，都是大文豪雨果的作品。

曾朴写《孽海花）约在1902年到1907年间，刚写罢20回，自己用毛边纸誊成两册，准备交小说林社出版，不料波澜顿起。岳父沈梅荪老先生发现了他的稿本，一看小说中竟然公开宣扬自由与革命，把个千余年来的专制黑暗和科场黑幕骂了个狗血淋头，更有甚者，把已经杀头的戊戌六君子称作义士、把清廷通缉的"重犯"孙中山陆皓东大大歌颂一番。如此小说把沈老先生急煞了，这若要给满清发觉，是要满门抄斩的死罪呀。沈老先生气急败坏，把曾朴这部手稿没收了锁在箱子里，还严令女儿沈香生监督曾朴的行踪，以免无妄之灾。曾朴为此事和岳父论理，沈先生拍桌面斥，说曾朴大逆不道，写小说影射时政，势必开罪朝廷。碍于尊亲之情，曾朴也不敢过分冲撞长辈。他等老人消气之后，让爱妻悄悄取来钥匙开锁，偷出书稿，漏夜将稿送往上海去。当时，这部小说由日本东京翔鸾社印刷，上海小说林发行。出书的广告上是这样说的："吴江金一原著，病国之病夫续成。本书以名妓赛金花为主人，纬以近30年新旧社会之历史，如旧学时代、中日战争时代、政变时代，一切琐闻轶事，描写尽情，是小说界未有之杰作也。"《孽海花》出版后，风靡一时，三年中再版十五次，行销五万部。崔万秋还问曾朴，有读者认为曾朴用"东亚病夫"这个笔名，有损"国粹"，先生意下如何？曾朴沉痛地说："那么你要我歌颂腐朽的晚清社会的健康吗？我摸着良心。觉得现在正是赶速求医吃大黄芒硝的时候，写不上'痊安'两个吉利字。""东亚病夫"这一笔名一直延用到1920年，一般读者不知作者真名，直到林琴南在所译小说《贼史》中说明真相，读者方知就是曾朴。《申报》是这样评价《孽海花》和赛金花的："曾孟朴小说笔力雄奇，风行一时，赛氏为全书唯一之线索，其书全为政治问题，并不专传赛金花，故林琴南称之为'史也，非小说也。'此书所记皆清末政局真相而言，不期赛氏与曾氏之书，同获传世盛名。"

曾园东边的主房，为《寿而康室》，一溜三间面向庭前美姿美态的白皮松，三间房用长纱窗分隔为大小六室，四周深红板壁，落地长窗嵌着细条窗棂，有两株垂丝海棠和数珠绿萼梅亭亭立于天井中。曾朴在这里经常写作会客，墙上终年悬挂着一幅照片。这是一幅少女娇美娴静的肖像。这画中少女是曾朴的远房表姐，叫丁宛月，比曾朴稍长几个月。两人七八岁时，就同吃同住同玩于曾园。约十五岁光景，两人正式恋爱了，双方的父母也默许的。少年时的曾朴，感情极丰富，但对爱恋至深的表姐，却始终抱着尊重的态度，没有触犯她的童贞。少男少女每天早晚两次相会，躲在假山背后偎倚缠绕地亲热，弄得整天神智迷离。但双方都克制着炽烈的欲望，除了互相搂抱亲吻，一步也不敢越雷池。恋爱的结局却是悲剧，两人的婚姻被曾朴的姑丈杨崇伊拆散了。这个杨崇伊在外边纳妾的丑事被曾朴撞见了，杨怀恨在心，唆使丁宛月的父亲把女儿嫁给了东塘市陆家。这陆家是经商发财的暴发户，而曾家虽是世代诗书之家，却已呈衰落之势。见钱眼开的丁父和狡诈阴毒的杨崇伊，活活拆散了一对好姻缘。在曾园的东北角，曲径通幽，是一道通向园外河甸的水栅门。逢夏汛月夜，暗香浮动，两个活泼的少男少女手搀手，就在此地上船出园门，到湖甸上看渔火听渔歌。小船快捷地滑向城墙旁的市河。老船夫边吸潮烟管边摇橹，单调的划水声伴着船舱里相依相偎的少男少女。曾朴至死都记着这美好的时光。丁宛月嫁到陆家不到3年就难产而死。曾朴把她的画像一直挂在卧室墙上，永久地怀念，直到自己生命的终结。四十年代，有一个浪漫的三流诗人到江南寻访曾园故人，他在红楼的照壁上题写了一首诗歌：

"你就是江南的桃花雨么？红了樱桃绿了芭蕉。你就是江南的相思豆么？才下眉头又上心头。你就是江南的合羞草么？打湿了春意打动了芳心。江南的情人哟，你在哪里？你在哪里……"

月迷雕花楼

那一天傍晚,我在都市的旷野里散步,忽然看到一轮巨大浑圆的红月亮,悄悄停挂于杨柳梢头。我心里一震,红月亮,镶着金边的红月亮,像刚从太阳怀抱里挣脱出来,散发出滚烫的气息。我平时很少注意月亮的阴晴圆缺,这枚难得一见的红月亮,使我观赏到了月亮的另一番模样。难怪大诗人欧阳修会写出"月上柳梢头,人约黄昏后"的动人情诗了。红月亮升起来了,她多么像少男少女火爆炽热的恋情,又仿佛是为人间的痴男怨女添上一块无边无际的红地毯呢。

隔了一天,暮色沉沉之中,我来到了太湖东山镇,此时月亮尚未升起,漂亮的雕花楼就矗立在我住的旅馆旁边。只是山村灯影迷离,一切的景物都沉浸在模糊的黑暗之中。吃过晚饭后,我便四处转悠,在一进进雕楼画栋中与古物今人交谈。

雕花楼在晚上是不向公众开放的,遇有贵宾,也只在楼下红木餐厅举办宴会。我住进东山宾馆的第二天晚上,偶遇吴县东山的石刻高手老潘,他陪一批北京来的客人在雕花楼参观,其中有新华社前社长曾涛,我便借光一起上楼转了一圈。雕花楼我已多次看过,但据说晚上尤其神秘诡异。"文革"中有看守的民兵值班,半夜里常听见脚步声，却不见人影。也难怪它了，偌大的房子，一间套一间，又是假三层，又是正方形的回廊，风吹窗户响，雨打芭蕉唱，老宅基里的鬼魂不出来游荡才怪呢。

走出砖雕门楼，回首看去，二楼的西洋玻璃窗发出五彩的光芒，高大轩畅的风火墙，活像蹲伏在黑暗的山林中的一只怪兽，而一扇扇美丽的几何形窗棂，就像怪兽身上的一闪一闪的眼睛。这么高深莫测又是三进四院落的大宅基，70年前建造时，共花了3471两黄金，折合银洋10万余元。这幢精工细雕的大楼造好后，大部分光景只住几个女眷。楼主金锡之在上海当洋行买办，雕花楼只住他的前妻的女儿和他的老母亲。金小姐正当妙龄初度，整日陪伴老太太念佛吃斋，内心涌动的春情无法向人诉说。而且，三十年代的东山镇闭塞守旧，夜来无事，小民百姓总是早早熄灯上床，谁有闲情去猜度怀春少女的心事呢？

于是，独居闺房的金小姐，除了倚窗苦盼姗姗来迟的月亮婆婆之外，便是坐在绷架前挑针绣花打发长夜。山高月小，人静灯稀，少女思春的情愫绵绵不绝，悄悄演出一幕月下偷情园中幽会的寻常故事。还在雕花楼进入最后装修时分，金小姐便与香山帮的一个青年木匠好上了。这个木匠手艺高超，不用图纸勾描，凭空就能在木板上刻出飞禽走兽。后来，雕花楼造好了，木匠也走了，金小姐的一段初恋也像美丽的月光，消失于薄薄的云雾之中。不久，金小姐又与一个米行的徐姓青年谈上了恋爱。夜幕轻遮，月迷高楼，金小姐悄悄推开通向后花园的角门，与心爱的人携手奔向屋后山林。仿佛春叶融入大地，滴雨归于大海，两人沉浸在爱河欲海之中而不能自拔。由此。引发了两代人的冲突。一天晚上，徐姓青年送金小姐回家，恰巧遇到枯坐已久怒不可遏的金老太。金老太作为金小姐的监护人，哪里能容忍这种伤风败俗的情欲之事，便当面辱骂了徐青年。金小姐从中阻挡回护，两人情急之中，推推搡搡，老太太被她推倒在地。不料，金老太从此中风了，不久就撒手西归。闯下如此弥天大祸，金小姐爱心依然不绝，她收拾细软与徐双双出奔，逃到苏州结婚。金锡之在上海闻讯，十分恼怒，通过法院判决，登报脱离父女关系。

发生在高楼深闺之中的这件故事，距今已有60余年了。细细想来，人性正是个古怪势利的魔障。当初，金小姐私奔出逃，镇上的富亲戚穷帮闲，一致口诛笔伐，认为她忤逆不孝该遭天杀。可是隔了半个世纪之后，戏曲和评弹却在吟唱这首永不发霉的爱恋赞歌。

我伴着月色，在雕花楼四周漫步，只见一棵巨大的银杏树卫护着小小的角门。角门边的草坪，有一口废弃的井，歪斜的井圈散发出青鳞鳞的光，也许，就是这井圈，目睹金小姐从这角门里奔向山林的。我敲敲紧闭的门扉，门扉缄默无语，它守口如瓶，就像荒草丛中那口被废弃的井。

夜深了，灯熄了，宴会上的人已各自散去了。唯有冉冉升至中天的月亮，小而圆，清而亮，像霜一样的素白，水一样的晶莹，玉一样的丰润。我突然理解了在雕花楼里发生的故事的涵意了，闲话衷肠，挑逗春心，你能责怪金小姐么？不能！谁能禁锢蓬勃的生命之花的开放呢？谁能阻止梦幻一样的月华去引诱红杏出墙呢？金老太太吗？她的阻挡未能成功，反而连老命也送掉了，这也是一种命定的悲哀，一曲轮回不息的人生挽歌。

月亮升得更高了，她傲视谜一样的山林田畴，她从不悲哀，也从不喜悦，悲哀的是人类自己，因为人在自作多情。

春天杭州去

说起杭州,其实我是没有资格去写她的青春美貌的。谁有资格,不是三毛,也不是琼瑶,虽然琼瑶有那份才情。有资格的人应该是杭州人,或者是住在杭州的外地人。例如郁达夫,他在杭州建风雨茅庐,和杭州美人王映霞谈一场轰轰烈烈的恋爱;例如伟大的历史小说家高阳,他在杭州笕桥机场当教官,衣食住行全在六和塔下,西湖的美景、西子的美色,朝晖夕晕,灯火楼台,全在他的小说《胡雪岩》中展示,自然,那杭州女人的温婉妩媚,也就历历在目了。仁者长寿,文人多病。美女秋心,伯牙断琴。风月多么像西湖的眼睛,眨一眨就百年千年,难怪,有这么多人会在杭州买舟远行,杭州太美了,美得心醉,美得无奈!

《杭州美女甲天下》这篇文章是这样说的:"西湖美,美在山水,美在人文。实际上每一个来到杭州的外地人,当他坐对西湖的时候,总有一种想入非非的情状,因为他可能知道,这西湖边的每一寸土地,足下的每一块砖石都是一段历史——一段与美女、酒和风流诗篇有关的传说。"

春天是最适宜旅游的季节,而杭州就是春天的爱情之都,西湖就是多情的女子啊。许仙和白娘子,梁山伯与祝英台,再加一个冯小青，还有那雷峰塔下的法海和尚……春雨绵绵的西湖断桥，演绎了缠绵的民间故事到越剧、京剧再到香港徐克的电影。琼瑶式的爱情，注定是要发生在西湖边上的。同样，提起杭州的景物，我们也会联想到女人：平湖秋月是女人的含情脉脉，苏堤春晓是女人的妩媚动人，曲院风荷是女人的风姿绰约，柳浪闻莺是女人的娇声嗲气。"云山已作蛾眉浅，山下碧流清似眼"，这难道不是女人的形象？的确，杭州的花情柳意、山容水貌，无不透出女人味儿。难怪晚明才子袁中郎要说见到西湖，就像曹植在梦中见到洛神了。

一个外地朋友曾说，杭州多少有点妩媚，有点妖气，这是指空气中的那种味道。我不知道这是不是跟白娘子有关。杭州的女人，有着少女般的魅力，却没有盛气凌人的富豪气派；不像名门淑女难以亲近，更似当年浣纱于清流的西施，清丽脱俗。

土生土长的杭州人，在杭州出大名的为数不多。杭州出了名的美女似乎都跑到外面去了，比如上世纪30年代的王映霞，一位让才子兼烈士的郁达夫如痴如迷的杭州女人。比如五六十年代的电影明星王晓棠，以及现今的陶慧敏、俞飞鸿、何赛飞、周迅等。所以外地人印象中的"杭州美女"是无论春夏秋冬，都像是从西湖里捞上来的一样——水灵灵的，既有大家闺秀的明朗，也不乏小家碧玉似的玲珑剔透，浑身上下洋溢着西湖水一样的脉脉温情；她们皮肤白皙，呢喃细语，她们笑态含羞，体态轻盈。有时耍一点小女孩的小脾气，有时玩一点小女孩的小聪明，那种清新的灵气让旁人很难拒绝。她们让城市在繁华中透出一点精致来，这就是杭州女人的一大特色。

西湖美景实在多，我们将目光转向几个园林吧。这几个园子以前属于私家园地，后重新修复，最为园林专家陈从周所看重。

刘庄位于西湖丁家山畔，又名水竹居，号称西湖第一名园，现已改为西湖国宾馆。刘庄原主刘学询，广东香山人，清光绪年间举人，后中进士。中举后的次年，他上北京去参加会试，归途中经过杭州，游玩西湖后，赞叹"故乡无此好湖山"。十八年后，他在丁家山麓营造了一座岭南风味的私家庭园，称水竹居，并将原家中的雕刻花窗及精美家具如数运来，装点家院，使这座依山面湖的庄园，更加清幽雅致。

全国解放后，毛主席常来刘庄居住。这里曾发生过两件大事：第一件，第一部《中华人民共和国宪法》在此起草；第二件，《中美联合公报》在此签署。现在刘庄内还辟有毛泽东读书处。

三面临湖的郭庄几经风雨，曾是西湖园林中最具江南古典特色的私家园林。郭庄为清代宋端甫修建，命名"端友别墅"，光绪年间产权转到闽人郭士林名下，并新建了西洋式住宅和石舫，改名为"汾阳别墅"，俗称"郭庄"。

园内临流建阁，有船坞、假山。《江南园林志》一书中称："雅洁有致似吴门之网师，为武林池馆中最富古趣者。"著名古建筑园林专家、同济大学教授陈从周先生说，此园不仅汲取了苏州园林的建园手法，而且有许多景致具有绍兴特色。例如园中两个池塘，一个是自然形态，湖石堆砌，池畔曲廊，宛若苏州园林；还有一个是石板砌成的方池，显然是绍兴风格。

郁达夫故居建于上世纪的30年代，属中式花园别墅，位于大学路场官弄63号，原为著名作家郁达夫私宅，雅称"风雨茅庐"，后为民居，现为办公场所。

1933年春，作家郁达夫受国民党当局的政治迫害，举家迁移杭州。他举债购进了杭州官场弄63号南侧一块空地，建起"风雨茅芦"，并由著名学者马君武题匾。郁达夫在杭州并未过"隐居"生活，他担任《东南揽胜》编委，任杭州作家协会理事，还经常在《东南日报》副刊发表杂文，揭露当时的社会黑暗。

"风雨茅庐"系郁达夫自己设计，布局分正屋和后院两部分。进大门，两侧有五六间平房，穿过天井，有三间正屋，坐北朝南，正中一间为客厅，有后轩。厅东西为卧室，三面回廊。正屋东北有卫生间、厨房等。正屋与后院以花饰砖墙相隔，后院建平房三间，为书房和客房。离地半米，四周筑有台阶和回廊的一排三开间砖房，以及用影墙圆门隔开的另几间书房，内有假山点缀，林木参差，环境幽雅。加之假山花木的庭院，是一座典型的中式平房别墅。现在此宅犹存，结构原状，为杭州市文物保护单位。

常熟一碗面

面食本是北方的特产，江南以米食为主。江南人饮食讲究，面食到了江南人手里，便精致化多样化了。

常熟人喜欢吃面，非但历史悠久，也是与他们的生活习性有关系。清晨，常熟人喜欢泡上一壶茶，喝个三四杯，喝得神清气爽，觉得饥肠辘辘了，便要想到吃上一碗面了。吃面，自然是上面馆为主。著名作家陆文夫到常熟访问的时候，我陪他吃过一次面，喝过几次茶，去虞山茶厂买过茶叶。他对常熟的一碗面交口称赞。他称赞的有道理，因为他是一个美食家，写过一部《美食家》的小说，我得过他的亲笔签名本。

常熟一碗面，好吃在三个地方，也就是掌握了吃客的三个要求。一是面粉的质量要好，面粉上乘，做出的生面条不但筋道足，还能柔软爽滑。现在常熟的许多家面店，在定制生面时，特地关照做面师傅，按照一百斤生面放五斤鸡蛋的标准来做面，这样做出的生面，碱水轻薄，口感柔软，俗称"鸡蛋银丝面"，这样做出来的面，能不好吃？能不诱人？第二个要求，就是下面的汤水要好。下面一定要用大锅，这就是家里吃面不如馆子里吃面的妙处所在。陆文夫在《美食家》里描写的朱先生，就是一个精于吃面的家伙。朱先生每天清晨第一个到苏州朱鸿兴面馆，这么赶早，就是为了吃一碗头汤面。什么叫头汤面，就是大锅里清水落下的第一碗面，你说这面能不好吃？如果汤水浑了，就不叫头汤面，吃口就差一点了。吃客的第三个要求，就是面的交头。吃面讲究交头，这就是北方面食与南方面食的不同之处。常熟人的面交头，一是冷交头，一是热交头。冷交头就是各色荤素冷菜，例如爆鱼、焖肉、干丝等。热交头就是炒交，这也算是常熟人的发明，就是油锅小炒各类荤素小菜，例如炒鳝丝、鱼片、虾仁等。你想想，一大锅清汤沸水，撒下拌和着鸡蛋的面条，软滑细润，千丝万缕，经过落面师傅的巧手舞动，再由炒菜师傅将热腾腾的炒交倒入一碗面，顿时，葱香扑鼻，玉山倾倒，你说，常熟这碗面能不好吃吗？

　　进入二十一世纪，常熟人吃面的劲头和讲究也与时俱进了。例如，常熟的名胜之一——兴福寺，就有一碗蕈油素交面，是常熟人接待亲戚朋友最高规格的早餐。它采用常熟虞山上两种野生松树蕈为原料。因为此蕈只有春秋两季才有采集，而且只有熟悉山中风土的山民，才能在雨后采到。蕈味鲜美，非一般蘑菇所能比拟。面馆厨师用上等菜油熬制鲜蕈，蕈油香气扑鼻，鲜美异常，人称素中之王。兴福寺各面馆掌握了保管蕈油的方法，使季节性的鲜蕈每天能拌菜浇面。所以，凡到常熟旅游的吃客，兴福寺的一碗蕈油面，一定是要去尝一尝的。品尝美食，就像不到长城非好汉一样，你到了一个地方，最美的食物你没有尝到，岂不是身入宝山而空手而归？虽然蕈油面的价格比寻常的面要贵一些，但物有所值，又是其他地方吃不到的，面对这人间至味，你能不大喜过望大快朵颐？

灯火阑珊处

我一直在想，三十年前，我在哪里呢？我是一个怎样的人？我的命运之舟会飘浮到哪一条岁月之河呢？三十年前，我正好24岁，步入黄金般的岁月。那时，我已经是一个有着8年工龄的造纸厂工人了。但是，和大多数工人一样，因为月工资很低，只有32元，所以恋爱和婚姻是一种奢望，就像那时候冬天的水果，很芳香很甜蜜，但是却很难在街头寻求她那娇艳的身影。快乐和幸福这两只青春期的候鸟，盘旋在头顶，却轻易不愿光临。对于生活的目标，我很茫然很无奈，也没有什么远大理想，只是在下班之后寂静的黄昏里，一个人躲在空房子里，抱着一只朋友借给我的越南吉它，弹奏一曲《莫斯科郊野的晚上》，吟唱"深夜花园里，风儿轻轻唱"的歌谣。那一个时代，我手头珍爱着两本书，都是我工工整整抄写的手抄本，一本是《外国歌曲三百首》，一本是巴金1926年写于法国巴黎的中篇小说《灭亡》。可以说，在精神生活贫乏和物质生活贫贱的时光里，这两本书，给了我青春的慰藉青春的期待，就像暗夜中的玫瑰和夜莺，歌声不绝，生命的芳香也是不绝如缕！

1978年的最后一个季节，我们中国发生了一个政治生活上的突变，即十一届三中全会的召开，掀起了全党解放思想的高潮，坚冰开始打破，航船开始起程，微微的春风，终于扑面而来，中国的原野上，鲜花呈现出早春的勃发，虽然离燎原之势还有百尺之遥，虽然大地仍有凛冽的寒潮，但开弓没有回头箭，醒狮的奔跑谁也无法阻挡！

这一年，1978年的那个冬天，天气虽然寒冷，但我的心却怀揣着一团火。我记得仍然很清晰，我们小城，当时还是一个苏州地区辖属的小县，也开始全面落实党的政策，大规模平反冤假错案。我父亲头上戴了数十年的"中统特务"的帽子，也被彻底摘除了。说来也是巧，当年，我在西门湾三条桥五七干校探望父亲时，看到的父亲的两个"难友"，也是在1978年年底得到平反昭雪的。常熟五七干校，肇始于1968年冬天，于1978年寿终正寝。我父亲和这两位亲密无间的"难友"，是最后三个解放出来的老干部。父亲的这两位"难友"，曾经在我今后的生活中，有过重大的影响。他们中的一位，就是后来当上了常熟日报总编辑的宋怡天先生，他是一位忠厚又爱才的长者，我于1984年从造纸厂工人编制考入常熟日报社，宋怡天先生是我们25位报考者的主考官。还有一位父亲的"难友"，就是后来当上了苏州市委宣传部长的范廷枢先生。说起范先生的遭遇，总是令人哀叹"文革"冤案的离奇。范先生比我父亲还小几岁，他的"罪名"就是说他少年时参加了一个什么乡村的"苦子党"，于是一个风华正茂的青年才俊，便莫名其妙的关在"五七干校"隔离审查了几年。范先生在当上了苏州市委宣传部长时，每到常熟，常会来我家看望我父亲，说起"文革"往事，常会唏嘘。我当时已经到了常熟日报工作，他见了我，还是像在五七干校时一样亲热地叫我"小红"，我反倒有点不好意思，叫他"范部长"，他笑着说："我比你父亲小，你还是叫我范叔叔好。"这个范叔叔，在"五七"干校时，还吃过我带给父亲的马荣斋的香肠呢。而我父亲在干校搭猪棚时摔断了腿，是范叔叔和我拖着板车，陪着父亲从三条桥到医院看病的。

　　春风迎来了久违而亲切的歌声。于是，我一个初中文化也不到的年轻人，在1978年那年冬天燃起了希望，重新拾起了书本，重新认知这个世界。在1978年到1982年四年中，自学补习了全部的初中文化课和高中一年级的课程，于1982年考取了江苏电视大学常熟大专班。1984年11月以第一名的资格考入常熟日报社。人生的经历掀开新的一页。

　　岁月催人奋进，岁月也催人老去。弹指三十年，挥手东流水。我们国家，我们人民，我们的党，我们每一个炎黄子孙，在三十年前抓住了奋进的机遇，三十年来发生了巨大的、根本性的变化。这样的变化来之不易，我们应当永远珍惜。

　　1978至2008，我们每一个人走过了三十年！给我们的启示是什么？还是那一句名言：机遇永远垂青有准备的人！

乡村的血脉

读了皇甫卫明的散文集《沉默雨伞》,觉得要写些什么。

练塘这个水乡田园,是出作家的地方。著名作家金曾豪就是练塘人,皇甫卫明就是金曾豪介绍我认识的。金老师当时说,练塘中心小学的皇甫老师小说散文都写得好,可以吸收为市作协会员。于是,我陆续看到了皇甫老师的一些作品,有的发表在《常熟田》上,有的在我自己编发的《虞山副刊》上。慢慢的,皇甫卫明的作品,走进了读者的心田,他笔下的田园风情和乡村絮语,是一种水墨泅染的五彩长卷。因为他是乡村五谷滋养长大的孩子,因为他是苦难和幸福并重的乡村教师,所以,对农村、农艺、农田和农家,有着刻骨铭心的爱。

我小时候也在练塘小学读过书,那是苦难的1961年和1962年。我印象最深的,就是一个"吃"字。当时所有的人只有一个目的,不能饿煞,要活下去!于是,为了活下去,吃红花草,吃豆芽须,吃糠饼,甚至吃观音土。所以,我看到"馋嘴的岁月""队里的牛棚""换糖佬佬""小河里的菜篮子""烘山芋"等文字,我就分外亲切入味。乡村孩子在穷愁贫困之际，唯一的美梦就是吃一顿饱饭。皇甫卫明的散文集中，用不少的篇幅，细致地入木三分地写出了这类生活的场景，给没有经历过这种生活的人，留下了宝贵的白描的真迹。

皇甫卫明的散文集，一共选了52篇文章，分为6辑，分别为《人生百态》《亲情絮语》《爱女履痕》《乡村记忆》《浮生偶得》《人物素描》。我认为最值得珍视的有两辑：《人生百态》和《乡村记忆》。

《人生百态》和《乡村记忆》其实在内容和故事上是相通的，都是作者观照生活的真实记录，是作者在农村求生求知摸爬滚打的体验。譬如开首第一篇的《聪明人》，作者年轻时在练塘的铜管乐队里演奏小号，和其他乐手的合作，就演化成一种风趣的人生小品。譬如《一双尼龙袜》，现在的人，早就不穿这种袜子了，但当时，就是儿子穿了母亲穿，补丁接补丁。一方面是生活的极度贫困，一方面又是乡村母亲的节俭。不要说，上世纪六七十年代的乡村，是多么的贫瘠，物资的极度匮乏，就是像我们生活的小县城，也是一针一线都要凭证配给供应的。记录生活记录时代，这是作家的本能。作品能够留传，能够像能工巧匠一样为人称道，一个重要的因素，就是不能欺心，不能违心地粉饰生活。皇甫卫明散文的可贵之处，就在于他能以一个作家的慧眼，绣出乡村五彩斑斓的长卷。

在写作的艺术特点上，皇甫卫明的散文能够做到精细准确。通俗的说法就是描述事物和人物，能够传神到位。这与作者见多识广的乡村经历有关。乡村人物五花八门，乡村是出人物的地方，乡村的人要活下去，比城里人更要费尽心思和付出苦力。《人生百态》一辑中有二篇：《赌客》《扁担帮》，以及另一辑中的《江西郎中》，是人物描摹的上乘之作，读者可特别注意之。作者曾经在底层做过吹鼓手，很注意底层人的生活状态，观察力就胜过一般人。底层人的生活不同于常人，你没有切肤之感，你就很难进入他们的生活。而作者熟悉乡村的小酒馆、小茶馆、小理发店以及牛棚、摆渡船、独木桥、吹鼓手等独特景致，就能够在写作时高出旁人一筹，这与作者生活的阅历大有关联。

通读了皇甫卫明的散文，觉得像回到了《诗经》小雅的场景。陌上草青青，歌声隐隐来。

乡村是我们的母亲，乡村是我们的血脉。我们哪一个人，没有受到乡村的恩惠和眷顾？想到此，我与皇甫卫明共勉！

冷面滑稽吴双热

苏州的鸳鸯蝴蝶派作家中,有两个常熟人比较著名。他们是徐枕亚和吴双热。吴双热原名光熊。据说,他曾看到报上一个写旧体诗的人,笔名为一冷,他就自己取了一个"双热"的笔名,以此调笑。这与常熟的另一位小说家俞天愤的笔名有相通的深意。俞天愤是看到了苏州作家包天笑的名字,才改名为天愤的。在民国年间这个突变的时代,吴双热是挥舞新闻和文艺这两种兵器,向旧时代奋力作战的骁将。他多才多艺,创作的范围很广,小说、诗歌、散文、戏曲、言论,甚至于说唱,样样都写,这种能力主要得力于他办报的经历。

旧时代办报,自由得很,稍有积蓄,就可以买几筒白报纸,二三个人,甚至于一个人就可以办张报纸了。这种报纸,并无什么永恒的计划,一半是喜爱,一半是义愤,只要有话语权,今朝能办就可办,明日无钱或者被当局封查,就关门了事。就是报纸上开天窗也无妨,一个小小县城里同时有几张报纸在地摊上出现,或者同一天关门大吉也不奇怪。在常熟的历史上,就发生过八张报纸被同一天封闭的事件。1929年,国民党县党部常熟书记石佣民,心血来潮办了份《新生报》,当时常熟城里已经有《大众日报》《虞阳日报》

等八家大小不同的民间报纸。这八家报纸为了抢新闻，千方百计挖空心思考证石佣民的隐私，结果发现石佣民与一个小学校长有情人关系，便在报纸上揭发了出来。此事引起了人心大哗，石遭到道貌岸然的社会舆论和政敌的抨击，便使出下策，依靠党部权力，逼令县政府将八家登过艳事的报纸，一律封存。这就是常熟小掌故上有名的"八报同封"。当然，封报不等于杀人，关门不等于闭口。经过一段筹备，改一个名字，或者通过上层活动，报纸仍会办下去的。摇身一变，旗号重拾，办报的人就那么几个，看客倒觉得热闹中有点惆怅。正因为有这种屡关屡办的劲头和风头，层出不穷的报纸和五花八门的报名，拥挤在民国初年这个混乱又血腥的社会环境中。就像吴双热，早先就参加上海的《礼拜六》和《饭后钟》的编辑，后来就回到家乡办《琴心》，这是一家周报，创刊于1913年，他一身兼编辑和发行人，内容有时评、新闻、小说、莲花落说唱等，文艺一类的稿件，都由吴双热自己撰写。而且，他还很有本事，能将发生不久的新闻内幕，马上写成连载小说，供大众娱乐。所以他的《琴心》内容丰富，受大众欢迎，他自己也练出了写作多面手的能力。《琴心》办了三年，于1916年停刊。停刊的主要原因并非是吴双热犯了政治错误，而是经济上的原因。他办报没有什么广告收入，主要靠写小说赚稿费贴补，所以办了三年，关门休息，也属正常。

　　文人技痒，你要他口不言、笔搁浅，恐怕也难。积了点钱，吴双热又单枪匹马在1917年办起了《小虞阳》周报，同时他又精力旺盛地为《虞阳日报》《常熟日报》撰写时事评论，凡世界大事社会时弊，都在他笔锋扫荡之列。1921年，他又办起了《药言》周报。这个名字真是生僻又怪异，但细想却是良药苦口的要义。这里要附带地说一声，旧时代文人办报，事事亲历亲为，很辛苦，但心态也自由，起的报纸名字，真可谓天马行空、五花八门，要怎样就怎样，哪像后来死板一律。《药言》的栏目也多样化，有小俱乐部、小事记、无线电、小言、杂俎等。

在办报的同时，吴双热的长篇章回小说《孽冤镜》于1912年起在上海《民权报》附刊连载，与《玉梨魂》间日登载，1913年出单行本，后改编为文明戏上演，在上海滩轰动一时。徐枕亚为小说作序云："吴子双热鬼才也，为人豪放而善滑稽，似趋于乐观一派者。"徐认为，近世的滑稽小说，只有吴双热能写出来。当然，这种滑稽，不是上海滩上那种不入流的油嘴滑舌和白领小开的娘娘腔，那是京城里养不出儿子给皇帝害惨的小太监的变种。也不是上海小弄堂里的拆白党和放白鸽式的小混混和小阿飞，那是为青红帮老头子睡垃圾箱淘泔脚水舔屁眼捧臭脚的小瘪三。吴双热的诙谐小说，其中的游戏三味，有沉痛的寓意深藏之，如《快活夫妻》这部章回小说，凡十余回，就诵其回目，便有这对快活夫妻呼之欲出的感觉。如"闭着秋波俏装瞎子""吃完夜饭乱对山歌""约法三章拘留五日""胭脂双掌绰拍几声""口角鞋杯十分风味""醉中人面一塌糊涂"等等。运用吴方言十分圆熟，令人笑中生悲。

吴双热早年与徐枕亚合办《小说丛报》，甚至与徐天啸合办《五铜圆》周刊，每本卖五个铜圆，故取此刊合。他的那部充满小市民诙谐滑稽趣味的长篇《快活夫妻》就刊于此。他交游很广，从1909年至1935年，往来于苏州、上海、常熟等地，与周瘦鹃、包天笑、范烟桥、程小青、顾明道、赵眠云、江红蕉等苏州才子交往甚密。他办杂志时，刊用了郑逸梅的第一篇作品，促使郑从此投身文学界。他也客串过侦探小说，就是在范烟桥、赵眠云合编的《星报》，一次有23位作家连接写的盛会，他写的那一篇名为《此是销魂荡魄时》。

1927年，一向很少编剧本的吴双热，听到了家乡常熟的一则社会新闻，他为女主人公的惨死而激愤，赶写了一出话剧，在上海滩屡演不爽，引起轰动，也受到事主的控告和追杀，从此他只得隐姓埋名，匿迹人世。事情的起因是这样：常熟城西叶云贵从日本留学归来，在无锡与女教师华某恋爱。叶云贵诳称出身为仁宦家庭富有田产，骗得华的母亲的信任。在无锡结婚时，男方无人参加。其实叶云贵家道中落，供他读书后已无任何家产，他怕父母破衣烂衫出席婚宴露丑，故谎称父母年迈不耐车船，推诿了事。华某也信以为真，婚后产下一女。时值国民党北伐告成，叶云贵在南京党部任职，对妻子日渐冷淡，并令她迁回常熟赁屋居住。这时，叶云贵也不怕暴露庐山真面目，因为他有官做有钱花了，再加上在南京另有所欢，他泼皮的本相毫无顾忌了。可怜的华某在常熟与凶暴的叶母作伴，常常受到婆母凌虐，终于气愤成癫，病情一天比一天严重，某日深夜，叶云贵潜回家，次日早晨即匆匆离去。不久，就传出华某暴病身亡的消息，无锡华家得讯，赶到常熟，见华某死状可疑。后来，华母从叶家外甥女口中得知，华某是被丈夫用大斗覆头部扼杀的，凶残的叶母也动手相助。华母就向法庭申诉，通缉叶云贵，叶云贵一直逃到东北隐匿，始终未获。吴双热就根据此事写成了剧本《败叶摧花记》，在上海大演特演，因而受到国民党上海党部的警告。后来叶家又花钱请流氓威胁吴双热，在黑暗的威逼中，靠笔杆子为生的作家只得隐身退缩了。

吴双热作品很多，除了轰动一时的《冤孽镜》外，还有《兰娘哀史》《学时髦》《断肠花》《鹃娘香史》《无边风月传》《女儿红》《花开花落》等十一部，短篇集有四部。他的斋名曰："嚼墨庐"。

山温水软苏州情

离我居住的小城近在咫尺，就是苏州。我的小城是我的妹妹，那么，苏州对我来说，就是我的表姐，一个妩媚的表姐，一个多情的表姐。也就是十多年前的光阴吧，当时我一个月挣300元，去苏州的车费大约是1元。于是，我会一个星期去一次苏州，探望表姐，先在接驾桥下车，走进清清爽爽的街市，东看看西望望，一路走到观前街斜对面的怡园，在那个镶着金字门牌的园林里，泡一杯粗粝的炒青，拿着一本杂志，对着假山玲珑的园子，消磨一个下午。有时，饿了，就在观前街绿杨春，吃一碗绉纱小馄饨，再买两只香喷喷的酒酿饼。托着盛着酒酿饼的牛皮纸袋，趁着天边桔红的晚霞，我急匆匆地赶到车站，去乘最后一班回程车。这是工薪阶层带有一点小资情调的奢侈的享受。

苏州的园林，在我心中一直是个青春美丽的梦，就像冯梦龙笔下名篇《卖油郎独占花魁》中的秦重，对艳遇，只能在梦中可遇不可求。第一次游园，是在参加工作以后不久，手中有了几块钱，便约了一个好友，骑了自行车，花了两天时间，把苏州主要的园林都游了个够。那时约在1973年，拙政园的门票只要五分钱，留园、虎丘更便宜。当夜，是一个春气温和的夜晚，我和好友借宿在他的表姐家，是在皮市街一处幽静的小院子里。小院二楼转角的厢房，隔成两间，是那种老式的朝西的侧厢房，四面都是板壁，窗台外看得见滴水的挑檐。白天骑了近百里路，两腿酸软，我们泡了脚就早早睡了。早上朦胧中醒来，我细细打量屋中的摆设，只见暗暗的天窗漏下几缕白光，我们两人挤睡的小床对面，蹲着一张深红漆色的梳妆台，台面上搁着一只乌色的木盒子，盒子上端正地摆着一桢照片，褪色的镶边镜框里是一个女人的二尺高的照片，那女人烫发而摩登，高高的旗袍领子支撑着鸭蛋形脸，是一种精心装饰的庄重之美。我当时还不满二十岁，看女人的年龄总是高估，我估算这女人总要有四十岁光景。这时，我的好友也醒了，他见我在端详那照片，便说，这是表姐的母亲，去年生癌症去世了。照片是年轻结婚时拍的。我点点头，正要拉电灯开关，好友对我说，表姐很节约的，早上起来不开灯。在不太明亮的屋子里，我们穿衣起床。临出门时，我忽然看到，梳妆台上那只乌木盒，是雕着花纹的，正面还镶嵌着一张女人的小瓷照片，这是一只骨灰盒，它静静地躺在时光的流动中。

说她吴歌侬语，说她山温水软，说她烟雨风流，说她美食精馔，苏州都能一一对应。风流之中也有刚烈，妩媚之余更见怒目，苏州在明末就有东林党人反抗魏忠贤，有张溥的《五人墓碑记》为证。秦淮八艳中色艺第一的董小宛，便在苏州横塘高张艳帜，后来嫁给如皋反清志士冒辟疆。我在1968年的苏州大武斗中，曾随父亲短暂住在苏州干将路。那是苏州评弹老艺人魏含英的住宅，里边有很大的院子，在我少年人的眼光中，其精致和雅兴，是生平第一次看到，至少在我踏进苏州那些著名的园林之前，我才知道，人间有如此精雅处所，人可以住在这样宽敞的地方，离市嚣这么近，外面武斗的枪声很密，听上去却像放鞭炮。

那是个冬天的早上，1968年的冬天，是我记忆之中最冷的冬天了。滴水成冰，早上起来，魏家园子里的荷花缸结了冰，摆在石台上的一排排小巧的花石盆景，上面的小树小桥都凝了霜花挂了冰屑。这时，挎着美式卡宾枪的杂技演员李宏兵来找我父亲，他是和我父亲一个派别的战士，也从小城逃避到苏州。我像个小狗似的跟着他们两人走到观前街上，冷冻的人流一个个缩手缩脚，我的鼻涕流得老长，帽耳朵耷拉着，三步两跑地跟着大人的背影跑步，他们也不管我，我只是拼命地在后面追。一直到了朱鸿兴面馆的门口，掀开厚厚的棉帘子，才抱住了一团热气。坐在方桌前，肚子饿得叫了好长时间，店员才将一碗热腾腾的面端上来，我饿极了，鼻涕眼泪一把把流下来，也不顾了，只将面条呼呼地往嘴里拖。没有大肉面，也没有什么清汤白斩鸡，在那个苏州围城的日子里，这是我吃到的一份活命的美味。

苏州最初的印象，已经隔了几十年，但仍然鲜活如初。可能这就是宿命吧，注定着我时常可以回眸细品苏州这位美人的金身玉面，却只能与她擦身而过，而不能在苏州买舟伴游。

不过，因为喜爱文学的原因，我一直与苏州纠缠不清。苏州历来出大文豪和大画家。明代有唐伯虎和文征明，清代有金圣叹和曾朴。到了近代，当然首推柳亚子、周瘦娟和范烟桥。进入新中国，就是陆文夫。陆文夫是泰兴人，却长期客居苏州，他以苏州人物为作品主角，因而被人称为"陆苏州"。还在我少年时，大约是1965年，我读过陆文夫专为《少年文艺》写的小说《牌坊的故事》，留下了深刻的印象。到了1978年，我受到语文老师吴永年的指导，专门到常熟图书馆借阅了1956年至1963年的《人民文学》合订本，大量阅读了那些在中国文学史上不可磨灭的作品，其中就有陆文夫写苏州工人生活的《葛师傅》和《二遇周泰》。当然，陆文夫的成名作不可不读，那就是1956年刊登在《萌芽》杂志的《小巷深处》，这个小说当年受到茅盾先生的好评。不过，要找1956年第10期的《萌芽》可不好找。吴老师推荐我一定要看看这个小说，推荐的理由是，吴老师1956年在苏州农校读书时，他的班主任是一个与郭沫若有诗词唱酬的老处女，业余专攻唐宋诗词，她也认为陆文夫有才，可与陆侃如冯沅君相比，写出了当时唯一以妓女追求美好爱情的小说。

我细读陆文夫的小说《小巷深处》，是在一本叫做《重放的鲜花》的小说合集里。里面收集了1956年至1957年中国当时最优秀的中短篇小说。《小巷深处》写徐文娟的两次深夜敲门声。那是一种怎样缠绵而多情的举动？是杜十娘夜送百宝箱？还是雨中的丁香姑娘送上花伞下的一吻？是贾岛月下推敲僧寺门，还是幽兰空谷足下音？这部小说含蓄地弹唱着苏州小巷的婉约音韵，在文学史上别有一番美学意味。

我第一次见到陆文夫，是在1982年的炎夏。当时《青春》杂志在常熟召开苏南地区小说创作读书班。陆文夫和高晓声都来了。主持活动的顾小虎是当时省作协主席顾尔镡的儿子，他和南京的作家群很熟。于是，我听到了文坛的不少轶事。1957年，一批青年作家在南京文坛很活跃，便乘着百花争鸣的东风，动议要办一份同人的文学刊物，起的名字叫"探求者"。距离1957年后的三十年，有人写文章刊登在《南京周末》，说起"探求者"的历史，把参与者称作为"金陵八才子"，他们分别是陆文夫、高晓声、方之、陈椿年、梅汝恺、叶至诚、黄清江、宋词。

这八位才子，后来多多少少受到打压，其中七位被打成右派。唯一没有被打成右派的是黄清江。他当时在《新华日报》当记者，业余写小说。1985年，黄清江调任《常熟日报》当总编辑。我就在这位当年金陵才子的考察下，招聘至《常熟日报》旗下当记者。作家当总编辑，风范不同以往。来往都是名流，办公室里高朋满座。陆文夫来了，高晓声来了，宋词更是座上客。因为黄清江总编的关系，我认识了金陵八才子中的四位。陆文夫每到春天，从苏州到常熟购买茶叶，总要到办公室找老黄聊聊。他写作小说《井》，改编电影剧本《围墙》《美食家》，有一段时间住在常熟琴湖，我去看望他几次。

我们离苏州很近，随时都可以一亲苏州美人的芳泽香腮，但终不及在苏州小巷里生活的苏州文人，对苏州城骨子里的品性，对苏州人内心的静穆或骚动，有深透的触摸，于是，我转摘了我敬佩的文学前辈陆文夫的文章《被女性化的苏州人》：

"苏州人往往被女性化，什么优美、柔和、文静、高雅；姑娘们则被誉为小家碧玉、大家闺秀，还有那够不上'碧玉'的也被呼之为'阿姐'。

苏州人之所以被女性化，我认为其诱因是语言，是那要命的吴侬软语。吴侬软语出自文静、高雅的女士之口，确实是优美柔和，婉转动听。我曾陪一位美国作家参观苏州刺绣厂，由刺绣名家朱凤女士讲解。朱凤女士生得优美高雅，讲一口地道的吴侬软语，那位美国作家不要翻译了，专门听她讲话。我有点奇怪，问道，你听得懂？他笑了，说他不是在听介绍，而是在听音乐，说朱凤女士的讲话像美妙的乐章。可是，吴侬软语由男人来讲就有点"娘娘腔"了。那一年我碰到老作家张天翼，他年轻时在苏州闹过革命，也在苏州坐过监牢。他和我开玩笑，说苏州人游行示威的时候，喊几句口号都不得力，软绵绵地，说着，他还模仿苏州人喊了两声。这两声虽然不地道，可我也得承认，如果用吴侬软语喊'打倒……'确实不如用北方话喊'打倒……'有威力。

已故的苏州幽默大师张幻尔，他说起来还要滑稽，说北方人吵架要动手时，便高喊'给你两个耳光！'苏州人吵架要动手时，却说'阿要拨侬两记耳光嗒嗒？'实在是有礼貌，动手之前还要先征求意见：'要不要给你两个耳光？'两个耳光大概也不太重，'嗒嗒'有尝尝味道的意思。当然，如今的苏州人，从幼儿园开始便学普通话，青年人讲地道苏州话的人已经不多了，吴侬软语也多了点阳刚之气，只有在苏州评弹中还保留着原味。

苏州人被女性化，除掉语言之外，那心态、习性和生活的方式中，都显露出一种女性的细致、温和、柔韧的特点，此种特点是地区的经济和文化形成的。吴文化是水文化，是稻米文化；水是柔和的，稻米是高产的，在温和的气候条件下，那肥沃的土地上一年四季都有产出，高产和精耕相连，要想多收获，就要精心地把各种劳务做仔细的安排。一年四季有收获，就等于一年四季不停息，那劳动是持续不断的，是有韧性的。这就养成了苏州人的耐心、细致，有头有尾。苏州人把日常的劳作叫做'爬'，常听见有老苏州在街坊中对话：

'你最近在做啥？'

'呒啥，瞎爬爬。'

'瞎爬爬'是谦词，意即胡乱做点事情。修建房屋，改善居住叫爬房子；做家具，添陈设叫爬家什；侍弄盆景叫爬盆景，不停地做事叫'勿停格爬'。爬不是奔，速度可能不快，可却细致、踏实、永不停息，是一种'韧性的战斗'。苏州人细致而有耐性的特性，用不着调查了解，只要看一下苏州的刺绣、丝绸，游览过苏州的园林后便可得出结论，如果没有那些心灵手巧，耐心细致的苏州人，就不可能有如此精美的绣品和精致的园林。一个城市的生活环境，是传统文化的体现，是人们习性的综合反应。

苏州人之所以被女性化，还有一个小小的原因，说是苏州出美人。中国的第一美人是西施，西施是浙江人，却被'借'到苏州来了，因为她施展美貌和才艺的平台是在苏州，在苏州灵岩山上的馆娃宫里，如果没有'吴王宫里醉西施'，那西施的美貌也就湮没在浦阳江中了。还有一个陈圆圆，苏州昆腔班的，吴三桂为了她，便'冲冠一怒'，去引清兵入关。这些女子的美貌算得上是'倾国倾城'；不倾国倾城而令人倾倒的就不可胜数了，连曹雪芹笔下的林妹妹，都是出生在苏州的阊门外面。直到如今，还有人重温诗人戴望舒的《雨巷》，撑着一把伞，在苏州的雨巷中寻找那'丁香一样的结着愁怨的姑娘'。

苏州人被女性化，这也没有什么贬意，喊口号虽然缺少点力度，却也没有什么害处。相反，在当今电子化生产的条件下，苏州人的精细、灵巧、有耐性，却成了不可多得的优点，成了外商投资在人力资源上的一种考虑。我不敢说苏州所以能吸收这么多的外资都是因为苏州人的精细，却听说过有一宗很大的国外投资，在选择投资地点时到处考察，难作决策，可在参观了苏州刺绣研究所后，立刻拿定主义：苏州人如此灵巧心细，能绣出如此的精美的绣品，还有什么高科技的产品不能生产，还有什么精密的机械不能管理呢！现代化的生产已经不是抡大锤的时代了，各种产业都要靠精心策划，精心管理，特别是电子行业，更需要耐心细致，一丝不苟，这一些正是苏州人的拿手。

世间事总是有长有短，有利有弊。苏州人的那种女性化的特点，也不是完美无缺，它有一个很大的缺点，这缺点说起来还和苏州的园林有点关系。苏州园林是世界文化中的宝贵遗产，是苏州人的骄傲和生财之道，怎么会为苏州人性格带来缺陷呢？这就要追溯到苏州园林的兴起了。

苏州园林作为一种文化现象来看，是一种'退隐文化'的体现。园林的主人们所以要造园林，那是因为厌倦政治，官场失意，或是躲避战乱，或是受魏晋之风的影响，要学陶渊明归去来兮，想做隐士。在中国的传统文化中，隐士也很受推崇，那是清高的表现。做隐士也不必都躲到深山老林里去，大隐隐于市。隐于市却又要无车马之喧，而有山川林木之野趣。怎么办，造园林。在深巷之中，高墙之内，营造出一片优美闲适而与世相隔的境地。从苏州园林的题名中，一眼便能看出园主人造园的用意。居苏州园林之首的'拙政园'，是明代御史王献臣仕途失意后，归隐苏州所建，他取西晋潘岳《闲居赋》中的意思，把筑室种树，浇园种菜说成是'拙者之为政也'。'拙者'就是自己，自己从此再也不问政治了，而是把浇园种菜当作自己的'政事'，所以把园子命名为'拙政园'。吴江的'退思园'就不用说了，是任兰先罢官之后归乡所建，'退则思过'，故名'退思园'。'思　过'是假，退隐却是真情；连那苏州最早的园林'沧浪亭'，也是诗人苏子美在一度不得意时买下的一片荒地而建成的，他要'迹与豺狼远，心随鱼鸟闲。'

　　读罢上述陆苏州的文字，你留下一点苏州人物的印象了吗？陆文夫笔下的苏州，可能成为了一种婉约余韵的绝唱。因为，陆文夫已经于 2005 年 7 月逝世于苏州，墓地在苏州东山。山温水暖，歌音渺渺，一片风情，灯火阑珊。

象牙塔中的徐枕亚

徐枕亚（1889-1937），又名徐觉，常熟人，别号东海三郎、泣珠生。徐出身于书香门弟，从小受到良好的启蒙教育，旧学根基扎实，10岁就能作诗填词，1903年在常熟虞南师范读书。毕业后在家乡当了四年小学教师。1909年至于1911年，他又应聘去无锡西仓镇鸿西小学任教。在这个时期，徐枕亚热衷于旧体爱情诗的写作，写了约800余首旧体诗词，向吴江柳亚子创办的《南社丛刊》投稿，并由哥哥徐天啸介绍加入了南社。

这个时候，常熟地处上海、苏州、无锡商业兼享乐城市的三角中心，田园的风光与软性的文化受到市民阶层所欢迎。所谓天地灵秀之气独钟于香闺佳话，所谓贤媛淑女名妓才人美丽温柔风流倜傥，种种令小市民饭后闲话齿颊留芳的新旧故事，构成鸳鸯蝴蝶派小说形式的框架。总体来说，该派小说暗示的艺术精神与当代政治并不合拍，它充溢着自我欣赏和自我陶醉。徐枕亚在家乡时，他没有爱情生活，他向往的爱情生活受到压制。而在无锡乡村小学教书的三年中，他却陷入热恋了，与租住地的一个美丽而知书达礼的陈姓寡妇，发生了一段刻骨铭心的恋爱。他的爱情故事以悲剧告终。1912年，他带着这个无言的结局，离开了无锡，到上海哥哥处，协助哥哥办《民权报》。这时，民国刚见雏形，军阀们忙于在北方角逐，上海租界暂时一派平和。徐枕亚作为旧派文人，自然借助报纸这种大众传播形式，大写言情小说。

他在忧郁之中写出连载小说《玉梨魂》，每天一段，使报纸的销量直线上升。小说尚未载完，已在上海市民中引发轰动，尤其是大量的女性读者，读得津津有味。这其中，便有清朝末代状元刘春霖的女儿刘氏，她因为喜爱徐枕亚的小说，成为他的痴情读者，像如今的网恋一样，从北京寻到上海，要嫁与徐枕亚，这是后话。

照理说，《玉梨魂》是一部骈文体的书信体小说，没有一定的古文修养和闲情逸致，是读不明白的，至少工农大众是读不明白的，《玉梨魂》属于贵族色彩的人群。但它所处的时代推动了它的广泛的传播性。晚清民国时期，闺阁妇女不甘于只读《红楼梦》《西厢记》了，她们要借助报纸，读到现代色彩的爱情小说，这种小说有现代装束和现代意识的青年男女，有洋装和旗袍，有偷情和私奔。《玉梨魂》旧瓶装新酒，正好满足了上海、北京等地闺阁女郎的需要，报纸在大城市的发达，客观上使《玉梨魂》传播的更远，影响力与日俱增。

小说里，男主角是何梦霞，女主角是一个哀怨美貌的寡妇叫白梨影，会写一手艳词，清冷独眠之夜望月兴叹；而住在她一墙之隔的家庭男教师，正在挑灯夜读批改作文。两人白天在众目监视之下，拘束礼节。晚上却相思成疾，暗中书信往来。这种热恋似火风姿飘然的"地下斗争"，既有传统的待月西厢的苦况滋味，又时时像地火一样冲出表层，对封建伦理公然的挑衅。他们之间爱恋的书信就由何梦霞的学生也就是白梨影的儿子鹏郎传递。在封建礼教的重压下，寡妇不可能再嫁。何梦霞为此忧愁憔悴，梨影便介绍她的小姑筠倩与梦霞订婚。但何梦霞仍然暗恋着可望而不可得的梨影，而筠倩也因此郁郁寡欢而夭亡。最后，梨影也染上时疫病故，何梦霞含悲忍痛东渡日本学军事，辛亥革命时回国，在攻战武昌的厮杀中阵亡。

因为徐枕亚曾在无锡西仓镇蔡姓的乡绅家担任教师，年轻寡妇也确有其人，所以小说写得十分哀艳动人，情节也曲折多变。徐枕亚还将自己的书斋命名为"枕霞阁""望鸿阁"等。据说，徐枕亚的继室刘氏，是清代最后一科状元刘春霖的女儿。刘氏寓居北京，在深闺中读得《玉梨魂》，极羡慕徐的文采，托人了解了徐的近况，得知他妻子病亡不久，就托父亲的朋友作媒，由徐娶为继室。徐枕亚做了状元公的女婿后，伉俪情深，红袖添香，创作情思喷涌不绝，既创办清华书局，又编《小说丛报》，还用同一题材，写成《玉梨魂》的续本《雪鸿泪史》，销路竟然不亚于前书。但好景不长，徐枕亚的母亲是个古板凶暴的封建女人，经常虐待刘氏，再加上徐枕亚又常年在上海工作，家中婆媳关系无法调和，刘氏不久就郁郁病死。从此，徐枕亚借酒浇愁，不再有写作兴趣了。1934年，上海民兴舞台排演《玉梨魂》，徐枕亚观后作了《情天劫后诗六首》，含泪咽悲，至为情深："不是著书空造孽，误人误己自疑猜，忽然再见如花影，泪眼双枯不敢开。我生常戴奈何天，死别悠悠已四年，毕竟殉情浑说谎，只今无以慰重泉。今朝都到眼前来，不会泉台会舞台。人世凄凉犹有我，可怜玉骨早成灰！一番惨剧又开场，痛忆当年合断肠，如听马嵬坡下鬼，一声声骂李三郎。电光一瞥可怜春，雾鬓风鬟幻似真，仔细认来犹仿佛，不知身是剧中人。旧境当前若可寻，层层节节痛余心，梦圆一幕能如愿，我愧偷生直到今。"

概括徐枕亚的小说与出版生涯，起初投靠《民权报》，连载小说《玉梨魂》。成名后创办《小说丛报》《小说季报》和清华书局等。在创作《玉梨魂》《雪鸿泪史》之后，还有《余之妻》《双鬟记》《兰闺恨》《刻骨相思记》等作品问世。因为家庭爱情连生变故，徐枕亚心情郁闷，行为趋于颓唐，书局经营破产，难以维持，于是1934年将上海的书局盘给友人，回到常熟。在常熟，他开设了一家以出卖自己书法、篆刻作品的古董店，名曰"乐真庐"。当时，仅四十余岁的徐枕亚已有严重的肺病，精力大不如前，只能靠为人写书和刻章为生。据说，在上海时，他的书法就小有名气。共产党的《向导》杂志，便请他题写刊名的。1937年11月，日本鬼子攻占常熟后，徐枕亚抱病逃难至常熟杨园乡下，当年病逝，终年四十九岁。

永远的《金瓶梅》

明朝嘉靖年，官窑生产的青花瓷器从前代的厚重古拙转向清丽华美，器物造型追求新奇精巧，就像当时整个社会风气一样，弥漫着奢靡绮丽的时尚之光。

于是，世俗生活的范本《金瓶梅》，便以一种手抄本的形式在民间流传。这是一本禁书。禁书的魅力远胜于官方钦定的四书五经，雪夜围炉读禁书，三更灯火五更鸡，平时涂着假面的缙绅士大夫，也和民间书生一样，特别的喜欢听讲《金瓶梅》呢。这种状况，有点像欧洲中世纪时代的风尚。1634年，《陶庵梦忆》作者张宗子在他园子里和朋友欢宴，席间，有杭州人杨与民用北调说了一曲《金瓶梅》杂调，听者闻之叫好不绝。1634年距离明朝灭亡尚余年，《金瓶梅》已在士大夫中间广泛的流播，可见，坊间流传的各种《金瓶梅》本子也不在少数。《虞初新志》作者张潮这样评说：《水浒传》是一部怒书，《西游记》是一部悟书，《金瓶梅》是一本哀书。

在时光的舞台上，历代文人偷情般地以手抄本的形式，去追寻奇芳异卉。他们比猎狗更敏捷，比鹰隼更敏锐，因而演出一幕幕遗憾复遗憾的悲喜剧。

一

　　大约在明朝嘉靖年间，湖北省麻城县居住着一个喜欢附庸风雅的退休官僚，他叫刘承禧。此人原先在京城里是一个著名的打手，是锦衣卫的金吾。所谓"锦衣卫"，这实际上是明朝皇帝加强集权统治而设立的一种特务组织，就好像是现代社会中美国的中央情报局、戴笠的军统、陈立夫的中统一样。明代的"锦衣卫"是一种军事组织，它名义上是京城卫队的下属，实际上由皇帝直接指挥，是皇帝的御林军，借侦察为名，专门欺压平民百姓和一般官吏，是皇帝忠实的鹰犬。刘承禧虽是个四品官，但在朝中很会巴结四大奸臣——严嵩、严世藩、陆炳、陶仲文，为虎作伥，搜刮地皮，几年下来，宦囊丰厚油水很足。刘承禧五十岁时，眼见得再升官也无望，便趁早收蓬，告老回乡，回到麻城享清福了。

　　回乡不久，刘承禧便用当官几十年搜刮来的金银，在麻城县中购地建园大兴土木，造了一座刘家花园。花园占地四百余亩，请了当时的造园名家绘图描形，假山玲珑，碧池宛曲，极尽豪华侈奢。他还附庸风雅，在园中造了三座雕梁画栋的楼宇，一曰"聚古楼"，专门收藏古玩文物汉玉宋瓷。一曰"藏书楼"，搜罗了一批海内珍本唐抄宋刻，尤多春宫淫词秘戏图考。一曰"怡情楼"，乃是刘承禧寻欢作乐声色犬马的场所。他遣人去苏州、扬州一带买来年轻女子，有的为他唱歌跳舞弹拨五弦，有的被他奸淫取乐目送飞鸿。一些女子被他奸淫致死后，便被偷偷埋在楼窗西边的花园草丛深处。

　　有一天，一个操山东兰陵口音的儒生到刘家求见，说是身上携带一部罕见的抄本，想找一个安静的地方整理出版，听说刘家藏书楼秘籍甚多，很想一睹风采。刘承禧见他不像是凡俗之人，谈吐也大方得体，便有意留他在身边作一个门客。这儒生也怪，虽见主人留他，却仍不肯道出真实姓名，只说自己已到不惑之年，平时视人生如同儿戏，有名无名都无妨，只管唤他为"笑笑生"便罢。刘承禧倒也不怪他，因为他要寻欢作乐的事多着呢，门下养着的清客闲人一大帮，多一个滑稽人也无妨。他便吩咐家人带笑笑生到"聚古楼"去访书，并给了笑笑生一桩差事，叫他为"聚古楼"整理书目。却说这笑笑生也是个有点来路的人，他本来在京城一个官宦之家当书办，虽有满腹诗书，但也难讨主人的欢心，再加上他脾性耿直，看不惯官场势利小人的马屁功，所以既不发财又不在仕途上长进，困顿了二十余年。飞鸟倦而思乡归，远游久而把家回。可惜，待他回到兰陵后，亲朋故旧早已星散，几间破屋也无力修补，便只能再次离乡背井，外出谋生。仗着一手漂亮的蝇头小楷，他一路流浪，为人写贴子和书信，在茶肆酒楼换几两碎银子，讨一口残羹剩饭聊度余日。也算巧，他在麻阳城里遇见一个从前在京城里熟悉的仆人，那仆人向他透了一个口风，说刘承禧家想请一个人鉴别古字画，条件是外地人，又要有相当的书画根底。就这样，笑笑生便来到了刘家。

笑笑生在京城里当书办时，不管白天多么劳累辛苦，一到更深夜静时分，总是要把每天的所见所闻记载下来。他把听到的、看见的各色社会新闻风俗掌故记录下来，只是隐去人物姓名，不署年月，以防被人发觉惹上祸殃。日积月累，那密密麻麻的字迹铁笔银钩，铺满了张张宣纸。他把这一部日记视作珍宝，精心装裱成册，一直带在身边。不管怎样穷困潦倒，哪怕冬天当掉寒衣，夏天卖去凉席，这本日记是他的性命，也是他赖以生存的精神寄托。一个有骨气的文人，还有什么比他的文字心声更值得珍视呢？他也只有这部日记是他的唯一的亲人了，他无妻无儿无房无产，无所牵挂无愧良心，一入夜，便沉浸在世俗众生相的记录之中了，有时增减一二分，有时褒贬一二人，所谓为月忧云，为书憔悴，为才子佳人忧命薄，为天下黎民百姓忧冷暖。写到云霞满纸锦帆高涨时，他能彻夜不眠；进入神游境界心驰八极时，他忍不住涕泪交流。怀抱美玉诉诸文字，笑笑生的一生心血无数精神，便凝注在这部日记之中了。

刘承禧虽然是个肚里一包草的奸险小人，但对于藏书楼的事务却不太管，因为各类古籍实在是太多了，有的是被他逼的倾家荡产而献上的，有的是手下人随意抢夺得来后送上的。笑笑生只要每天挑出几卷画供刘承禧过目，便可埋头于书海之中搜寻资料了。他看到这么丰富的藏书，不禁萌发出一个念头，想把日记修改成一部小说，以此警戒讽劝世人要做善事行正道，曲尽人间丑态，体贴人情天理，也算是一桩大慈大悲的大好事。

每到夜间，笑笑生在书楼灯下翻书，离藏书楼很近的怡情楼，不时传出阵阵丝竹弦乐之声，那妙龄少女的宛转歌喉，有时候彻夜不歇。灯影迷离倩人缥缈，怡情楼半敞半露的妙高台上，月亮滴下了无数清泪。偶尔传来几声惊鸿一般的尖叫，随之又复归那丝丝缕缕的靡丽之音。时间久了，笑笑生这个比较迂腐的人，也慢慢耳濡目染刘承禧许多丑不可闻的秽行，这自然为他写小说增加了很多鲜活的资料。

日子就在平静中度过，一个是粗茶淡饭，夜夜伏案翻书写书，一个是锦衣玉食，夜夜脂粉堆里打滚。不料，就在笑笑生快要把小说写成草稿时，却被刘家另一个门客发现了。那一天清晨，笑笑生写小说熬了一夜，竟然伏在桌子上睡着了。刘家的一个门客姓秦，也恰巧走过书楼。此人原籍苏州，会摇头晃脑哼几首吴地方言的民歌，时常来找笑笑生闲聊。这天早上，他无意之中推开书楼的门，却见到笑笑生酣睡不醒，嘴角的口水流淌在稿本上。他便拿起稿本读起来，一读，竟读出兴味来了。读到精彩处，他忍不住拍拍笑笑生的肩膀，说："兄长真是大手笔，如此好书，为何不让我先睹为快！"笑笑生从梦中惊醒，吓了一跳，赶忙慌不迭地说："兄台恕罪，这只是小弟的涂鸦之作，恐污了兄台耳目。"秦门客也是个读书人，本心是厚道的，听笑笑生这一说，并不以为然，反而劝慰说："这样的书传世，可以戒善惩恶，指示迷津，兄台如蒙不弃，不才愿为此书作序，不知兄台意下如何？"笑笑生到底书生脾气，被他恳切的言词一说动，心头热呼呼的，便说："兄台真有此心，那就等我把全书完稿后再作序吧。"

春来秋去，经过几百个日日夜夜的劳心费神，笑笑生终于写完了六十万字的小说稿本。书名经过两人推敲，初定名为《金瓶梅传》。作者的本意是，金者，比喻黄金白银，即人间的所有荣华富贵；瓶者，喻酒也，醉生梦死，醉中作乐也；梅者，比喻女色也。世上酒、色、财三者为害人之大盗也。

书写好了，序也作了，必得付印才能流芳百世。但一介穷书生，如何付得起几百两银子的印刷费呢？明代的印刷业很发达，但工价昂贵，书版以雕版为主。两人没有办法，便去游说刘承禧出资印书。一钱逼死英雄汉，百无一用是书生，笑笑生和欣欣子为了实现印书的目的，只得借助魔头的力量。笑笑生假托自己寻访到一部警世讽喻古籍，请刘承禧过目。岂知刘承禧一读，竟然读出了瘾，尤其对书中男女关系的细节感兴趣，还动手在稿本上添了许多淫秽的笔墨，把原作改得面目全非。这真应了东吴弄珠客那句话了：读《金瓶梅》而生怜悯心者，菩萨也；生畏惧心者，君子也；生欢喜心者，小人也；生效法心者，乃禽兽也。而刘承禧便就是这样的淫魔禽兽，他不仅自己读，还把书稿请人抄录下来，作为"孤本"收在藏书楼。笑笑生和欣欣子想要回书稿，又不敢。催问书稿能否印刷，刘承禧竟置之不理。笑笑生眼看自己的心血被刘承禧这个无赖糟蹋了，一气便卧病不起，终于含恨而逝。那欣欣子呢？也被刘承禧赶出了家门。一部最初的《金瓶梅》便成了海内孤本，只在刘家几个淫棍中间传看，可惜了笑笑生那最初的心愿。

二

这时候的朝廷，是奸臣严嵩、严世藩父子专权揽政的时代。父子俩生性贪狠，哪个地方有珍奇古玩，他们便想尽办法搜罗诈取。哪个人家有秘本古籍，他们也要耍尽阴谋掠夺到手。明朝自从朱元璋开国，实行的是残酷的专制暴民政治。朱皇帝一上台，首先是大开杀戒，剿灭一大批功臣。接着是重用太监，宦官专权，一些清正廉洁的官员稍有不慎，便会惨遭抄家、充军、甚至满门抄斩的大祸。几次争夺皇位的大动乱，杀戮了不计其数的清官和百姓。明嘉靖年间的严家父子专权数十年。

有一首《满江红》着实吟得好："日月隙驹，尘埃野马，东流不尽江河泻。向来争夺名利人，百年几个长存者？世事浑如花上露，人生一似风前烛。看繁华转眼，玉楼金谷，到头来，都付水东流，空劳碌。"

那一天，严世藩听说巡抚王抒府中藏着张择端的《清明上河图》，便图谋要弄到手。他差人持请贴，邀请王抒到严府赴宴。王抒和严家素无往来，接到请贴，便明白这鸿门宴可不是好兆头。严世藩平白无故请客，一定是想要自己的藏画。王抒毕竟是城府颇深的人，便从自家的藏画中选了几幅精品，其中就有一幅《清明上河图》，以此去闯严世藩的鬼门关。席间，王抒说："近来卑职收藏了几幅字画，不敢自专。特地进呈恩公笑纳。"严世藩嘿嘿一笑，假客气了一番，挥手让管家收下。在宴会上，严世藩兴致颇高，频频劝酒。席终，严世藩还送王抒上轿。一待王抒离开，严世藩赶紧回到书房展开那幅画，凑着紫绡红灯细察，不觉大吃一惊。原来，这《清明上河图》可是一件宋朝宫廷画家张择端的杰作，传世之作难得一见。宋徽宗虽是个昏君，但做一个书法家和画家却是十分称职的，因为他是个懂得生活情趣和绘画艺术的高才，眼界开阔，又有极为出色的艺术鉴赏力。张择端便得到他的宠幸，被收罗于翰林图画院。据说，凡张择端所用的宣纸和墨锭，都是精制的上品。因而，整幅《清明上河图》长卷墨色精亮手法娴熟，所绘舟车、市肆。桥梁、街道、城廓都脱胎于汴京郊外的民俗风情，尤其是人物，官吏、儒士、商人、摊贩、和尚、道士、江湖郎中、算命先生……三百六十行，行行俱全。不过，自宋至明，历代画家模仿《清明上河图》的有成百幅，是真是假，没有相当的鉴赏力，是断难识别的。严世藩老眼昏花，只顾着击节赞叹，不料这也是一幅请高手临摹的仿制品。

严世藩毕竟老奸巨猾，第二天，他又请一位鉴赏字画的幕僚来赏玩。这位幕僚从印章和题款上才看出一点破绽，悄悄对他说："大人，凭临摹这幅画的功夫来看，这个画家功力不凡，而且，所选纸张墨色，也与宋代所用不相伯仲。可惜的是印章颜色鲜了点，题款的气度也不像五百年前的旧物。"严世藩气得目瞪口呆，心里恨恨不已。不久，他就借故把王抒杀了。

王抒有个儿子，叫王世贞，也在朝中做官。因为诗文俱佳，交游甚广，名气很响。他是嘉靖年间的进士，官至南京刑部尚书，与李攀龙同为"后七子"首领。他喜欢戏曲，曾有很好的剧本问世，例如传奇《鸣凤记》。王世贞为了替父报仇，表面上装作韬光养晦不动声色，暗地里物色民间武林高手去暗杀严世藩。但严府戒备森严，王世贞派出的几个刺客，都白白断送了性命。

有一天，文武百官上朝，王世贞远远看到严世藩大模大样地从轿中出来，连忙转身与别的官员闲聊，想避开严世藩。谁知严世藩偏偏叫他。对他说："王世弟，听人说你正在写传奇剧本，能否让老夫先读个痛快？"王世贞听了严世藩的话，先是眉头一皱，心想这个老贼不愧为掌管锦衣卫的老特务，消息很灵通，连我写剧本也知道。他又转念一想，我最近觅得半部《金瓶梅》的手抄本，书页已残缺，但故事写得着实好，正在请几个门客添补一些内容，把这部书献给老贼，岂不是一条好计策？王世贞脑子转得快，便堆着笑容说："不瞒恩公，卑职才疏学浅岂能写什么剧本。只是卑职最近得到一部叫《金瓶梅》的小说，本子翻得稀烂，卑职正在请人誊抄清楚。"

严世藩平时最喜欢读野史抄本，一听《金瓶梅》三个字，倒觉新鲜，便欣然说道："很好很好，几时让老夫派人来取？让老夫先饱眼福！"王世贞只好答应："待门客誊抄清楚后，半个月之内一定奉上。"

下朝回到府中，王世贞把这部从湖北麻城县刘家流散出来的半部《金瓶梅》又从头至尾看了一遍。王世贞平时写剧本读话本，很有写小说的才情，他从严世藩小名严庆，号东楼，联想到《水浒传》里有个恶棍叫西门庆，"东楼"和"西门"恰好相对，便借西门庆来影射"东楼庆"。于是，王世贞从《水浒传》中搬来大段情节，插入书中以掩人耳目，凑成了足足一百回。

这部书誊抄出来后，王世贞暗中派人在每页书角上都涂了砒霜。因为严世藩读小说有个习惯，喜欢用食指蘸着口水翻书。只要严世藩翻过书页，准会当夜毙命不可。为了不暴露自己暗杀严世藩的计谋，王世贞还想出了一个绝妙的献书方法。

清晨，严世藩乘轿到宫中上朝，忽然遇到一个青衣笑帽的儒生拦轿献书。严世藩一看，书的封皮上端端正正地写道："天下第一奇书《金瓶梅》，兰陵笑笑生撰"。他心里一阵高兴，唤轿子停住，问道："你从哪里得到此书？"儒生答道："我从湖北麻城访得此书，虽是残页烂本，经小生誊抄增补，终于成为全书。闻严相国喜好野史小说，今特献上一阅，也算明珠大白于天下。"一番话，说得严世藩这个奸臣心花怒放，马上吩咐手下赏给儒生五十两白银，怀抱《金瓶梅》绝尘而去。

到了宫中,众同僚聚在朝房中等候宣旨召见,严世藩见了王世贞,脸上一副高傲之色,他故意问王世贞:"世兄的那部《金瓶梅》誊抄得如何了?"王世贞谦恭地答道:"请恩公稍再宽限几天,门客正在日夜抄写,来日便可奉上。"严世藩嘿嘿冷笑一声道:"世兄的那部《金瓶梅》还是自己留着读吧!"说着,腆着大肚子,自顾自走开了。严世藩的这番话,当时在朝房候值的许多人都听见了。王世贞心中暗自高兴,自己了计谋快要成功了,这个老奸贼,居然也有失算的时候。

当夜,严世藩围着暖炉挑灯夜读,读得津津有味之时,他舔着食指翻动书页。翻着翻着,他觉得舌头有点麻木了,味觉也迟纯了,手指也不灵活了,眼睛也昏花了,喉咙间一股血腥气喷涌而出,化作一脉浓浓的污血淌出鼻孔嘴角。他瘫倒在地上,临死前喊了一声:"我命休矣。"便魂归西天。可惜严世藩,空有满腹文蹈武略,深宅大院纵有精兵良将武林高手,却不料一世奸雄竟栽倒在聪明的文坛奇才之手。这真是人算不如天算,天算不如机缘巧。奸险小人有百密而一疏,天假人手,除掉了这个人人痛恨的特务头子。《金瓶梅》为王世贞报了父仇,也替许多无辜惨死于严家之手的人雪了恨。"天下第一奇书"的美名愈传愈远。

三

嘉靖皇帝在位四十五年,继承者隆庆皇帝,只有短命的六年。于是,到了万历年间,家有万顷良田的董其昌像一颗新星从书画界升起,达到了一字值千金的昂贵地步。此时,想跟随董其昌学书法的人很多,不论是年纪轻的,还是上了点年纪的,都想拜董其昌为师,想从他浑身的才气中博取一星半点光采。可惜,董其昌恃才傲物,从不轻易收徒。十年八年中,才千选万选出一两个好苗子。他教徒弟,既不先教字画,也不读碑习帖,而是让徒弟吹箫弄笛,清晨练剑法,运气功,随后去名山大川临摹写生。经此几年习练,再学提笔挥毫,果然大有长进。有的徒弟自知天分不足,便中途退学。有的徒弟硬着头皮坚持下来,也可学个半瓶醋。但要想学得老师真谛,难于上青天。所以,董其昌的徒弟,在书法上的造旨,没有一个超得过师傅。为何原因,只因明代上下五百年,才出了这么一个深谙艺术之道的艺术大师。说起董其昌收徒弟,也与《金瓶梅》有缘呢。一个下雨天,一个背着青布包袱的年轻人,来到上海松江县董府,求做董其昌的门生。董其昌一问青年的来路,才知道这青年是从四川绵阳跋山涉水而来。

董其昌难得见到这样诚心诚意的学生,第二天便在大厅里召他面试。董很自负地说:"学习书画,得有揣度人心随机应变的能力,你要做得到,我就收你为徒。"青年人答道:"只要老师吩咐。学生一定做到。"董其昌又说:"我近日心里烦闷,你有什么赏心悦目的法子,让我大笑三声,让我高兴高兴?"这句话虽是一句玩笑,但分量却是很重,既是一句委婉的推托之辞,又是一种十分机巧的考验。如果这青年没有法子让老师解闷大笑,这徒弟自然也当不成了。

不料,这青年随手从肩头取下蓝花青布包袱,露出一迭厚厚的抄本,封皮是杏黄绫褙,装订得十分齐整。只见《金瓶梅》三个行楷字,铁笔银钩,醒目耀眼。青年人说:"这是稀世珍本,由兰陵笑笑生撰稿,太仓王世贞补正。你读上几回,便知道它不同寻常的地方了。"董其昌拿过书,信手翻起来,读了几页,竟然津津有味,读到后来,完全沉浸在小说的故事情节中了。一会儿,他捻须微笑,一会儿,他又连声高叫:"妙文,佳作!好笔墨!"读完几章,他不禁哈哈大笑起来,道:"我平生还没有读到这样风情万种的小说,恐怕枚乘的《七发》也要逊色三分了!"他放下书,和颜悦色地问:"怎么只有前半部?那后半部呢?"青年人便把得到这部书的经过告诉董其昌。

原来，他自幼在四川绵阳一个富绅人家当书童，平时也见到不少董其昌的真迹字画，私下里临摹了许多张，心领神会略有心得。事有凑巧，那富绅也不知从哪里得到一种《金瓶梅》的手抄本，据说是从湖北麻城县刘家散出来的。因为全书霉蛀的厉害，富绅便命书童抄写一遍。富绅为防止书稿传散，也为提高抄书速度，便让一个书童抄上半部，另一个书童抄下半部。他抄着抄着，越抄越觉得这部书不同寻常，便想录个副本，好自己留下来慢慢细读。这样，他抄书的时间便延长了。富绅供给他抄书的上等宣纸，是点数给他的。纸抄完了，他只好拿出自己平日的积蓄去买纸。本来他想抄了上半部，再伺机去偷抄下半部。谁知天有不测风云，另外半部书在另一个书童抄完后，原抄本被老鼠咬得支离破碎。结果，他再也没有机会看到下半部书了。

听到这里，董其昌瞪大眼睛，焦急地问："那么，你自己留下的就是这上半部了？""是呀，老师不信，可翻检书前目录。"董其昌连忙翻了翻手中的《金瓶梅》，果真只有五十回，便顿足叹气说："可惜，可惜。"董其昌见这个学生态度虔诚，又有一定书画功底，便收下他为门生。但董其昌一心一意要觅到下半部《金瓶梅》，便暂且让这门生回绵阳老家去寻找下半部的踪迹，并能设法抄到下半部书稿。可惜，世上的事哪有件件遂人心愿的？待到门生回到绵阳，那个抄下半部的书童已被遣散回到乡下。董其昌门生不死心，再寻到那书童住处，只见他已病重在床。两人相对唏嘘，唉叹人生无常。门生只得请他每天回忆一二回书稿情节，断断续续，随讲随记，也只能抄个零篇残简。不过半年光景，那书童就病死了。门生只得带了几迭残稿，回到松江董府。风风雨雨，心力交瘁，回到董家不久，连那钟爱的门生也一病不起。董其昌在门生死之后，更加宝贝这半部《金瓶梅》了。

话说湖北公安县，历来是出产才子俊彦的风水宝地。万历年间，就有三个赫赫有名的文学家诞生于此地。他们分别是长兄袁宗道、二弟袁宏道、三弟袁中道。三兄弟的文学主张是反对摹拟，崇尚自然，强调抒写"性灵"，因而被人称作"公安派"。

当然，论文学成就，老二袁宏道当称三人之首。当年，袁宏道被派往苏州去当知府，临行，董其昌在北京设宴饯行。酒酣耳热之际，袁对董说："仁兄是海内外知名的大画家，小弟临别还有一个小小的请求，请兄长赐一幅画，以示你我的情谊。"董其昌便铺展三尺宣纸，画了一枝红梅，并在画面上题了两句诗："斋中镂金玉液瓶，惟待报春一枝梅。"作者的意思是把苏州喻为一只珍贵的花瓶，正在等待像报春红梅一样的清官去传递春讯。袁宏道也精于书画，看了这幅画，突然明白董其昌还透露了心中的愿望，便说："仁兄藏着一部奇书，画中已露端倪。"董其昌见袁宏道识破天机，便附着袁的耳朵说："贤弟真是高才，我这里的确有半部《金瓶梅》，改日我请人誊抄了借给你看，如何？"

袁宏道摇摇头说："小弟不日将去苏州，今日请仁兄借给小弟一阅，改日派人奉还，如何？"

董其昌仍是满脸的不愿意，笑意淡淡，神色倦倦。袁宏道灵机一动，便说："仁兄，你刚才题画的诗，恰是这本书的哑迷。我也给你猜个谜。你若猜中，我便不借这本书；你若猜不中，那半部《金瓶梅》就暂且借给我，如何？"

董其昌无奈，只好答应。袁宏道便说："上看竹成林，竹下恰四人，旁有牛一条，腹中锦绣文。打一人名。"董其昌读过古书千千万，偏巧这些民间流传的拆字谜一窍不通，他又是个方正古板的人，怎敌得过袁宏道这样风流倜傥聪明绝伦的才子呢？猜了半天，他搔头摸脑，只得认输，忍痛捧出《金瓶梅》。袁宏道访书访了大半辈子，今天终于见到这皇皇巨著，高兴极了，也得意极了，他指着书上的署名说："思白兄，你看这'笑笑生'不就是谜底吗？"董其昌仔细一端详，恍然大悟，悔之莫及。

袁宏道得到这半部《金瓶梅》，第三天就赴苏州去了。他一路挑灯夜读，兴致极好。经过长途跋涉，到了苏州，他马上写信给董其昌，全信如下："思白兄：一月前，石簣见过，剧谈五日。已乃放舟五湖，观七十二峰纪胜处，游竟复返衙斋，摩霄极地，无所不谈，病魔为之少却，独恨坐无思白耳。《金瓶梅》从何而来？伏枕略观，云霞满纸，胜于枚生《七发》多矣。后段在何处抄竟，当于何处倒换？幸一的示。"此信写于万历二十四年丙申，思白就是董其昌的字。

越数年，浙江嘉兴人氏沈德符于万历四十六年考中举人，他自费印了一部掌故类文集《野获编》，其中有一段记述了他与文坛名士的交往。"袁中郎《觞政》以《金瓶梅》配《水浒传》为外典，予恨未得见。丙午，遇中郎京邸，问：'曾有全帖否？'曰：'第睹数卷，甚奇快。今惟麻城刘延白承禧家有全本，盖从其妻家徐文贞录得者。'又三年，小修上公车，已携有其书，因与借抄挈归。吴有冯犹龙见之惊喜，怂恿书坊以重价购刻，马仲良时榷吴关，亦劝予应梓人之求，可以疗饥。予曰：'此等书必遂有人板行，但一刻则家传户到，坏人心术，他日阎罗究诘始祸，何辞置对？吾岂以锥博泥犁哉！'仲良大以为然，遂固箧之。未几时，而吴中悬之国门矣。然原本实少五十三回至五十七回，遍觅不得，有陋补以入刻，无论肤浅鄙俚，时作吴语，即前后血脉，亦绝不贯串，一见知其赝作矣。闻此为嘉靖间大名士手笔，指斥时事，如蔡京父子则指分宜，林灵素则指陶仲文，朱缅则指陆炳，其他各有所属云。中郎又云：'尚有名《玉娇李》者，亦出此名士手，与前书各设报应因果。武大后世化为淫夫，上蒸下报；潘金莲亦作河间妇，终以极刑；西门庆则一憨男子，坐视妻妾外遇，以见轮回不爽。'中郎亦耳剽，未之见也。

去年抵辇下,从邱工部六区(志充)得寓目焉,仅数卷耳,而秽黩百端,背伦天理,几不忍读。其帝则称完颜大定,而贵溪、分宜相构亦暗寓焉。至嘉靖辛丑庶常诸公,则直书姓名,尤可骇怪,因弃轩置不复再展。然笔锋恣横酣畅,似尤胜《金瓶梅》。邱旋出守去,此书不知落何所。"文中所引用的几个人物,都是当时文坛数得着的。小修是指袁小修,就是写《游居柿录》的袁中道。冯犹龙是指冯梦龙,当时正在苏州编《三言二拍》。马仲良和邱志充在《金瓶梅》版本的流播中起到不可估量的作用,下文还要详细讲到。而所谓嘉靖间大名士,就是指王世贞,据说他还写了本色情小说《玉娇丽》,但后世未传。

就说袁宏道到了苏州,只因读了上半部《金瓶梅》,心中一直挂念着下半部,空闲下来就到四处书坊转悠。为了让大家晓得世间有这部奇书,他还特地写了一篇名叫《觞政》的文章,以谈酒为名,鼓吹《金瓶梅》这部书,把它称之为"逸典",与《水浒传》《西厢记》乃至《史记》《汉书》并称。《金瓶梅》第一次在文学家的口碑中得到殊荣。

袁宏道这里读书访书写文章,闹得兴头正浓。那北京城里,董其昌急煞了,望穿秋水不见"佳人"归,便修书一封派专人送到苏州袁府,信中说:"贤弟近况何似?《金瓶梅》料已成诵,何久不见归还?"袁宏道其实并不想赖书不还,他想用上半部作诱饵,引出下半部来,好以一本完整的书稿交给书商出版。但忙了几个月,一无所获,人反而病倒了。袁宏道接到董思白的信后,便将半部书归还董其昌。当然,他也是个聪明人,请人抄下了这半部书。过了几年,袁宏道辞官回乡,一边在老家养病,一边修文集。但他关注《金瓶梅》下半部书的心思一刻也没有松懈过。

正在此时,董其昌捎信问候,并告诉他,已经打听到《金瓶梅》下半部的下落,有可能仍然在湖北麻城一带流散。公安县离麻城县大概有四百公里之遥,一个靠近湖南省,一个离河南不远。有了下半部的消息,袁宏道比吃了灵妙丹药还有精神,病情大大改轻,便派了得力的门客到麻城去访书。

其实,董其昌的消息来源也是雾里看花,影影绰绰,并不真切。却说那麻城刘家自从主人刘承禧一死,便有族中人为抢夺家产而引起内哄。儿子之间,妻妾之间,一个个都像白眼狼,你争我抢,你骂我打,只差拆屋烧灰掘地挖坟。非但金银古玩抢了个精光,连藏书楼里的古籍也烧的烧撕的撕,弄得灰飞烟灭,一片狼藉。那刘家宠养的许多姑娘也纷纷逃离刘家。其中有一个姑娘从藏书楼中窃得《金瓶梅》半部,与一书僮逃往他乡谋生。藏书楼经过一番你抢我夺,只剩一间空屋。那《金瓶梅》上下两部抄本,也闹不清被谁偷去了,也不知道流散在何处。袁宏道派去的人到了麻城,寻访了很久,也只是得到一些若即若离的传闻。袁宏道见这条线索又断了,心里很失望。不久,又卧病不起。病中,他还天天念叨《金瓶梅》。等到他弟弟袁中道赶来探望时,他已经病得连说话的力气也没有了。

后来,在袁宏道死了以后,袁中道终于访到《金瓶梅》下半部。他为了安慰兄长生前未能读完《金瓶梅》的遗憾,便在袁宏道墓前焚烧了下半部的抄本。当然,这是后话了。

四

与袁宏道同时代,杭州城里有一个名士叫谢在杭。他也热衷于读遍天下奇书怪志。据说,他得到袁宏道在苏州征收《金瓶梅》下半部的消息后,也策马二百里,从杭州赶到苏州会见袁宏道。在苏州袁府,他再三恳求借阅《金瓶梅》上半部,但袁宏道却拒绝了他的请求。谢在杭虽然没有功名,但他的名声却是靠读书读出来的。当时浙东南的读书人都知道杭州有个谢胖子,体壮如牛,大腹便便,但一入定读书，便可坐如钟立如松，谁也无法干扰他，可谓端庄如佛纹丝不动。宁波天一阁的藏书名满江左，楼上藏了几十万卷书，谢在杭住在阁中仅三年，就把这里的书全读完了。主人吃惊地说："我们范家祖宗几代的藏书全搬到你的肚子里去了，你才是天下真正的藏书家。"于是，大家给他起了个诨号："胖书癖"。

袁宏道当时拒绝谢在杭，其实，也有不得已的苦衷。因为，董其昌这上半部书，他想尽快抄下来，所以日夜雇人抄写，哪敢再把书借给人家呢？所以，一旦书稿抄完，他便分外高兴，发出贴子，邀请文坛好友各路俊才聚集于石路上的西园谈论诗文。谢在杭也接到了贴子。

文人相聚，总是风风光光。况且，这是当代第一流的才子请客，谁被邀请，谁的脸上便会意气飞扬。那天，袁氏三兄弟不仅邀来苏州的文友，还有几位才女歌妓名媛闺秀一起到会助兴，把酒相劝，飞红流翠，美景良辰，好不情浓意兴文采激荡，光葡萄酒便喝掉了几大坛。众人酒痴糊涂时，谢在杭故意少喝了几杯，以便实施他的借书妙策。上一次借书，已遭到袁宏道的婉拒，这次他灵机一动，想出了个智借的妙计。他连连向袁才子敬酒，见他已有七八成醉意，便说："我们酒也喝了许多，诗也吟了不少，曲子也听得腻了，还是变个新鲜的花样玩玩。"大家便催促谢在杭别卖关子，快快说出来。谢在杭不慌不忙地道："当今文人辈出，自刻自印的小说传奇也是流布天下。我们不妨轮流报一部自己读过的奇书，并且数说它的佳处。如果这部书说出来，在座者有人已经读过了，或者并无什么佳处，那他就得受罚，罚酒三大盅。如果说出来，这是一部在座者无人读过的佳书，大家罚酒三大盅，这样可好？"众文友听了，都欣然同意。

于是便一个接一个报起书名来，罚来罚去，既有趣又热闹。轮到袁宏道了，谢在杭心里有点紧张，袁宏道清清喉咙，却说出一番令人称奇的话:"我今天是不醉不罢休,反正东边有美人,西边有虎邱,众位文友可作证,五百年以后,这西园聚会仍将名垂史册。"说罢,他先自饮了一杯酒,又倒了半杯,仰脖饮了,才说:"我读到的这部书,只有半部,所以,我自己先罚一盅半。不过,我说出书名来,大家十有八九没有听说过的。现在我只说出书名三个字中的一个字,是个'金'字,大家不妨猜一猜。"

谢在杭一听,正是半惊半喜,心想,袁宏道上钩了,借书的机会来了。于是,他立即说:"我来猜一猜。"原来上次谢在杭向袁宏道借《金瓶梅》手抄本时,并未说出书名,只是说借"天下第一奇书"。所以,袁宏道也以为谢在杭未必能知道书名。况且,《金瓶梅》这部手抄本天下没有几部,真正读到的人也很少,袁宏道当然有资本口出狂言了。不料,这正好中了谢在杭的圈套。谢在杭继续举着酒盅说:"这半个书名委实难猜。诸位仁兄,如果我费尽心思猜出来,还得附一个小小的请求,不知诸位仁兄能不能答应?"

"什么要求?你尽管讲,闹得人心里痒痒的。"冯梦龙耐不住了。谢在杭便乘势说:"我猜出书名,请袁兄能将此书借我一阅,不知兄台能否答应?"

袁宏道心想,你谢在杭有什么能耐?就算你夸口要读遍天下奇书,也未必已经读过《金瓶梅》了,袁宏道多喝了点酒,脸皮薄,心头热,万丈才情仗着魔幻般的酒力,眉间放出一段奇光,他立起身子,风潇潇人渺渺,莞尔一笑:"各位朋友,咱们是天南地北萍水相逢,人世风光悲喜春梦,但求天涯知心情深缘长,谢君只要说出书名,我一定将书出借。"这里,袁宏道低估了谢在杭的能耐,《金瓶梅》抄本天下虽少,但知道这本书的人还是不少的。谢在杭为访书钻天打洞,怎么会不知道世上有《金瓶梅》这支媚香四溢的奇葩呢?

听罢袁宏道的话,谢在杭大喜过望,马上响亮地说:"君子一言，驷马难追，这部书名字叫《金瓶梅》。"大家一听书名，都惊奇万分，这本书确实是第一次听说。只有袁宏道哑吧吃黄莲，有苦说不出。心里纵有千般不服输，但毕竟在场面上他是输了。他肚里明白，这个谢书癖，踏破铁鞋几番寻觅，原来就是瞄着我这半部《金瓶梅》来的。他不得不佩服谢在杭的水磨功夫到家。袁宏道是气量大度量宽的大文豪，说话当然算数。在宴会结束后，他邀请谢在杭到袁府，亲手把上半部《金瓶梅》交给他。

好书就要连夜读，好比宝剑赠英雄。流水弯弯，人世变幻，千金易求，快乐难寻。所以谢在杭一旦得到这本好书，当然得意的笑出声来，如沐春风，如临春水，一杯美酒陪伴，他三日三夜便读完了这部五十万字的抄本。随后，又雇了几个正楷写得好的人，飞笔走墨抄录下来。就在谢在杭借书期间，袁宏道已经忍耐不住了，他写了一封信，托人从苏州带到杭州，面交谢在杭。这封信流传至今已有390年，大约写于万历三十四年（公元1606年），是关于坊间流传《金瓶梅》的最早的文字记载。全信如下："今春谢胖来，今兄不置。胖落莫甚，而酒肉量不减。持数刺谒贵人，皆不纳，此时想已南。仁兄近况何似？《金瓶梅》料已成诵，何久不见还也？弟山中差乐，今不得已，亦当出，不知佳晤何时？葡萄社光景，便已八年，欢场数人如云逐风，倏尔天末，亦有化为异物者，可感也。"这封信中的"谢胖"并不是指谢在杭，而是指安徽人谢于楚，此人也是个喜欢结交文人学士的风流书生。因为两人都是胖子，所以有时候同行中也有人分辨不出。谢于楚在万历三十四年春天，到湖北公安县袁家的别墅柳浪湖边，访问中郎一家人。袁宏道有一首诗记述了这次晤面，说谢于楚由四川进入湖北，并且将乘船东归至老家安徽，再到北京去，北京有一个红粉知己等着他。至于信中提到的"葡萄社"，当是指万历二十七年夏，与友人的一次美好的聚会。

却说谢胖只读到上半部《金瓶梅》，正是奇痒难忍，就像一个人走进了戏院,看戏看到要紧关头,却来了个急刹车,不演下去了,这岂不急死人?这下部《金瓶梅》在何人手中,谢胖偏偏要弄个水落石出。人海茫茫,谢在杭到处寻访,他走了许多藏书楼,好不容易才打听到丘志充藏有下半部书,便不远千里登门寻访去了。

丘志充是刘承禧的一个远房亲戚,也当过太监。刘承禧死后,他在刘家帮助清理遗物,在乱书堆中发现了半部没头没尾的小说抄本,读了几页,觉得有趣,他便请求刘家的人把这残书送给他。当时刘家的继承人全忙于清点金银古玩,有谁会在乎一部破书的价值呢?便让丘志充拿了去。丘志充收藏的这下半部书也不全,好几个章回都缺页了。丘志充起初也不知道这部书的名字,回家后细细翻阅,发现书中夹了半张残破的封皮,上撰《金瓶梅》、兰陵笑笑生等字样,这才明白这是刘家珍藏的孤本小说。他是个有心人,并不大事张扬,一方面修补小说残稿,一方面悄悄打听上半部《金瓶梅》的下落。

谢在杭到了麻城,见到丘志充,先不谈《金瓶梅》,而是绘声绘色讲他读过的许多小说与传奇故事,引起陋见寡闻的丘太监的浓厚兴趣,他还把自己珍藏的几部野史志怪借给丘看,取得了丘的好感。在麻城盘桓的几天中,酒楼茶肆山寺泉潭都留下了两人漫游的足迹。混得熟了,丘志充觉得谢在杭是个有情有趣而知识渊博的人。慢慢的,两人的话题便靠近了。一个是千方百计苦苦用心觅取下半部,一个是四处探听悄悄托人找上半部,两人心照不宣。倒是谢在杭先入手,他约略将《金瓶梅》的上半部内容告诉给丘志充,兼及书中的人物掌故、地方风俗、杂剧俚曲,还考证了兰陵笑笑生的身世经历,听得丘志充目瞪口呆大开眼界。因为丘志充的学识连半瓶醋也不到,哪比得上谢胖学富五车口若悬河呢。丘志充听罢,便恳求谢在杭出借上半部《金瓶梅》。谢胖乘机卖了个关子,说:"我正在抄录,不日可以奉上。听说你只有下半部《金瓶梅》,那真是太可惜了。不妨由我来帮你的忙,凑足一部吧。"丘志充听了,满心欢喜,便像捧了金元宝似地小心翼翼拿出那半部残缺不全的书稿来。

见到书,就像见到了梦中久别的情人。谢在杭回到客栈,当夜就仔细翻阅一遍,这才发觉下半部也有不少地方错漏缺页,尤其是回目次序颠倒,内容上也有重复,必须重新整理。谢在杭很诚恳地对丘志充说:"你这个本子很好,但要对照上半部才能补齐,我要在这里着手整理。一旦整理好,我再请人抄一部完整的《金瓶梅》给你,你看如何?"丘志充当然希望读到一部完整的《金瓶梅》,而且觉得谢在杭的才学和人品完全堪当整理之重任,便爽快的答应了。

经过三个月的埋头苦干,谢在杭手不释卷仔细校阅,把全部书目都梳理了一遍,发现全书凑在一起只有八十回左右,少了约二十回。于是,他依照前后情节,补写了一些内容,勉强凑齐了一百回,并在欣欣子所写的序言后面,又写了一篇跋。这篇跋写得正所谓富丽堂皇文采飞扬,焕发出一种中国古典式六朝骈丽文的夺目光彩。"《金瓶梅》一书,不著作者年代。相传永陵中有金吾戚里,凭怙奢汰,淫纵无度,而其门客病之,采摭日逐行事,汇以成编,而托之西门庆也。书凡数百万言,为卷二十,始末不过数年事耳。其中朝野之政务,官私之晋接,闺闼之喋语,市里之猥谈,与夫势交利合之态,心输背笑之局,桑中濮上之期,尊罍枕席之语,驵绘之机械意智,粉黛之自媚争妍,狎客之从臾逢迎,奴婢之稽唇淬语,穷极境象,惬意快心。譬之范工抟泥,妍媸老少,人鬼万殊,不徒肖其貌,且并其神传之。信稗官之上乘,炉锤之妙手也。其不及《水浒传》者,以其猥琐淫谍,无关名理。而或以为过之者,彼犹机轴相放,而此之面目各别,聚有自来,散有自去,读者竟想不到,唯恐易尽。此岂可与褒儒俗士见哉。此书向无镂版,抄写流传,参差散失。唯龠州家藏者最为完好。余于袁中郎得其十三,于丘诸城得其十五,稍为厘正,而阙所未备,以俟他日。有嗤余诲淫者,余不敢知。然潆洧之音,圣人不删,则亦中郎帐中必不可无之物也。仿此者有《玉娇丽》,然而乖彝败度,君子无取焉。"

谢在杭跋中所说的"金吾"就是指刘承禧,他在锦衣卫的官职就叫"金吾",永陵是麻城的古称。而"弇州家藏者"是指王世贞,他是太仓人,号凤州、弇州山人。袁中郎就是袁宏道。丘诸城就是丘志充。结束了麻城的寻书理书工作,谢在杭便告别了丘志充,带了他的心血之作,回到苏州。他到苏州的目的,便是想把《金瓶梅》交给书商刻印。当时吴门的雕版印刷,质量在全国是首屈一指的。这样一本苦苦寻觅得来的好书,谢在杭当然不会交给蹩脚的书坊去印的。

五

谢在杭到达苏州,便听说冯梦龙也得到了一部《金瓶梅》的残本。冯梦龙已经动手将它补齐,并且改名为《金瓶梅词话》,即将交给书商刻印。谢在杭觉得像《金瓶梅》这样的书,多一种版本流行,可以更便于传世。于是,他没有再在苏州找书商,而是悄悄回到杭州,决定在杭州印书了。

冯梦龙是如何得到《金瓶梅》的呢?说来话长。他喜欢搜集民歌,刻印了《挂枝儿》和《山歌》两本时调集。又出版了《警世通言》《喻世明言》《醒世恒言》三部有名的话本小说集。《苏州府志》称赞他"才情跌宕,诗文丽藻,尤明经学"。冯梦龙早先当过一任寿宁知县,后来便弃官从文,和汤显祖、李玉、袁于令等人写戏曲本子,歌颂民间爱情故事,像山野里的花一样,漫山遍地自在开放,偏与封建统治阶级唱对台戏。于是,苏州才子冯梦龙的名气响开来了,几乎和明代中叶的唐伯虎比肩。文人喜欢交朋友,各地的雅士墨客便争相邀请冯梦龙去作客。适有湖北麻城成立韵社,请冯梦龙去主持，他便束装西行，千里迢迢，一路漫游，随处吃酒，悠哉乐哉地到了麻城，住在麻城学馆那幢漂亮清静的明秀楼里。

有一天，冯梦龙酒罢初醒，醉眼朦胧，横直了身子，舒舒服服躺在湘妃榻上，听娄江姑娘阿娇抱着琵琶弹唱小曲，却被一个撞进来的冒失鬼打断了雅兴。一看，原来是沈德符，只见他提着个蓝布包袱，兴冲冲地进了门。他打开蓝布包袱，让冯梦龙看一部书。冯梦龙眼前一亮，惊叫道："啊，是《金瓶梅》。"冯梦龙也是个金迷，只是一直无缘相见这本奇书，他迫不及待地一卷卷翻看，翻到最后，他以一个版本学家的眼光对沈德符说："惋惜惋惜，回目不足一百次，也只是一种残缺的抄本，要出版，还得费功夫把它补齐。"这沈德符是个怪人，喜欢云游四方，虽是万历年间的举人，却也是个不喜欢做那鸟官的人，他是浙江嘉兴人，精通音律，尤其热衷于搜寻前朝掌故，他跟冯梦龙是好朋友，正在编一本叫《万历野获编》的书，是仿照南朝刘义庆《世说新语》的格式的。沈德符是个不拘小节的人，平时吃酒吃醉了，呕吐得一塌糊涂，便随意睡在冯梦龙的床上，冯梦龙也拿他没办法，谁叫他把他一起带到麻城来的呢？"你说补全一本书，谈何容易，这件事只能仰仗老兄你了，老兄编写过三部话本小说，轻车熟路，还是由老兄一力承当了吧！"沈德符此番说法，把冯梦龙说动了心，他点头答应了，决定为《金瓶梅》补出一个完整的本子来。他回到苏州，就雇了条快船，赶到离苏州四十里水路的常熟古里七星桥，找大书商毛晋商量。毛晋是个很有鉴赏力的出版家，一听有此奇书名扬天下，便全力撺掇冯梦龙早日补全此书，并答应由他负责雕版印刷。

却说沈德符把《金瓶梅》放在冯梦龙处，也不放心，三头两日来冯家看书稿的整理情况，把个冯梦龙催得好不心焦。这也难怪沈德符了，这部《金瓶梅》得来也是不容易。三年前，他从袁中郎《觞政》一文中，第一次得知《金瓶梅》的消息，便如获至宝，到处寻访这本书。到苏州去寻袁宏道，却不料袁宏道四十二岁上就病逝了。他苦苦恳求，从袁中道那儿才借到了半部抄本，又从麻城刘家散出的书籍中觅得一些残页，七拼八凑，联篇成帙，信手补文，随意串珠，总算修成正果，抄成一部八十回本的《金瓶梅》。他是个视书如命的人，又是个疑心病重的人，他担心书稿放在冯梦龙处，夜长梦多，好事多磨，如果拖个一年半载，书非但印不成，反而又会流散出去，岂不白白耗费了三年心血。所以，后来沈德符便把书稿从冯家取了回来，冯梦龙拦也拦不住，只好眼睁睁地让书稿从眼皮底下溜走了。

　　沈德符一走，冯梦龙懊恼万分，心里想：一部《金瓶梅》老是这样你藏我隐，人人都视为私产，迟早有一天仍会散失，只有整理出一种通行的本子，交给书商大量印刷，才会传之久远。他决定用个计谋取回《金瓶梅》。

　　冯梦龙想到一个能人，此人可以劝说沈德符，他叫马仲良，字之骏，是驻守苏州浒墅关的军事长官，亦武也亦文，与苏州的文人名流关系很好。冯梦龙策马直奔浒关，二十里路一袋烟工夫便到了。一进门，他作揖说道："马兄，春风得意马蹄疾，蓝衫脱去换红袍。"马仲良约莫四十余岁模样，是个很风趣的人物，也笑呵呵地答道："冯兄，无事不登三宝殿，急来临时抱佛脚，冯兄乘四脚马来，一定是来差遣小弟的。"冯见马如此爽快，便直言相告："有一部书，叫做《金瓶梅》，东传西传，你抄我抄，大家都说好，大家都要藏，只可惜从万历年至今，辗转失散抱残守缺。我想从朋友处借来残书补足全本，为它刻板印刷，好让天下人都知道我们中国有这样一本奇书，也不枉费了无数人为此书付出的滔滔心血。"

　　马仲良好生奇怪，道："冯兄，我这里可没有这部书呀，你恐怕找错门户了。"冯梦龙不依不饶，低声说："只有你才能帮我忙，留下此书在苏州。"于是，他如此这般，说出了一个小计谋，让马仲良依计行事。

那一天早晨,沈德符雇了一只乌蓬船,慢慢沿着运河行驶。船家把中舱的窗、案、几、板都擦洗得洁净溜滑,一杯香片茶微醺热气,沈德符倚窗而坐,正仔细翻阅那部手抄的《金瓶梅》。他漫游了大半个中国,一生之中,最满意的便是觅到了此本好书。此刻,他的心情像舷外的运河水,清澈恬淡,无波无浪。船至浒关,照例移送过关名片,不料,老友马仲良竟立在关门前,执手相邀上关堂内一聚。拗不过老朋友的一片盛情,沈德符只得到衙署一坐。

席间,马仲良问沈德符所看何书,沈照例兴致勃勃地把《金瓶梅》的妙处又吹嘘一番。马仲良一听《金瓶梅》的书名,也连称:"好书,好书!"便恳切地说:"如果沈兄不嫌小弟卑职才疏学浅,能否也让小弟饱一饱眼福。兄长屈留小弟衙署三天,让小弟三天读完此书。三天后,我保证原璧奉还,让兄长安安稳稳携宝书归乡。"

沈德符见马仲良真像喜读此书的样子,也不好意思驳回面子,就勉强答应了。到了第三天傍晚,马仲良把原书送还沈德符。在欢送宴会上,沈问马:"此书你看佳还是不佳?"

马仲良实在是粗粗浏览了一遍,也说不出什么震聋发聩的金石良言,只是说:"佳,佳!"

沈德符却很不以为然,道:"只是一个佳字,实难囊括全书之妙。此书虽佳,但对于男欢女爱的床笫之私,描写的太过太露了,是一部诲淫的书,不宜广为传播,只可高雅之人和不受其诱惑的正人君子阅看。"马仲良点点头,应允道:"沈兄说的是。"

临上船时,沈德符又说:"我想来想去,《金瓶梅》还是由我来修订补正吧,将来让它藏之名山束之高阁。要是将来这本书刻印出版广为流传,阎罗王追究起来,是要打入十八层地狱的!"

马仲良听了此话,像当头棒喝,呆若木鸡。

送走沈德符之后,马仲良回到衙署,正心事重重地走进后花园,忽听到远远的西厢房那边传来一阵悠扬的洞箫妙音，天色晦暗，冷月幽魂，花园中的篁竹摇荡着瘦弱的影子，躲在假山背后的芭蕉投下肥大的叶子，仿佛也在低语着风声，追寻着箫声，浅唱着诗声。马仲良打了个冷噤，扪心自问，愧也？羞也？自己和冯梦龙联手计取《金瓶梅》，有没有错？有没有蒙骗老天爷？该不该遭天杀？心里实在有点惴惴不安。箫声圆润而婉转，吹的是那首极为耳熟的《月影鹅潭》，丝丝缕缕，关关切切，满腹衷肠蕴涵其间，天地为之动情，鬼神为之失色，山石为之落泪，嫦娥为之起舞，马仲良不禁伫立良久，听任那缠绵的箫声沁入心腑，他觉得，这是一个悟性极高的人在吹箫，是用心中的泪滴在谱曲，天人合一，神魂共舞，一颗冰心可昭示日月，他长长地松了一口气，烦躁的心情慢慢平复了，坦然地走进冯梦龙的住处。

原来，马仲良接到《金瓶梅》的当夜，便送进衙署内院一间宽敞的书房里，楠木长条案几上，铺纸研墨，差役守候，十来个善写蝇头小楷的书生受命连夜赶抄。一个抄得手酸头昏了，另一个替上去接着抄。三天之中，手不停笔，轮流上阵，终于全部抄成。这就是冯梦龙聪明的计策。现在，冯梦龙等送走沈德符，便急忙来取书稿了。可是，不知是酷爱这部书呢，还是受沈德符的警告的影响，马仲良却不让冯梦龙带走《金瓶梅》了，并把沈德符说的"谁要把《金瓶梅》刻印流传，阎罗王要送他入地狱的"话，原原本本告诉了冯梦龙。冯梦龙像被兜头浇了一桶冷水，灰头土脸地返回苏州。

有诗为证：莫恋此，养丹田。人能寡欲寿长年。从今罢却闲风月，纸帐梅花独自眠。世情见冷暖，人面逐高低。冯梦龙也明白，马仲良自有他的为难之处，人在官场哪能不拘礼法，在位的比不得自己在野的。于是，索性另想法子，他用重金聘请为马仲良抄写《金瓶梅》的十来个人，每天酒肉款待，请他们回忆各自所抄写的内容，再一段段记录下来。那些抄写者本来都有很好的古文功底，平时摇头晃脑朗诵四书五经，死记硬背的本领惊人的高明，有几个人甚至能过目成诵，这些人平时都很钦佩冯梦龙的才情，又有好酒好肉入口入肚，哪能不倾心相帮呢？这十来个秀才挖空心思搜肠刮肚，你背一段我凑一句，其中难免有添油加醋捕风捉影，也有的文人自作多情胡诌几句艳曲浪词充入其间。几个月下来，一部共同创作的《金瓶梅》倒也风风火火地整理了出来。由于吴地书生只会讲嗲声嗲气的吴方言，哪里记得住那种夹七夹八的山东土话，所以，笔录中竟然有不少吴音俚语。好在冯梦龙这个人是专门搜集各地民歌的，对各地的方言略知一二，他先把各个书生的回忆稿梳理成章，又逐一修订回目，足足花了一年时间，才把全书考订补正完毕。

经过冯梦龙苦心整理的《金瓶梅》，在文学价值上又提高了一步，世称"崇祯本"。"崇祯本"是在明末崇祯年间刻印的本子，它比万历年间流行的手抄本约晚了三十余年。这是一个《金瓶梅》演变的重要阶段。整个《金瓶梅》版本的刊刻和手抄，在明末清初，大致可分为三个阶段：明万历二十四年至四十五年（公元一五九六年至一六一七年）为传抄和早期刊刻阶段，通行的本子是《金瓶梅词话》本。以欣欣子、袁宏道、谢在杭为热心者和狂热代表，这是第一阶段。到了明代末世，即天启、崇祯年间，为改写和初步评点阶段，也是《金瓶梅》演变通行的第二阶段。通行的本子是《新刻绣像批评金瓶梅》。此本与万历年间通行的《金瓶梅词话》本稍有不同，回目略异，极少量的词句有修改，主要是第一回全部改写过，全书的回目前，以前无评语，该本每回前都加了精当的评语，这是冯梦龙的功绩。

写小说的人，相对来说，文学的修养比寻常的人要高得多。深山觅玉，好比人间美朱颜；幽海捞珠，恰似红粉翠花甸。冯梦龙为了丰富全书的内容，还从长篇小说《水浒传》中移植了武松打虎的故事和潘金莲杀夫通奸的情节。从宋元故事中嫁接了不少故事框架，例如白话小说《杀颈鸳鸯会》《西山一窟鬼》《五戒禅师私红莲记》《韩五卖春记》等等。冯梦龙还加上自编的故事情节，汲取了一些明代戏曲的散曲作为小说中的套曲。这样大容量的加工，基本上把沈德符抄本所遗漏的几十回也给补上了，因而，《金瓶梅》到了大文豪冯梦龙的手上，成为一种较为完美的一百回本子。

再说沈德符回到嘉兴后，到秀水去探望老朋友李日华。这李日华字君实，万历进士，官至太仆寺少卿，辞官后陶醉于诗画，有很高的鉴赏力。那日到了秀水，李君实正在他的味水轩里埋头写《紫桃轩杂缀》一书，他有个习惯，每日把道听途说的新闻和坊间俚事逐一签出记载。沈德符正要把自己获得《金瓶梅》的喜讯告诉他，却不料从李君实嘴里听到了一个坏消息，说已经接到冯梦龙的来信，《金瓶梅》已在苏州正式开印，由大书商毛晋精刻五百部问世，这个消息好比晴天霹雳，把个沈德符惊得目瞪口呆。

不久，沈德符特地托人从毛氏汲古阁买了一部《金瓶梅》，越看越觉得疑惑，书中的人物情节与自己手头的抄本有相同之处。他立即去找冯梦龙。冯梦龙笑着说："请沈兄放心，罪过全在小弟。我不下地狱，谁下地狱？这部书总共花了小弟一年多的功夫，文字粗率，恐怕会污了长兄青眼，万忘兄长息怒。"

这一席话，说得沈德符有点哭笑不得，他也弄不清冯梦龙是用什么办法得到《金瓶梅》的，便悻悻而归。回到嘉兴，他在《野获编》中恨恨地记下了一笔："然原本实少五十三回至五十七回，遍觅不得，有陋儒补以入刻，无论肤浅鄙俚，时作吴语，即前后血脉，亦绝不贯串，一见知其赝作矣。"把冯梦龙斥之为"陋儒"，似乎少公充。平心而论，《金瓶梅》到了冯梦龙手中，才出现了较为完整的"崇祯本"的印行，后世得以依据的《金瓶梅》本子，也唯有"崇祯本"最为可信，从这个意义上来说，冯梦龙功不可没。

六

到了清代,《金瓶梅》研究进入了第三阶段,即评点论说阶段。大凡一部文学作品的详细研究及考证,总是在政治局势相对稳定的时期。所以,至清代康熙年间,古彭城徐州横空出世一个年轻的文学评论家,他就是在中国文学史上划时代的金评家张竹坡。张竹坡一生贫困潦倒,虽有泼天才情,却是布衣出身。每一座文学史上的灿烂星辰都有它的特殊轨迹,每一粒天才的种子都有其磨难成长的险境。生长于贵胄之家,例如俄国的托尔斯泰,法国的雨果,中国的鲁迅、郭沫若、巴金、谢冰心等等,从小受过良好的教育,享受优裕的生活,多数还出国留洋或者经常在国外旅行。这些产生于肥沃土壤的天才种子,照样长成参天的大树,是人生路途上一道美丽的风景,是蔚蓝天空下信念的丰碑。由此可见,学养、品行、情操、志趣,不以家世富贵而腐烂变味,个人的至高至贵至洁至美的善心,不以身世高华而变得势利浇薄。同样的道理,贫穷蹉跎也无法磨损天才的光芒。可能他会中途夭折,可能她会红颜薄命,划过天空的流星总比夏夜的萤火虫辉煌,虽然它们是同样的短命。

张竹坡名道深,字自得。祖父在明朝崇祯年间当过归德的通判,是个武举人。而父亲张季超是个有骨气的读书人,清兵南下时拒绝清政府的征聘,不屑仕途,布衣始终,守着家中薄产读书自娱,啸傲林泉,在江湖上喜欢结交文友。当时的大戏剧家李渔,便与张季超来往密切。生长在这样一个文学氛围浓厚的家庭里,张竹坡聪慧的悟性像春笋一样拔节生长。15岁时,他写了一首诗,诗中道:"少年结客不知悔,黄金散去如流水。"就在这一年,张竹坡的父亲过世,张竹坡陷入贫困的生活中。他年纪轻轻,到处流浪,靠父辈的朋友接济来生活。他经常参加各地年轻才子的聚会，文学见识和才情学养大为提高。有一年，他流浪到了扬州，依靠自己能写一手清丽的毛笔字，换得些微薄的衣食。某天，他在广陵刻印社对面的孔庙前卖字，有一个安徽歙县口音的中年人，站到字摊前连声说："好字，好字！"张竹坡见这儒者称赞自己，便向他作了一揖，说："老先生过奖了，晚生这些字比不得王献之铁笔银钩，不过换些碎银子糊口而已，请老先生不要见笑。"中年人见他人品可嘉谈吐温雅，心里十分欢喜，便邀他到扬州的家中小叙。

这一叙，便叙出了中国清初两个文坛奇才的佳话。张潮是何许人也，他是卓有成就的笔记小说家和掌故专家，刻了好几部丛书，在扬州是数一数二的大名士。张潮的爱好十分广泛，家中藏书甚富。张竹坡在张潮家中住了下来，两人谈诗论文十分投缘。

张潮向张竹坡打听家世，张竹坡如实诉说。张潮听完，哈哈大笑道："贤侄，你放心大胆地在这里住下吧，把我这儿当作你的家，我是你的叔父呀！"张竹坡听了，惊疑不定，不相信眼前的事实，恍惚是做梦一般。张潮大笑着说："你父亲季超先生与我曾兄弟相称，当时我们一起在南京秦淮河游玩，一起为侯方域李香君伉俪祝酒。谁料世事多变，你父亲早离人世。你不要见外，你就叫我世叔好了。"

张竹坡听罢，连忙跪下，向张潮叩了三个头，口称："叔父大人在上，侄儿有礼了。"张潮连忙把他扶了起来。张潮住的小园虽然占地不大，但前后厢房隔一个天井，方砖铺地，人影寂寂，倒也收拾得干净。后厢房的一间藏书屋，四壁橱柜都满满排列着线装书。一架紫檀案几面窗而卧，宣德炉中焚着瑞香。竹椅半新不旧，正好适宜读书。从此，张竹坡坐拥书城好不快活。

有一天，他在书箱中翻到一本署名"东吴弄珠客序"的《金瓶梅》全本，竟读得入了神，饭也忘了吃，觉也忘了睡，完全被这天下奇书吸引了去。这署名"东吴弄珠客"者，其实就是惯于藏晖的冯梦龙。张竹坡所看的这部《金瓶梅》也就是冯梦龙整理的"崇祯本"。张潮见他如此醉心于这部书，便说："前人已作古，吾辈不妨发前人微旨，写些心得体会，你试着为这部书写些评语吧。"张竹坡一听叔父的话很有道理。于是，他按照《金瓶梅》的一百回回目，逐一写评语。张竹坡还依仗自己良好的文学修养，认真地把全书修改了一遍。对明代一些观点，例如泄愤说，真假说，寓意说，苦孝说，非淫书论等，都作了有系统的归纳。经过一年半的日夜劳作，张竹坡批评本《金瓶梅》在扬州问世，这是中国小说批评史上的一件大事。

一枝桃花出墙来，满天蜂蝶舞蹁跹。张竹坡的批评才能不同凡响，因为他的志趣高尚，眼光独到，鉴赏力深邃，所以成为后世《金瓶梅》批评的指针和范本。张竹坡在康熙年间刊印的本子，封面右上书着"彭城张竹坡批评金瓶梅"十个竖行楷体字，中间四个大字："第一奇书"。序言由张潮约请大名士谢颐写就。谢颐在这篇"第一奇书序"中称赞说："《金瓶》一书今经张子竹坡一批，不特照出作者金针之细，兼使其粉腻香浓，皆如狐穷秦镜，怪窘温犀，无不洞鉴原形，的是浑《艳异》，旧手而出之者，信乎为凤州作无疑也。"呕心沥血，使得张竹坡骨立形销，病体难支。伯父说他气色非正，恐不永年。此话不幸而言中。张竹坡兄弟九人，早殇者有五。在付印《金瓶梅》之后，他又夜以继日的批点张潮的遗著《幽梦影》，身体愈来愈坏。在他二十九岁那年，因刻印《幽梦影》，向书商汪苍孚借了一笔钱。为了还清这笔钱，他应朋友之邀，赴北京永定河工地督促河工，艰难玉成，元气大销，在工程即将竣工之时，他病卧在客舍。一天晚上，他突然大口大口吐血，同事者惊呼不语，急忙请医生诊治，他已经说不出一句话来了。待到抓药煎煮，未待药汁沸滚，张竹坡已经奄然气绝了。千古才人竟撒手西归，留下文字之美供天下人共赏。张竹坡死后,他的兄弟检点遗物,惟有四才子书一部、文稿一束、古砚一枚而已。

七

汤显祖是明末最有才华的戏剧家,他的临川四梦:《紫钗记》《牡丹亭》《紫箫记》《南柯记》被称为中国四大古典悲剧。汤显祖自1583年考中进士后,在南京任职,和当时文坛领袖常熟籍文豪钱谦益关系密切。汤显祖死后,他的第三个儿子汤开远还把父亲的未刊词曲,送请钱谦益考证。

汤显祖去刘家借《金瓶梅》时,刘承禧已死了。《金瓶梅》也散失了,只残存第一百回的下半回:"普静师荐拔群冤"。汤显祖垂头丧气,只得将这残页带回,回到家便细细地读。《金瓶梅》这最后一回写得扑朔迷离阴森可怖,吴月娘的婢女小玉看到了一次幻像,神秘的普静和尚把小说中大部分重要角色的鬼魂召到他面前,并按照他们罪愆大小,各自到穷富不同的家庭中去投胎转世。这种因果报应的故事历来是人们口头传说的最佳选材。虽然只是半回小说残稿,也大大启发了汤显祖的创作情思。他当时正在写《南柯记》剧本,最后一折大结局却怎么也写不好,搁笔三个月仍想不出满意的情节。汤显祖在剧本的前几折写了主人公淳于棼贪图享乐,与亡妻的三位女亲戚狂欢淫乐。淳于棼的岳母刻印了一千部《血盆经》为她的女儿祈祷,她的女儿由于产后虚衰终至夭亡。《血盆经》据说是一部未足凭信的佛教经典,念诵了它,可使因生育而死亡的妇女在九泉之下免遭再饮污血之苦。读了《金瓶梅》的最后半回,汤显祖诗泉喷涌,写了《南柯记》最后一折《情尽》。《情尽》与《普静师荐拔群冤》在情节上有惊人的相似之处。写的是淳于棼许下宏愿,忍受火烧手指的剧烈疼痛,精诚所至,天门大开,他居然目睹大槐安国军民蝼蚁五万余口同时升入天国，包括他的亡父、亡妻和亲戚故旧在内。这种滑稽性嘲讽式的结尾里，还出现了一个法术无边神密古怪的契玄和尚。契玄和尚也是作为淳于棼的施法者的身份出现的。当时，汤显祖的《南柯记》演出后，轰动了大江南北，人们都称赞汤显祖的奇思妙构。不过，汤显祖很有自知之明，他曾对冯梦龙说道："这《南柯记》要不是借鉴《金瓶梅》，恐怕永远收不了尾了。"

离《金瓶梅》出世也不过几十年时间，山东诸城出了个木鸡道人，他叫丁耀亢，生于明代末年的乱世，也算是个生员，满腹诗书化作一腔怨气，他留下一部《丁野鹤先生诗词稿》，一个传奇剧本《表忠记》，还有一部长篇小说《续金瓶梅》。

丁木鸡少年时喜欢漫游山川名胜，他听前辈作家说起《金瓶梅》的轶闻趣事，便留意寻访这部小说。后来，他和朋友到了北京，曾在年迈的董其昌处见过《金瓶梅》抄本。年长云游到苏州，他终于在书坊里买到了这部奇书。清兵入关后，丁木鸡目睹清兵的烧杀抢掠，心中极为惨痛。仅崇祯十二年，清兵攻破济南，大肆屠杀城中百姓，城中积尸达13万条，臭气遍野，血积盈衢。清军首领多尔衮的军队从山东、河北俘获人口五十多万，全部作为军奴。顺治两年，清兵在扬州大屠杀，死难者达80余万人。丁耀亢目睹了这一次又一次的杀戮，因而在写以宋金战争为背景的小说时，其实内涵就是揭露清兵的滔天罪恶。揭露妄杀无辜的暴力，这是作家所固有的正义感和使命感。书中所表达的民族正义感和是非观念，是值得人们永久记取的。可笑的是，进入二十世纪八十年代直至九十年代，一些不知历史上清兵大屠杀惨况或者故意忘却这段大屠杀历史的人，为了一己私利，却为清代统治者大唱赞歌，把汉民族人民的鲜血化作粉饰屠夫的胭脂。《续金瓶梅》中对人性的鞭挞是史无前例的。如第五十五回中金兀术同意秦桧回到江南作奸细，"因此叫他夫妻回去，做宋朝一块心腹的病，晓得中国人极肯自己害自己的"。当金兵攻下扬州，汉奸蒋竹山公然为金兵选考女状元。而许多扬州美女，明知这是为金兵选美，也情愿投入虎狼口。第五十一回写了这样一只故事："且说扬州东门里，有一王秀才，生平止一宠妾，是个有名的美人，能文善画，才艺无双。二人相得，寸步不离，如掌上明珠一般，打扮得珠翠绫罗，奉承他百依百随。后来，王秀才因色欲伤了，时常吐血，不敢纵欲。不消一年，到因寡欲受胎，生了一个儿子，越是夫妻情重，到把大娘子丢在一边。在一所花园里收拾的雪花般的画房，三口儿过活，就是比翼鸟及连理枝也比不过两人情谊。忽然金兵进了城，各人逃命。这王秀才间壁有一座当铺年久了，故衣柜架甚多，只得藏在一层天花板上，下面俱是衣架木器。到了天晚，只见几个金兵进来，照了照见没人，把架上衣服拣好的尽力包了去，落后掳了两个妇女来吃酒。唱闹了一会，众人将掳的妇女陪去睡，只留下一个美妇人，陪着个兵丁，在这当铺闲床上歇宿。王秀才伏在天花板上，吓得一口气也不敢喘。从板缝里往下一看，这妇人你道是谁？原来就是那娇滴滴的美人，和我生死不离的爱妾，如何却落在这番兵手里？眼见得他决不肯失身。平日里的志气，许下同死同生，如何肯顺他。一面想着，又是疼，又是怕。只见床上支支呀呀，干的一片声响。原来两人在床沿上行事哩！妇人道：'把灯取过近前来，咱照著耍得有趣些。'那番兵起来，果然将灯移到床前。妇人早把衣服脱净，连声叫道：'爷！你我总是前世姻缘。'极尽奉承，口中娇声浪语，无般不叫。那番兵从没遇着过中国女子，乐得他什么相似，身子宛如在云端里一般。只听那里妇人娇声浪语的说道：'兵爷爷！我今日可死了心了。随著你罢！我不遇见你，枉自托生了一个妇人。'那番兵并不回答。妇人道：'兵爷爷！我跟你讲话，你听见了没有呀？兵爷爷！随你怎么，休撇我去了，撇了我也想杀了。'番兵乐不可言。细问：'你是谁家娘子？这等有趣的紧。丈夫是个甚样人？'妇人道：'俺丈夫是个秀才，生的人物也好，只是这件事上,再不曾打发个足心。我今日可尝着滋味了。好不好把他杀了,同你一处过去吧!'这王秀才就著灯影,看得分明。只见他令宠,把奉承他的一套本事多使出来,奉承那番兵。王秀才气死了两遭:先见他上床去,酸心了一个死;后见他要杀了他,跟著番兵,又恨了一个死。到了天明,番兵听见吹角进营,要起去,还被妇人拉住不放,缠绵缱绻,足有一个时辰,方才撒手。嘱咐了又嘱咐:'到晚还来!我在这里等你。'番兵道:'四王爷不许掳妇人,你只在家藏著,我来找你吧!'两人搂抱不舍,把妇人送过屋里去了。后来金兵出城,王秀才回家。见了妇人,说他失节,百口不招。因生下儿子,不好叫他死的。才知道枕边恩爱风中露,梦里鸳鸯水上萍。王秀才以此弃妻子出家为僧去了。却又说一个娼妓,做出件翻天揭地的事来。扬州钞关上有一妓姓苏名琼琼,也是扬州有名的。接了个布客,是湖广人相交情厚,把客本费尽,不能还家。后来没有盘费,情愿和这当行的一家住著。忽然金兵抢了钞关,把琼琼掳了,和这客人一搭,白日拴锁,夜里用铁绊。到晚上解下妇人,却将这蛮子们十个一连,上了锁才睡。一日,番兵吃的大醉,和那两三个妇人干了事,一头睡倒,却被琼琼把铁绊的锁开了,放那客人起来,用番兵的刀一个个都杀尽。搜出他抢的金银一千余两,和这客人扮做逃民,回湖广做起人家来。生了儿子,发了十万之富,岂不是一件快事。看官听说,天下事那里想去,良家到没良心,娼家反有义气。"

  在第一回以"生前造孽好色贪财 死后报应孤儿寡妇"作题,以惨痛的笔触,暗示在清兵的大屠杀下,中国大地一片血肉横飞的景象。有诗为证:"金谷园中春草生,当年池馆一时平。何来乳燕寻华屋,似有流莺唤画楹。客散声歌明月下,兵残砾瓦野烟横。秦宫汉阙皆成土,流水年年不住声。芙蓉脂肉绿云鬟,泣雨伤春翠黛残。歌管楼台人寂寂,山川龙战血漫漫。千年别恨调琴懒,几许幽情欲话难。回首旧游真似梦，寒潮惟带夕阳还。"

从丁木鸡的小说看来，他一方面续《金瓶梅》的情节线索，就像《金瓶梅》从《水浒》中节取线索一样。但更重要的是，他继承了《金瓶梅》描述世道人心的长处，借宋金时代作明清故事，斥骂人间为非作歹的家伙。心中忧闷，便化为仰天长啸，椎胸泣血，可挥毫作激扬文字。他朝夕摩娑体味《金瓶梅》奥妙，从中得到许多启发，于是发愤图强潜心筹划，写起《续金瓶梅》来了。

丁木鸡不愧为丁木鸡，木鸡声中有紫气。他摆出一副评说世道人心的宏大架势，句句要义切中时弊人心。请听他言："话说《金瓶梅》一部小说，原是替世人说法，画出那贪色图财，纵欲丧身，宣淫现报的一幅行乐图。说这人生机巧心术，只为贪图财色猛上心来，就毒杀他人，奸娶他的美妇，暗得他的家私，好不利害。白手起家，倚财仗势，得官生子，食得是珍馐，穿得是锦绣，门客逢迎，婢妾歌舞，攀高接贵，交结权门，花园田宅极尽一时之盛，也不过是一场春梦，化作烈火烧身，不免促寿夭亡。富贵繁华真是风灯石火。细想起来，金银财物、妻妾田宅是带不去的。若是西门庆做个田舍翁，安分的良民，享着几亩的良田，守着一个老婆，随分度日，活到古稀，善病而终，省了多少心机，享了多少安乐。只因众生妄想结成世界，生一点色身，就是蝇子见血，众蚁逐膻。见了财色二字拼命亡身，活佛也劝不回头，没一个好汉跳得出阎罗之网，倒把这西门大官人拜成师父一般，看到翡翠轩葡萄架一折，就要动火。看到加官生子、烟火楼台、花攒锦簇、歌舞淫奔，也就不顾那髓竭肾裂、油尽灯枯之病，反说是及时行乐。把那寡妇哭新坟、春梅游故馆，一段冷落炎凉光景，看做平常。救不回那贪淫的色胆，纵欲的狂心。少年弟子买了一部，看到淫声邪语助起兴来，只恨那胡僧药不得手，照样做起。把这做书的一片苦心变成拔舌地狱，真是一番罪案。

说的是"旧泪新啼满袖痕，怜香惜玉竞谁存。镜中红粉春风面，烛下银瓶夜雨轻。奔月已凭丹化骨，坠楼端把死酬恩。长州日暮生芳草，消尽江淹未断魂。"

《续金瓶梅》的语言也是相当出色的，诗词曲牌、民间俗语、历史典故、传闻轶事，运用自如，清通秀美，作者不愧为有深厚文化修养的一代大家。尤其是人情世故，继承了《金瓶梅》的长处，大家闺秀也罢，小家碧玉也罢，写美，可以浓艳之极。写苦，可以凄楚之深。这正是丁耀亢开创清代早期小说风范的佳构，他对于中国小说承上启下（上承《金瓶梅》，下延《红楼梦》《孽海花》《老残游记》等优秀白话小说），有着不可估量的作用。